玄锋

帝王将相的博弈

严 昌—— 著

团结出版社

图书在版编目（ＣＩＰ）数据

交锋 / 严昌著. -- 北京 : 团结出版社, 2018.1
ISBN 978-7-5126-5834-9

Ⅰ. ①交… Ⅱ. ①严… Ⅲ. ①长篇历史小说－中国－
当代 Ⅳ. ①I247.5

中国版本图书馆 CIP 数据核字(2017)第 297966 号

出　　版：团结出版社

（北京市东城区东皇城根南街 84 号　邮编：100006）

电　　话：(010) 65228880　65244790　（出版社）

　　　　　（010) 65238766　85113874　65133603（发行部）

　　　　　（010) 65133603（邮购）

网　　址：http://www.tjpress.com

E-mail：zb65244790@vip.163.com

　　　　　fx65133603@163.com（发行部邮购）

经　　销：全国新华书店

印　　装：唐山新苑印务有限公司

开　　本：145mm×210mm　　　32 开

印　　张：10.125

字　　数：204 千字

印　　数：4045

版　　次：2018 年 1 月　第 1 版

印　　次：2018 年 1 月　第 1 次印刷

书　　号：978-7-5126-5834-9

定　　价：42.00 元

目 录

勾践与夫差

越王勾践破吴归，战士还家尽锦衣。

宫女如花满春殿，只今惟有鹧鸪飞。

——李白《越中览古》

明朝文学家王思任[1]曾经说过一句话："夫越乃报仇雪耻之乡，非藏污纳垢之地也。"春秋晚期的吴越争霸，由于其出人意料的峰回路转的结局，深为后人所津津乐道，更由于充斥其中的阴谋与阳谋的变幻，使得整段历史颇有跌宕起伏的戏剧性，勾践和夫差是这个舞台上出场的主要对手，值得去细细考察一番。

夫差发誓要报杀父之仇，于是就让一个人专门负责提醒他。这人每天向他高喊几次："夫差，你忘了越王杀死了你的父亲吗？"夫差就流着泪大声回答："不敢忘，不敢忘。"

勾践（约公元前 520 年—公元前 465 年），又称炎执，越王允常之子。越王原是大禹的后代，周天子把他封到会稽（今浙江省绍兴市），奉守大禹的祭祀。当时会稽还是荒凉而没有被开发的地方，越王便"文身断发，披草莱而邑焉"。吴王欲争霸中原，必先征服越国，以解除后方威胁；越王欲北进中原，更必先征服吴国。公元前 537 年，越王夫康与吴王余祭交战，揭开了吴越长期对峙、连年战事的序幕。

公元前 496 年，越王允常去世，勾践继位。吴王阖闾不顾大臣伍子胥等人的劝阻，趁越国丧乱之际兴兵讨伐。勾践起兵抵抗，两军在木隽里相遇。勾践发觉吴军阵容严整，便安排预先准备好的 30 多名死囚，让他们光着膀子，排成一排走到吴军阵前说："我们大王得罪了贵国，就让我们替大王赎一点罪吧。"说完话，一个个砍下自己的头颅，倒地身亡。正在吴军惊恐诧异之时，越军突然发起冲锋，吴军阵脚大乱，后撤之时，又被越军预设的伏兵袭击，吴王阖闾不仅被越将令姑浮砍掉一个脚趾，而且差点做了俘虏。吴军大败，在回国的路上，阖闾因为伤势过重，还没回到姑苏（今苏州）就一命呜呼了。

继承吴国王位的就是阖闾的儿子夫差（？—公元前 473 年），他发誓要报杀父之仇，于是就让一个人专门负责提醒他。这人每天向他高喊几次："夫差，你忘了越王杀死了你的父亲吗？"夫差就流着泪大声回答："不敢忘，不敢忘。"夫差任命伍子胥为相国，伯嚭为太宰，含羞忍辱，抓紧练兵，决心重振吴国军事力量。

勾践听说夫差日夜练兵，打算先发制人，予以打击，但遭到大臣范蠡的反对。

身为越国重臣的范蠡不是越人。他本来是楚国著名的才子，可惜在楚国混得不太好。吴越在战前原本都是楚国的属国，楚大夫巫臣[2]亡命到晋国，向晋王献计联吴抗楚，于是吴楚变成了劲敌。此后楚国助越攻吴，派遣范蠡和另一个有名的谋臣文种到越国帮助勾践。[3]

范蠡认为吴军复仇心切，士气高昂，此时贸然出击，不会有好的结果，便规劝道："臣闻兵者凶器也，战者逆德也，争者事之末也。阴谋逆德，好用凶器，试身于所末，上帝^[4]禁之，行者不利。"又进一步分析敌我双方的形势："吴王夫差因其父阖闾为我所杀，既耻辱又愤恨，三年来矢志复仇，秣马厉兵，同仇敌忾，其志愤，其力齐，兵精将勇，实力雄厚。我们出击硬拼，肯定不力。明智的选择只能是以逸待劳，坚固城防，等待时机再战。"

然而勾践没有采纳范蠡的忠言，于周敬王二十六年（公元前494年）调动全国精兵3万人，北上攻吴。吴王夫差接报后也出动所有精兵迎击，两军大战于夫椒（今江苏苏州南城）。果然不出范蠡所料，越军大败，勾践只剩下5000残兵，退守会稽山（今浙江绍兴南），又被吴军团团围住。勾践身陷绝境，眼望败鳞残甲，亡国之忧，萦绕于怀。他非常后悔，对范蠡说："因为不听您的劝告，以至于此，下一步如何办呢？"

范蠡早就想好了对策，冷静地说："为今之计，只有卑辞厚礼，贿赂吴国君臣，大王需屈身以事吴王，徐图转机，这是危难之时不得已之计。"勾践知事已至此，别无他法，于是派大夫文种前往吴军大营请求议和。文种到了吴军，"膝行顿首"，对吴王说："亡国之臣勾践自知罪不可赦，情愿做君王的贱臣，而妻子做您的贱妾。"吴王夫差听他说的如此可怜，便想答应下来。

相国伍子胥站出来反对，劝谏说："从前有过氏杀了斟灌氏又征伐斟寻氏，灭掉夏后^[5]帝相。帝相的妻子后缗正在怀孕，逃到有仍国生下少康。少康当了有仍国的牧正之官。有过氏又想杀死少康，少康逃到有虞国，有虞氏怀念夏之恩德，于是把两个女儿嫁给少康并封给他纶邑，当时少康只有方圆十里的土地，只有五百部下。但以后少康收聚夏之遗民，整顿官职制度。派人打入有过氏内部，终于消灭了有过氏，恢复了夏禹的业绩，祭祀时以夏祖配享天帝，夏代过去的全部故物都收复如初。现在吴国不如当年有过氏那么强大，而勾践的实力大于当年的少康。现在不借此时机彻底消灭越国力量，反而又要宽恕他们，不是为以后找麻烦吗！而且勾践为人能坚韧吃苦，现在不消灭他，他将来会为祸吴国。"说："上天把越国赐给了您，不要答应他们的请求。"又说，"吴之有越，譬如人之有腹心之疾也"，并警告说"今不灭越，后必悔之"。

伍子胥是帮助阖闾夺取王位的有功之臣，夫差得以被立为太子也是他拼死在阖闾面前争来的，吴国东征西讨，称霸于诸侯，全赖他和孙武之力，所以是夫差父子两代的功臣，吴王对他一向是言听计从，听他这样讲，便没有接受勾践的投降。

有一次夫差生病，勾践在他身边服侍，尝了夫差的粪便，告诉夫差说："大王的病不久就会好了。臣尝了大王的粪便，味酸而苦，与谷味相同，所以大王尽可放宽心。"吴王夫差这次被彻底感动了，决定释放勾践回国。

　　勾践得到文种的回报，心中绝望，便准备杀掉妻子儿女，毁掉越国的宝器，然后率领 5000 残兵与吴王决一死战。范蠡、文种劝阻了他。文种说："吴国的权臣太宰伯嚭贪财好货，可以以利引诱他。"

　　勾践决定再试一次，便让文种带着美女和宝器暗地去见伯嚭，请他美言，为越王开脱。伯嚭收受了贿赂，便带着文种去见夫差，文种对吴王说："如果大王能赦免勾践的罪过，肯受降，就能得到越国历代的所有宝器，如果不肯受降，勾践就要杀掉老婆孩子，毁掉所有的宝器，带领剩下的部队与您决一死战，您的军队也会有相当的损失。"伯嚭在旁边说："越国既然已经诚心降服，要做您的臣仆，如您赦免勾践，这对吴国大大有利啊。"吴王夫差认为有理，加之急于北上中原争霸，便不再听从伍子胥的劝告，决定与越国讲和，罢兵而归，并要求勾践夫妇到吴国为他服务。

　　越国君臣终于在悬崖边上获得了喘息的机会。范蠡向越王进言说："行军打仗的事，文种不如臣；管理国家，亲附百姓，臣不如文种。"于是勾践便将国内事务全权交给文种处理，自己带着夫人和范蠡去吴国。大臣们见国君为保国复仇甘受屈辱，都哭着向他保证一定要治理好越国，百姓也哭着为他送行。

　　勾践到了吴国都城，夫差有意羞辱他，让勾践夫妇住在阖闾墓前的一间石室里养马。每当夫差出行时，便让勾践在前面给他牵马，街道两旁的人都聚集取笑，对他指指点点。勾践忍辱负重，小心侍候夫差，做到百依百顺，胜过夫差手下的仆役。夫妇两人每日蓬头垢面，出入石室，很尽心地喂养马匹，对夫差更是奴颜婢膝，极尽讨好之能事。夫差怒气出过后，反而觉得这对夫妇很可怜，便有了放他们回去的念头，却因遭到伍子胥的强烈反对而作罢。

夫差知道范蠡是个能人，有意劝降他。一天，夫差单独把范蠡找去，对他说："勾践给我做奴仆，你何必跟着他？俗话说'聪明女子不嫁败亡之家，明哲君子不跟国灭之君'，你何不抛弃勾践，归顺于我，我保证免除你的苦役，让你享受荣华富贵。"范蠡说："谢谢大王的好意。但我听说，'亡国之臣，不敢语政；败军之将，不敢言勇'。我是败国之臣，何敢再望富贵？还是让我跟着旧主侍候您吧。"夫差见他意志坚定，只好作罢。

三年后，有一次夫差生病，勾践在他身边服侍，尝了夫差的粪便，告诉夫差说："大王的病不久就会好了。臣尝了大王的粪便，味酸而苦，与谷味相同，所以大王尽可放宽心。"吴王夫差这次被彻底感动了，决定释放勾践回国。

勾践回到越国后，苦身劳心，发愤图强。为了激励自己不忘报仇雪耻，不用床褥，积薪而卧。又悬苦胆在坐卧之处，饮食起居，必先取而尝之。这就是成语"卧薪尝胆"的来历。勾践夜里常常暗自流泪，恨恨地喃喃自语："你忘了会稽之耻吗？"

经过几年的努力，越军成了一支装备精良、训练有素且"人有致死之心"的精锐部队。在国家迅速恢复生机的同时，勾践又采取许多办法麻痹吴国，造成吴国内耗。

越国遭受严重的战争创伤，田地荒芜，人口减少，生产力受到很大破坏。为使国家富强，勾践采纳范蠡、文种提出的"十年生聚，十年教训"之策。并采用大夫计倪的建议，让范蠡主持内政，而让文种负责伐吴的计划。国家奖励耕种、养蚕、织布。尤其鼓励生育，增加人丁。规定男二十、女十八必须结婚，否则父母受罚；上了年纪的男人不准娶年轻的姑娘为妻；妇女临产前要报官，由国家派医官检查照顾；家有两个儿子的，由国家负责养育一个，有三个儿子的，国家负责养育两个。

文种向勾践进献了灭吴的"六术"，这六术包括：重金收买吴国大臣，高价收购吴国的储粮，美女迷惑吴王夫差，消耗吴国财力，扶植小人擅权，中伤忠直大臣。后来的史实证明，吴国就毁败在这几条计策上了，只是可怜了伍子胥，这六术他几乎全都识破了，可惜吴王夫差却再也听不进他的谏言了。

勾践不忘会稽之耻，准备将国都从诸暨迁往会稽，命范蠡建造新都城。范蠡观测天文、察看地形，筑造新城，将会稽山包括在内。外筑城墙并修城门，还特在西北方向增修一座城门。范蠡等人宣扬说："如今越已臣服于吴，不能阻塞通往吴国进贡纳献的道路。"吴国正在会稽城的西北方向，吴王听说，甚为快慰。实际上，越人是为了不忘耻辱，为将来出兵伐吴进出之便。

　　勾践向范蠡请教振兴越国之道。范蠡作了精辟的论述。他认为："天时、人事都是不断变化的，因此制定方针、政策要因天时和人事而定。万物生于地上，地是无所不包、无所不容的，它总摄万物，是一个整体，禽兽、庄稼等始终不能离开大地。万物不论美恶，地都一视同仁，使之生长，人类也依赖大地以养生。然而万物生长又各有定时，不到一定的时机，是不可能勉强生长的；人事的变化也一样，不到最后的转折点，是不可能勉强成功的。因此，应该顺乎自然以处当世，等到机会到来的时候，就会把不利于己的局面扭转过来。"范蠡接着说到了对复兴越国内政方面的建议。他强调要调动、保护老百姓的积极性，大力发展生产，积蓄力量，富国强兵。他规劝越王本人应拿出时间来与老百姓做同样的工作，越王夫人也应从事一些纺织等具体劳动。不要使百姓旷时废业，而应让他们勤于耕作，这样百姓的生活就会日益富足，国家的财政和粮食也就会充实起来。范蠡主张要礼待弱小国家；对于强国，表面上应该采取柔顺的态度，但骨子里不能屈服。至于吴国，要等待或促使他走向衰落，等到时机成熟了，才可一举而灭之。范蠡最后说："但愿大王时时勿忘石室之苦，则越国可兴，而吴仇可报矣！"

勾践听了，连连称善。他尊贤礼士，敬老恤贫，以求得百姓拥护。他还积聚财物，演练士卒，修甲厉兵，始终不敢怠懈。为了做出表率，激励部属，他和夫人始终过着清贫的生活，吃饭没有鱼肉，穿衣不加修饰。自己经常同百姓下田耕种，夫人也亲自养蚕织布。

勾践特别注意提高军事力量，决定实行精兵政策，加强纪律，强化战斗力。当时弩已用于作战，战车、战船均"顿于兵弩"，战斗胜败关键又取决于最后的冲锋。勾践请精于弓弩射法的陈音教授军士用弩技术，又聘请善于"剑戟之术"的越女教授"手战"格斗技术，使军士"一人当百，百人当万"。越地民风是"悦兵敢战"，惯于各自为战。为此，勾践反对"匹夫之勇"，强调纪律性，要求作战单位在统一号令下一致行动。规定服从指挥者有赏，违反者"身斩，妻子鬻[6]"。经过几年的努力，越军成了一支装备精良、训练有素且"人有致死之心"的精锐部队。

在国家迅速恢复生机的同时，勾践又采取许多办法麻痹吴国，造成吴国内耗。勾践按时给吴国输粮纳贡，对吴国表面仍极尽奉承之事，使夫差相信他是真心臣服。又继续贿赂吴国太宰伯嚭，当伍子胥向吴王进谏时为越国说话。又派出奸细刺探吴国的情报，散布谣言离间吴国君臣关系，使夫差杀害忠良。勾践又以越国遭遇灾害为由，大量向吴国借粮，使吴国粮食储备越来越少，而越国的储备则不断充实。勾践又实施美人计，亲到民间选了美女西施、郑旦，加以训练，遣香车送给吴王。同时引诱吴王大兴土木，建造楼台馆所，探知夫差要建造姑苏台，勾践派人送去特大木料，说是"神木"。夫差非常高兴，扩大了姑苏台的设计，使吴国更加劳民伤财。至此，贪图享受的夫差已经完全沉湎于声色犬马之中。

在外交上，勾践针对"吴王兵加于齐晋，而怨结于楚"的情况，采用"亲于齐，深结于晋，阴固于楚，而厚事于吴"的方针，以非战争手段瓦解、削弱敌人，最大限度地孤立吴国。

勾践归越五年，越国国库充实，土地肥沃，人民乐为所用。于是勾践便想立即报复吴国，一雪会稽之耻。范蠡认为时机尚未成熟，谏阻说："我国虽然尽心人事，但时机不成熟，勉强去求成功，对己不利。"其他一些大臣也认为时机不成熟，不能动兵。勾践接受了大家的意见，隐忍不发。他知道吴王夫差不是白痴，更何况还有伍子胥那样的超级智囊辅佐他。但可喜的是，夫差在替他清除障碍。

伍子胥早已察觉勾践所作所为意在复仇，多次劝谏，不仅未被夫差接受，反而引起夫差的反感和怀疑。夫差征服越国后，为争霸而欲北上伐齐，伍子胥强烈反对，指出"齐鲁诸侯不过疥癣"，越国才是"腹心之疾"，应该"定越而后图齐"，但夫差不予理睬。

夫差的忍耐终于达到了极限，像一只被挑怒的疯狗一样狂怒起来，赐给伍子胥这位元老旧臣一把属镂宝剑，令其自裁。伍子胥临死前愤怒地说："必取吾眼置吴东门，以观越兵入也。"夫差听了大怒，命人取伍子胥的尸体，盛以鸱夷之皮，投入江中。

公元前489年，夫差听说齐景公死后大臣争夺权力，新立之君幼小无势，于是准备攻打齐国。

伍子胥劝谏说："越王勾践吃饭不设两样以上的菜肴，穿衣不用两种以上的颜色，吊唁死者，慰问病者，这是想到利用民众伐吴报仇啊。勾践不死，必为吴国大患。现在越国是我国的心腹大患，您却不注重，反而把力量用于齐国，岂非大错特错！"夫差不听，北伐齐国，在艾陵大破齐兵。兵至缯邑，召见鲁哀公并索取百牢。季康子派子贡列举周礼来劝说伯嚭，夫差才停止进军。于是夫差留下来略取齐、鲁两国南疆土地。

公元前487年，夫差为驺国讨伐鲁国，至鲁，与鲁定盟后离开。

公元前486年，夫差在邗（今江苏扬州附近）筑城，又开凿邗沟，连结了长江、淮河，在艾陵之战中全歼10万齐军。

公元前485年，齐国和鲁国发生纠纷，齐国请求吴王出兵相助，夫差一口答应下来。伍子胥又劝谏道："大王不应该伐齐，而应该灭越。"夫差听够了他的这种论调，默然无语。伍子胥叹道："大王不听我的话，再过三年，吴国就变成废墟了。"

越王正希望吴国劳师费饷，便推波助澜，极力促成其事，亲率官员前去朝贺，赠送大批礼物，还愿意派出三千甲兵随吴王出征。

吴、齐联军到了中途，鲁国知道无法抵御，便向齐国赔礼求情，齐国便不想攻打鲁国了，叫吴王退兵。夫差出来一次，怎能两手空空回去，齐国的出尔反尔也激怒了他，他掉过头来去攻打齐国了。鲁国听说吴国要打齐国，忙给吴国送礼，愿意出兵和吴王一起攻打齐国。吴国和鲁国联合攻打齐国，齐国上下一片混乱，齐国大臣们杀了惹事的齐悼公，向吴国求和，愿意年年纳贡。夫差见稍一出手便收服了两个大国，十分得意。可他没注意到的是，吴国年轻精壮的士兵却有很多死于战争之中，而且也树敌甚多。

这时伍子胥的死对头太宰伯嚭来报告夫差：伍子胥要反，而且提出了有力的证据。原来伍子胥见屡次谏阻吴王无效，知道吴国迟早要亡，自己虽然随时准备殉国，却爱子心切，借出使齐国的机会把儿子寄养在齐国的一个大夫家里，而齐国正是吴国的敌国。夫差开始还不敢相信，派人去调查，发现情况属实后，夫差大怒道："他真的要反了！"

看到吴王夫差这样胡闹下去会招致吴国的毁灭，伍子胥不惜老命前往姑苏台重提那些逆耳忠言。夫差的忍耐终于达到了极限，在伯嚭的谗言刺激下，他像一只被挑怒的疯狗一样狂怒起来，赐给这位元老旧臣一把属镂宝剑，令其自裁。伍子胥临死前愤怒地说："必取吾眼置吴东门，以观越兵入也。"夫差听了大怒，命人取伍子胥的尸体，盛以鸱夷之皮，投入江中。吴国人可怜他，在江边立祠纪念。元人廖毅有感于伍子胥的事，作《伍王庙》一诗以悼："浩浩凌云志，巍巍报国心。忠魂与潮汐，万古不消沉。"

伍子胥死后，吴王宠信太宰伯嚭，朝政更加腐败昏暗。这时，勾践召见范蠡，问道："吴王已杀伍子胥，阿谀之徒日众。可否伐吴？"范蠡说："反常的迹象虽然已经萌芽，但从天地的整体看，吴国灭亡的征兆尚不十分明显，现在还不可伐吴。"

越王勾践十四年（公元前483年），吴国遇到天灾，没有粮食，民不聊生。勾践又欲乘机伐吴。范蠡说："天时已至，人事未尽，大王姑且等待。"勾践闻言大怒："我与你谈人事，你以天时应付我；现今天时已至，你又借口人事来推诿。这究竟是什么意思？"范蠡回答说："大王勿怪。人事必须与天时、地利互相参会。方可大功告成。现在吴国遭灾，人民恐慌，君臣上下反而会同心协力，来抵御内忧外患。大王宜照旧驰骋游猎，歌舞欢娱。吴国见此，必然不修德政，待其百姓财枯力竭，心灰意懒，便可一举成功了。"勾践强压复仇怒火，依然等待时机。

　　夫差对勾践的使者说："我老了，不能侍奉越王了。"
他以麻布蒙面，说是无颜在地下见伍子胥，便横剑自刎
了。勾践对其予以厚葬。而对一直帮助自己的吴太宰伯
嚭却是毫不留情，立行诛杀。

　　勾践十五年（公元前482年），吴王夫差带上全部的精兵北
上，到卫国黄池（今河南封丘西南）大会诸侯，争夺中原霸主的
地位。当时的霸主是晋定公，夫差想以武力迫使晋定公让出霸主
的宝座来，而国中仅留下太子友及老弱残疾留守。勾践想乘吴国
国内空虚之机出兵攻吴，范蠡分析说："吴王率精兵北上会盟，国
中空虚，太子留守。但吴大军出境未远，闻知越军乘虚而入，会
很快回兵。"因而劝勾践暂缓出兵，隐忍待发。

　　数月之后，范蠡估计吴军已到黄池，便促勾践出兵。勾践派
范蠡为大将，率兵5万攻打吴国。其中一部兵力自海入淮，断吴
主力回援之路，掩护越军主力作战；越军主力则乘虚直取吴国都
城。越军势如破竹，很快攻占了吴国都城姑苏，吴太子友阵亡。

　　这时，夫差打败齐国，正约晋、卫、鲁等国会盟，当上了霸
主。闻此恶讯，夫差不敢张扬，暗派伯嚭，一如越国当年兵败椒
山一样，卑辞厚礼，请求勾践赦免吴国。勾践和范蠡认为吴军主

力未损，现在还不能一举将吴国灭掉，便同意了吴国的求和，退兵回国。

公元前478年，范蠡、文种乘吴国多年灾荒又遇大旱，仓廪空虚，百姓饥饿，再次建议越王勾践乘隙伐吴。吴军全力迎战，可惜吴国的精锐早已损失在往日的东征西讨中了，越军却尽是蓄养多年的精兵。两军交锋，越军以两翼佯动、中央突破、连续进攻的战法，大败吴军于笠泽（今苏州南）。越军继续进军，将吴都姑苏团团围住。按照范蠡的战略，高筑营垒，围而不歼，竟达三年之久。

吴王夫差身处绝境，力不能支，遂派王孙雒袒衣膝行向勾践求和。越王勾践一度犹豫不决。范蠡劝谏道："当年大王兵败会稽，上天把越国赐给吴国，吴国不取，致有今日。现在上天又把吴国赐给越国，越国怎么可以逆天行事？况且，大王难道忘记会稽的耻辱了吗？谋划22年，现在能抛弃前功吗？天与不取，反受其咎。"又出去对王孙雒说："过去是上天把越国赐给吴国，你们不受；今天是上天把吴国赐给越国，我们不敢违背天命而听从你们的请求。"王孙雒还想哀求，范蠡严正地说："越王已把军权交给我了，你如果不尽快离开，我就要得罪了。"说着击鼓传令，大军进军，吴国使者见议和无望，只得大哭离去。不久，越军尽占吴国。

勾践到了最后关头，不忍心处死夫差，封夫差于甬东（会稽以东的海中小岛）一隅之地，给他留下一百户人家，作为他的衣食之资。夫差对勾践的使者说："我老了，不能侍奉越王了。"他以麻布蒙面，说是无颜在地下见伍子胥，便横剑自刎了。勾践对其予以厚葬。而对一直帮助自己的吴太宰伯嚭却是毫不留情，立行诛杀。

越王勾践灭吴距伍子胥自杀不过短短九年时间。

勾践平定吴国后，率得胜之师北上渡过淮河，大会齐、晋等诸侯于徐州（今山东滕州），并向周天子进贡，周王派使臣送来祭肉，封他为侯伯。从此，越国横行江、淮之间，"诸侯毕贺，号称霸王"。越国终于成为春秋时期的最后一任霸主。

诗人李白曾写诗记载勾践灭吴之事，他在《越中览古》中写道："越王勾践破吴归，战士还家尽锦衣。宫女如花满春殿，只今惟有鹧鸪飞。"表达了"古今多少事，都付笑谈中"，一切历史上的功过是非都如过眼烟云的兴亡感。同时代诗人吕温则另有自己的认识："丈夫可杀不可羞，如何送我海西头？更生更聚终须报，二十年间死即休。"认为勾践雪了会稽之耻，就是死去也甘心了。但勾践不是这样的人。

勾践灭吴之后，置酒高会，大宴群臣。军民欢腾跳跃，但勾践却面无喜色。范蠡看出勾践好大喜功的性格，即使谋成国定，也永无满足之日。虽然被封为上将军，范蠡决定激流勇退，离开勾践，离开越国。临行前给勾践上书说："我听说主忧臣劳、主辱臣死。当年大王受辱于会稽，我之所以没死，只是为了今日。现在是我该为会稽之辱死的时候了。"当范蠡向越王辞行时，勾践含泪挽留说："你走后叫我靠谁？你留下，我可以分国一半给你；你如果真走，我就杀掉你的妻子。"范蠡坚定不移地说："我听说，君子适应形势，有计不急于成功，死了不被人猜疑，内心也不自欺。我离开越国，我妻子有什么罪过呢？"于是在一个深夜，范蠡携带金银细软、带领家属和手下，驾一叶扁舟泛于江湖，开始了经商致富之路。后来，他辗转来到齐国。

范蠡跳出是非之地，又想到风雨同舟的同僚文种，遂投书一封，劝说道："飞鸟尽，良弓藏；狡兔死，走狗烹。越王为人，长颈鸟喙，可与共患难，不可与共乐，子何不去？"

文种看到书信后，想起自己为勾践立下大功，不愿放弃眼下的富贵，但又觉得范蠡言之有理，便称病不上朝。后来有人诬告文种要造反，勾践仿效当年夫差杀伍子胥的办法，赐文种一把属镂剑，令其引颈自杀。勾践赐死的命令也堪称经典，他给文种下令说："当年你献给我六条计策，我只用了三条便灭掉了强吴，还有三条在你那里，你到地下我先王那里去试试那三条吧。"文种接剑后仰天长叹："后世的忠臣恐怕要以我为榜样了。"说罢便自杀了。

"狡兔死，走狗烹；飞鸟尽，良弓藏。"过河拆桥，卸磨杀驴，杀害功臣的习惯似乎就是从勾践这里开始传下来的。一直传了两千多年。

范蠡在齐，改姓换名，亲自率领儿子们耕作于海边，齐心合力，同治产业。由于经营有方，没有多久，产业竟然达数千万钱。齐国人听说范蠡的贤明，要请他做齐相。范蠡却喟然叹道："居官致于卿相，治家能致千金，这都是布衣百姓能达到的极致了；久受尊名，终不是什么好事！"于是，他把家财都分给亲友乡邻，只带着最值钱的珠宝，从小道离开了齐国，来到了陶，变易姓名为陶朱公。由于陶的地理位置很好，往来贸易非常发达，范蠡便做起了买卖，没有几年，又置下了巨大的产业。

范蠡的出色智慧造就了春秋晚期吴越争霸的传奇色彩，而范蠡本人也凭借自己的才能，适度掌握着进退之间的步伐，后人曾经有评论说："文种善图始，范蠡能虑终"，相比起来，文种的结局就有些悲凄，如此更显示出范蠡迷人的智慧之光。晚唐诗人汪遵称赞范蠡功成身退泛舟五湖，写道："已立平吴霸越功，片帆高飏五湖风。不知战国官荣者，谁似陶朱得始终。"

注释

〔1〕 王思任（1575 年 8 月 26 日—1646 年 10 月 30 日），生于万历三
年七月二十一日，卒于隆武二年九月二十二日。字季重，号遂东，
晚年号谑庵，山阴（今浙江绍兴）人。他文笔意放纵诙谐，时有讽
刺时政之作。以《游唤》《历游记》两种游记成就最高，《小洋》《天
姥》诸篇尤为著名。诗重自然，才情烂漫，惜放纵太甚，有《王
季重十种》传世。王思任万历二十三年中进士，曾知兴平、当涂、
青浦三县，又任袁州推官、九江佥事。清兵破南京后，鲁王监国，
以思任为礼部右侍郎，进尚书。隆武二年，绍兴为清兵所破，绝
食而死。

〔2〕 巫臣，字子灵，后为申氏，又称屈巫，原是楚国的大夫。后辅佐
晋景公，建议晋国联合吴国，夹击楚国。又亲自到吴国，教吴国
人驾驶战车。这成为楚国衰落、吴国崛起的序幕。

〔3〕 伍子胥叛楚去吴后，差点灭了楚国。楚国此举意在扶持、利用越
国牵制吴国。

〔4〕 "上帝"在殷商甲骨文卜辞和周朝金文中又称"帝""天"。在甲骨
文中，"天"与"上"或"大"字通借。孔子曰："周因于殷礼"。
而儒家则继承了商周的礼制，祭祀的最高神，就是上帝（即昊天
上帝，华夏至高神）。昊天上帝是中国神话中天的尊号。商朝时期
的帝在周朝正式出现昊天上帝的尊称。昊天上帝是带有至高神之

位的天，是华夏历代国家正统祭祀的最高神。华夏的一位官方的至高神。昊天上帝称皇天上帝、帝、上帝、老天爷，他是自然和下国的主宰，他的周围还有日、月、风、雨等作为臣工使者。《通典·礼典》："所谓昊天上帝者，盖元气广大则称昊天，远视苍苍即称苍天，人之所尊，莫过于帝，讬之于天，故称上帝。"基督教传教士借用中国原有语词，对其所信奉之神 God 的译称。天主教译作"天主"。

〔5〕后：君王。上古君主称谓。《诗经·商颂·玄鸟》："商之先后，受命不殆，在武丁孙子。"《说文解字》（白话版）：后，继承王位的君主。象人之形。发布号令通告天下四方，所以广布。字形采用"一、口"会义，发号施令者，就是君王之后。所有与后相关的字，都采用"后"作边旁。

〔6〕鬻：yù，卖。

孙膑与庞涓

"夫赏者，所以喜众，令士忘死也。罚者，所以正乱，令民畏上也。……夫权者，所以聚众也。势者，所以令士必斗也。谋者，所以令敌无备也。诈者，所以困敌也。可以益胜，非其急者也。……缭（料）敌计险，必察远近，……将之道也。必攻不守，兵之急者也。"

——《孙膑兵法·威王问》

避实击虚，作为一种军事谋略，首先是由我国古代大军事家孙武提出来的。他在《孙子兵法·虚实篇》中指出："夫兵形象水，水之形，避高而趋下，兵之形，避实而击虚。水因地而制流，兵因敌而制胜。"意思是说，用兵好比治水，对来势凶猛的强敌，应避开其坚实之处而攻击其虚弱之处。水的流动是由地势高低决定的，用兵则要依据敌情而制定取胜的策略。

避实击虚这一谋略分为两个方面，"避实"和"击虚"，"避实"是手段，是方法，"击虚"是目的，二者是相互关联、不可分开的。如果不能避实，也就不能击虚，避实是为了更有效更猛烈地打击敌人。

自从孙子提出避实击虚这一作战思想后，从古到今，运用这一谋略取胜的战例比比皆是，而最典型的则是孙武的后代孙膑率领齐军在桂陵打败魏军的一战。这就是历史上著名的"围魏救赵"。

孙膑得知庞涓的阴谋后，施以"诈疯魔"之计脱险。孙膑到齐国后，赛马之计成了他的见面礼，但这不过是牛刀小试而已。

"围魏救赵"是孙、庞斗智的精彩对局。两位主角——孙膑和庞涓，本是同师学艺的同窗好友，都师从鬼谷子。

孙膑，战国中期齐国人，《孙子兵法》的传承者。据《史记》里的说法，孙膑乃是"孙武之后世子孙也"，生于"阿、鄄之间"。"阿"即今山东东阿，"鄄"即鄄[1]城。也就是说，孙膑出生在今山东省菏泽与聊城一带，现在一般认为，孙膑的故里在鄄城。

孙膑幼时，父母双亡，叔父孙乔将他抚养成人。或许是家学渊源之故，孙膑对行军布阵极感兴趣，长大后，便拜隐居在齐国的鬼谷子为师，潜心学习兵法。

关于孙膑与庞涓同学之事，司马迁在《史记》中记述得较为简略："孙膑尝与庞涓俱学兵法。"没有说明孙膑与庞涓是跟谁学习兵法的。按照《孙庞演义》[2]等书的说法，孙膑与庞涓的老师叫鬼谷子，是一个极为神秘的人物。

除了孙膑和庞涓，鬼谷子还有两个在历史上大大有名的学生：苏秦和张仪。他们是战国纵横家的代表人物。不幸的是，这位鬼谷子先生培养的四个门生，孙庞为兵家，是死对头；苏张是纵横家，苏秦搞"合纵"，即六国联合抗秦，张仪则以连横之术来破坏其合纵，虽然两人没有像孙庞那样成为不共戴天的仇敌，但毕竟也是政治上的对手。

孙膑与庞涓同跟鬼谷子学习兵法，师兄弟之间感情很融洽。所以孙膑对庞涓非常信任，从来没想过庞涓会陷害自己。

庞涓是个心浮气躁的人，他跟鬼谷子学兵法三年，自以为学成了，便想出山一试身手。一日，庞涓外出时，听说离齐国不远的魏国正在不惜巨资招贤纳士，不禁心动，辞别鬼谷子前往魏国应聘。

庞涓拜别孙膑下山，临行前还表示"苟富贵，毋相忘"，可是当上魏国兵马大元帅后，便把孙膑抛到脑后了。后来墨子周游列国，拜会鬼谷子，很赏识孙膑，便在见到魏王时举荐孙膑，因而孙膑得以入魏辅佐魏王。庞涓知道孙膑的学问比自己大，便设计陷害孙膑。他诬称孙膑企图叛魏，使魏王将孙膑革职问罪，处以死刑，然后自己又向魏王求情，从轻处罚，砍去孙膑两足，并在他脸上刻字涂墨。司马迁在《史记》中用几句话写出了庞涓的卑鄙阴暗心理："庞涓既事魏，而自以为能不及孙膑，乃阴使召孙膑。膑至，庞涓恐其贤于己，嫉之，则以法刑断其两足而黥[3]之，欲隐勿见。"

司马迁没写明孙膑受的是不是膑刑，只是说庞涓"断其两足"，而且在孙膑的脸上刻字，为的是让孙膑不在世上出现。根据孙膑的名字来分析，很可能当时的人们就已经忘了孙膑的原名，只好以其所受的酷刑之名称呼他，因为一般人们不会以"膑[4]"、"刖[5]"之类的不祥字样用做名字。由此推测，孙膑受的是被挖去膝盖骨的膑刑，而不是被砍断双足的刖刑。

庞涓知道孙膑的军事才能在自己之上，竟想出了如此狠毒的主意。而他之所以没有马上杀掉孙膑，是想先让孙膑写出记忆中鬼谷子传授给他的一部兵法。

孙膑不知道庞涓的阴谋，反而非常感激老同学的救命之恩。为了使老师鬼谷子传授的兵法能派上用场，他日夜不停地赶着回忆和抄写，以便能早日把这部兵法写好献给庞涓。

看到孙膑如此被陷害和欺骗，庞涓派来看守他的人十分不忍和同情，于是偷偷地把真相告诉了他。

孙膑得知是庞涓有意陷害自己时气得怒火填胸，当即把抄写好的一半兵法用火烧掉。可是自己身体残废，又身陷图圄，如何才能脱离虎口呢？孙膑玩起了"诈疯魔"的计谋，即把自己装成疯子。为了使庞涓相信自己真疯，他当着庞涓的面吃屎喝尿，与猪狗睡在一起。看到孙膑已经成为废人，庞涓对他的防范日益松懈了下来。

后来，墨子的弟子禽滑厘在魏国发现了孙膑，赴齐国向墨子、田忌述说了孙膑的悲惨遭遇，田忌又转告了齐威王。于是齐国派淳于髡[6]、禽滑厘[7]以给魏王进茶为名，秘密将孙膑载回了齐国。

孙膑已是个不能走动的残疾之人，他之所以忍辱含垢以偷生，就是为了有朝一日能够得报大仇。

蔡元放[8]评《东周列国志》[9]孙庞之事时有段评论，写得鞭辟入里："无德敬有德，无才爱有才，此上达之事，君子之盛节也；无德嫉有德，小才嫉大才，小人忌刻之心也。平人之忌刻，不过横加訾议[10]毁谤，以求损其名而已；若有权位势力之人，则势必有杀伤之事矣。但明为难而行其挤排者，其奸易破，而其祸亦可图；至阳为好而阴肆其残，则其险毒为更甚，而其祸亦令人难防。故名位爵禄之间，有才人与无才人处，于其为好者，亦必慎以察之，勿遽[11]信而遭其陷阱也。""君子常下人，小人专好上人。君子为己，故乐与胜己者处，以求增其所不能；小人逞欲，故乐与不若己者处，以求饰其所不及。恶不及而好上人，虽平人亦难与处，况名位爵禄之际乎？孙膑之不死于庞涓之手者幸也！""即以庞涓而论，既知孙膑才高，若肯欢然同事，则魏国必强。魏国强，则己身亦安，而荣禄可保。即使膑位出己上，于己亦有荣施，不犹愈于身败名灭乎？况以同学之情，同朝共事之谊，孙膑之忠厚，逐渐请其教益，则十三篇不难尽得其传。孙卿之外，已亦可高处一座乎？计不及此，而乃出于谋杀之途，其心虽险，而计实其愚也。"

孙膑到齐国后做了大将田忌的军师，田忌很敬重孙膑，把他留在自己的府中，助自己出谋划策。孙膑献的见面礼便是设计使田忌在与齐威王赛马中取胜。这便是有名的"田忌赛马"。

当时齐威王喜欢赛马，闲时常与宗族、贵戚、大臣们赛马赌博。田忌的马要比齐威王的差一些，因此每赛必输。一日，齐威王又要与田忌赛马，田忌邀孙膑同去观看。孙膑发现，田忌的马力与齐威王的相比，差别并不大，但田忌三比皆输。原来，他们根据马的优劣将马分为上、中、下三等，每次比赛赛三次。田忌总是用跑速最快的一等马（上驷）去和齐威王的上驷比，同理，以中驷比中驷，以下驷比下驷。田忌的三驷都比不上齐威王的，所以每赛必输。孙膑在一旁洞若观火，见田忌因三比皆负十分懊丧，便说："您再去和齐王约好时间重新比赛，我能令您赢！"

田忌大喜，与齐威王及诸公子约定再比赛马，而且每驷以千金作为赌注。齐威王见田忌又要来给自己"送钱"，喜不自胜地答应了。

临赛之日，田忌问孙膑如何取胜。孙膑笑道："用您的下驷去比齐王的上驷，用您的上驷去比其中驷，用您的中驷去比其下驷。这样，您的下驷虽然输了，但上驷和中驷能赢，三比两胜，可赢得千金。"田忌闻计恍然大悟，如法炮制，果然赢得齐威王千金。

马还是原来的马，场地还是原来的场地，规则还是原来的规则，怎么这一回却输了呢？齐威王为此大惑不解。他找来田忌，问田忌获胜的原因，田忌如实回答，说是孙膑的主意，并趁机向齐威王举荐孙膑。

齐威王召见孙膑，向他询问治国整军的大计方针，孙膑讲得头头是道，齐威王真后悔没有早一点见到这样的奇才。

"田忌赛马"不过是孙膑牛刀小试，真正体现他智慧的是"围魏救赵"一仗。

孙膑说："要想排开别人的打架斗殴，不能动手参加进去；用兵解围，要避实击虚，击中要害。"这样才能调动敌人，在运动中消灭敌人。

齐国和魏国因为利益的争夺必定一决高下，孙膑和庞涓也将在战场上见分晓。

庞涓自掌握魏国兵权之后，将魏国周边的赵、韩、秦、卫、齐等几个诸侯国视作魏国称霸中原的仇敌，他依仗自己有些军事才能，四处扩张，攻城略地，常常得手。诸侯们对魏国的咄咄逼人之势颇感头痛。齐国也是中原大国，是魏国称霸的头号敌人。魏国欲独霸中原，齐魏必有一战。魏惠王得意于庞涓的战无不克，野心也逐渐膨胀。他与庞涓的争霸方略是，先用战争手段威服韩、赵，扩张领土，西面以对秦防御为主，然后东进与齐国决战，争夺中原霸主地位。

公元前353年，魏国以庞涓为主将，率兵包围了赵国都城邯郸（今河北邯郸）。双方相持了一年之久，赵国感到力量不支，就向齐国求救。答应如果齐国派兵相救，将把中山[12]之邑献与齐国。

虽然丞相邹忌不愿出兵援赵，但齐威王知道赵国被魏国吞并后的严重后果，而且此时赵衰魏疲，出兵救赵的时机已经成熟，准备派孙膑为主将发兵救赵。

孙膑以自己受过刑为由辞谢，说："臣是一个受过刑罚、身体不全的人，如果让臣当主将，别国会笑话我们齐国无人，大王还是请田将军为主将吧。"齐王于是就拜田忌为大将，孙膑为军师，率领八万军队，伐魏救赵。孙膑就坐在用布围着的辎车里，筹划谋略。辎车是一种设有帷帐、可以坐卧的车子，孙膑端坐车上，统率千军万马，指挥若定，颇有儒将之风。

大军出发之初，田忌准备直接赶到邯郸，与魏军作战。他充满自信，认为率领将士日夜兼程赶到邯郸，与赵军内外夹击，就可一鼓作气消灭魏军，解除赵国之围。

但轮椅上的军师孙膑不同意这一构想，他提出一个疑问，即："如果我军赶到邯郸时，魏军已经占领邯郸，赵军也已溃散，我疲劳之师又如何抵挡气焰正盛的魏军呢？"

田忌听了猛地一惊，心想，自己险些坏了大事，便谦虚地向孙膑讨教。

孙膑说："要解开纷乱的丝线，不能用手强拉硬扯；要想排开别人的打架斗殴，不能动手参加进去；用兵解围，要避实击虚，击中要害。"并提出了一个新的作战方案——围魏救赵。

孙膑的理由是：现在魏国和赵国打仗，精锐的军队必然全部出动在国外，只留老弱的兵卒困守在国中，内部一定十分空虚。我们如率领军队直接向国都大梁进发，占领它的交通要道，袭击它的薄弱后方，魏军一定会丢下赵国而回师救援，这样我们就可以以逸待劳，不但能够解除赵国的围困，而且还能打败魏国。这就是抓住敌人要害，攻击敌人虚弱之处的"批亢捣虚"的作战方针。

田忌接受了孙膑的建议，指挥齐军直指大梁。为了实现"批亢捣虚"的作战方针，孙膑还设下假象迷惑魏军。这就是"南攻平陵（今河南睢县西）"。

平陵是魏国东部平原地区的军事重镇，较难攻取，而且攻城部队有受魏军夹击被切断后方联络的危险。孙膑对此本来也很了解。他之所以决定向平陵进攻，就是为了使庞涓产生齐将指挥无能的错觉。

当齐军接近平陵时，孙膑又建议只派一部兵力佯攻平陵，并指示他们，如果遭遇魏军的夹击，就假装败退下来，进一步使庞涓产生齐军战斗力很差的错觉。

此外，还另派一部轻车部队及少量步兵"西驰梁郊"，佯示袭击大梁（今河南开封），以激怒庞涓，诱其急速回救，而将主力埋伏在判定魏军必经的桂陵（今河南长垣北）附近。

这一行动果真迫使庞涓回兵救援。当疲惫不堪的魏军回师大梁时，却钻入了孙膑早已布置好的口袋——桂陵伏击区。桂陵一战，魏军大败，损失惨重，庞涓也险些被俘，赵国之围随之而解。

避实击虚是孙子提出的战法，但孙膑在桂陵之战中没有刻板地运用这一谋略，而是根据实际情况进行了相应的调整和变动：一是全面地了解和正确地分析了敌对双方的情况，真正找出敌人的虚实所在；二是选择了敌人回救时精疲力尽的有利时机，一举打败敌人；三是选定正确的作战方向，"避其锐气，击其惰归"，达到"攻而必胜"的目的。

如果说"围魏救赵"是孙膑调动敌人，避实击虚的高招，那么"添兵减灶"则是孙膑诱敌的绝妙之策了。

被诱至马陵道的庞涓知道自己没法活着出去，长叹一声道："我中了奸计，终于让孙膑这小子名扬天下了！"说完拔剑自刎而死。

齐魏桂陵之战后，韩国趁火打劫，出兵侵占魏国两座城邑。魏惠王只得改变战略，将邯郸城还给赵国，与赵成侯会盟于漳水，准备腾出手来对付乘人之危的韩国。经过13年的休养生息，魏惠王与庞涓自以为国力大增，乃决定讨伐韩国。

公元前341年，魏国与赵国组成联军，以魏国太子申为统帅，庞涓为主将兼军师，进攻弱小的韩国。韩国依靠自己的力量无法抵抗强敌的入侵，就遣使向齐国求救。对于是否发兵救韩，齐国大臣们意见不一。邹忌不同意出兵，田忌则主张立即发兵救韩。

邹忌与田忌两人一向不和，凡事总是针锋相对。

孙膑既不同意不出兵相救，也不同意立即发兵。齐宣王问救韩国早与晚孰利。他说："夫韩、魏之兵未弊而救之，是吾代韩受魏之兵，顾反听命于韩也。且魏有破国之志，韩见亡，必东面而愬于齐矣。吾因深结韩之亲而晚承魏之弊，则可受重利而得尊名也。"意思是等韩魏两败俱伤之时再出兵攻魏救韩，则可坐收渔人之利。此乃"卞庄刺虎"之原理："待弱者死、壮者伤，一举而得两虎之名。"齐威王采纳了孙膑的意见，先遣使至韩，表示齐国一定出兵相救，给韩国君臣吃了一颗定心丸。韩国恃齐国之援，遂与魏国展开拼死大战。

韩军与魏军进行了五次大战役，结果韩军五战五败，而齐兵又迟迟不到，韩昭侯急得团团转，遣使催促齐国出兵，表示只要齐国出兵，韩国愿意听命于齐。

齐威王见时机已到，仍派庞涓的老对手田忌和孙膑分任主帅和军师，发兵救韩。

当时魏国的都城在大梁，韩国的都城在新郑，从新郑到大梁不足 100 公里，而且沿途地势平坦。齐国要救援韩国必须途经魏国。孙膑便向田忌建议直趋魏国都城大梁，以迫使庞涓回师相救。田忌于是挥师进入魏国国境。

孙膑仍用 13 年前"围魏救赵"之计，此乃《孙子兵法》中所谓"攻其所必救"的策略。庞涓正与韩军酣战，惊闻齐军又去攻打魏都大梁，不得不撤韩都之围，率大军回救大梁。庞涓决心要报前次在桂陵兵败之仇，命令全军立即回师。同时选拔精锐部队，自己亲自率领，兼程返魏拦击齐军。

田忌得知庞涓率领魏赵联军气势汹汹地追杀过来，一时不知如何是好，向孙膑讨教克敌之计。

孙膑早已成竹在胸，对田忌说："魏国士兵向来以剽悍勇猛、敢打敢冲闻名于世，并且从来就看不起齐国士兵，认为齐军胆小软弱，不堪一击，不足为患。因此我们不能拿弱军与强敌硬拼，只能根据当前的形势巧用计谋才能战而胜之。兵法上指出：百里外前来作战企图取胜的军队会落得损兵折将的下场；50里外前来作战图谋取得胜利的军队肯定也要损失半数以上的兵员。现在庞涓统率的联军将骄兵傲，又来回奔波，我们不如将计就计：当我们进入魏国境内的头一天，下令挖10万人的行军灶，次日挖5万人的灶，到第三天挖3万人的灶。我们用这种办法来制造我军士兵大量逃亡的假象，以便使庞涓在思想上更加轻视我们，引诱他轻装追击进入齐国，我们在那设伏，不愁庞涓不败。"田忌听了大喜，依计而行。

庞涓从魏国境内追击齐军，见齐军挖造的灶大量减少，心中十分高兴，对部下说："我早知道齐国士兵胆小怕死，现在情况果不出我所料，他们进入我国境内才几天，开小差逃亡的已经超过半数了。"于是传令联军加速追击齐军。庞涓求胜心切，认为丧失战斗意志的齐军容易消灭，便下令前军殿后，自己亲率轻骑日夜兼程追赶。

孙膑诱敌深入以歼灭之的制胜方略在逐步实现，他估计庞涓的轻骑在夜间可追到齐国的马陵道（今山东范县西南）。马陵道自古即为兵家所忌的险要地，一条小道的两旁是树木参天的山峦，长得与人一般高的茅草布满了山坡，是个易伏难行的险地，利于打伏击战。

孙膑和田忌就在这山坡草丛中埋伏众多的弓箭手。他们又命士兵砍伐树木挡住道路，留下路中间的一株，剥掉树皮，上书"庞涓死于此树下"几个大字，并命令埋伏的弓箭手只待看见树下出现火光，立即万箭齐发。

当天半夜时分，庞涓亲率一支轻骑追到马陵道。庞涓熟读兵书，知道马陵道是兵家必避之地，但由于连日追击未能截获齐军而心急如焚，丧失了应有的理智，故而抱着侥幸心理料定齐军不会在此设伏。为了争取时间，他一个劲地催促手下军士快速通过马陵道。

忽然前军来报，说是有树木堆放道中，挡住去路，庞涓下令搬走树木。当庞涓摸黑赶到前军时，隐约见到有棵大树，白白的树干上似乎写了一行字，但又看不清楚。庞涓便令人点燃火把，以便看清树上写的是什么字。

不料火把刚刚点着，从两旁山丘上射来一阵阵乱箭，魏国骑兵纷纷中箭倒下，队伍大乱，任庞涓和众将大声吆喝也不顶用。

庞涓抬头看见树上那一行字后大呼上当，他连忙指挥骑兵后撤。魏军自相践踏，死伤无数，但仍未能逃出马陵道。身中数箭的庞涓知道此番中计已难脱身，长叹一声道："我中了奸计，终于让孙膑这小子名扬天下了！"说完拔剑自刎而死。

田忌和孙膑乘胜大破魏赵联军十万人，并俘虏了太子申。

马陵之战也是孙膑和庞涓在战场上的第二次较量，孙膑获得了彻底的胜利。此役显示出孙膑卓越的军事才能。他等了十三年，必欲一役置庞涓于死地，其算度之精、计谋之深、用心之狠，真令人击节！

马陵之战大伤魏国元气，魏国从此一蹶不振。第二年，齐、秦、赵三国即开始攻占魏国城邑。有史家认为，马陵之战，实为"秦国与中原之转捩点"。此役将魏文侯以来魏国在中原的霸业基础摧毁殆尽，"而对秦之东方关隘已破，虎兕出柙，中原之形势突变，历史乃转为另一时代。"

马陵之战，为秦国势力东进创造了条件，从一定意义上说，此役加速了秦国统一中国的进程。

正如庞涓所言，孙膑在此役之后名声大振。这也使孙膑一跃而名列中国最卓越的军事家之一。

战后，庞涓的尸体被齐兵寻到，孙膑挥剑将庞涓的脑袋砍下，令人挂在旗杆上示众三日。因为赵韩两国都曾受到庞涓的攻击，都对庞涓恨入骨髓，所以皆派人到齐国索要庞涓的尸体，要将庞涓戮尸以泄愤。齐威王对赵韩两国的要求表示理解，遂命人将庞涓的尸体分为两份，一份给赵国，一份给韩国，而将庞涓的脑袋留在齐国。后来魏国主动与齐国讲和，齐王才将庞涓的脑袋装入石匣中以礼埋葬。《淄川县志》载："庞涓墓在县西南里许。"即今山东省淄博市淄川区查王乡将军头村。毕竟庞涓也是个曾经叱咤风云的人物，所以，当地人将庞涓墓保存得很好，连村名也叫"将军头村"，历经两千多年而沿用至今。明朝嘉靖年间的淄川知县李性还为庞涓竖了墓碑，上书："魏将军庞涓之墓。"1963年全国文物复查时，庞涓墓依然保存完好，封土周长60余米，高8米，墓碑尚存。另据《淄博市志》记载，"文革"时，庞涓墓被毁，墓碑不知去向。将军头村一个姓魏的村民在庞涓墓址挖土时，曾挖出一个石匣，长1.5米，由五块石板拼成，石板雕有纹饰。还有残损头骨一个，牙齿尚完整。这十有八九就是庞涓的骷髅。可惜当时没有保护好，如今已荡然无存。

"攻魏救赵，因败魏军，千古高手。"孙膑能够掌握战略主动权，驾驭战争，调动敌人，在运动中削弱敌人，战胜敌人，是实践中国兵法的千古高手。

孙膑之所以厕身齐国政坛十几年，为的就是要报庞涓无端加害之仇。当他大仇得报之时，对肮脏的政治还有什么可留恋的呢？所以，在马陵之战结束后，他就准备归隐了。《东周列国志》这样描写孙膑在马陵之战后的结局："孙膑军师如故，加封大邑。孙膑固辞不受，手录其祖孙武《兵书》十三篇献于宣王：'臣以废人，过蒙擢用，今上报主恩，下酬私怨，于愿足矣。臣之所学，尽在此书，留臣亦无用，愿得闲山一片，为终老之计。'宣王留之不得，乃封以石闾之山（在山东泰安）。"

孙膑的生卒年月已不可考了。他与师弟庞涓一起走上历史舞台，又在庞涓死后悄然消失，留下了一段令人回肠荡气的故事，让人们评说至今。更令孙膑不朽的是，他还为后人留下了一部兵书，而且这部兵书蒙尘一千多年后才重见天日，这使孙膑这位两千多年前的军事家又成为当代的一个新闻人物。

司马迁在《史记·孙吴列传》中，较为详细地叙述了孙膑的四项事迹：被庞涓加害致残、助田忌赛马、围魏救赵、马陵之战，并于叙述完马陵之战后特意说明："孙膑以此名显天下，世传其兵法。"东汉班固《汉书·艺文志》也记载说："《吴孙子》八十二篇，图九卷；《齐孙子》八十九篇，图四卷。"《吴孙子》即孙武的兵法著作《孙子兵法》，《齐孙子》即今天所说的《孙膑兵法》。不过，今传《孙子兵法》只有十三篇，没有图。因为这条记载，有人甚至对《孙子兵法》的真伪问题也产生了怀疑。而最令人疑心大起的是孙膑。自东汉以后，孙膑便绝少为人所提及。

唐初修撰《隋书》，在《经籍志》里没有录《齐孙子》。之后的人们便再也没有发现这部书。所以，清代乾隆皇帝修撰《四库全书》，"兵家类存目"中没有提到《齐孙子》。甚至有人认为，孙膑与孙武实为一人，《吴孙子》与《齐孙子》同为一书，是司马迁和班固将一个人误作两个人了；还有人干脆认为历史上并无孙膑其人，当然也就没有《孙膑兵法》传世了，有人进而推断，孙膑的老师鬼谷先生是附会出来的一个人物，现存《鬼谷子》一书亦系伪托之作……当然相信司马迁和班固的也大有人在，一方说有，一方说无，双方谁也说服不了谁。

历史的车轮驶到了 1972 年 4 月，在山东省临沂市银雀山基建工地，工人们发掘出两座古墓，古墓里的殉葬品很多，立即引起了当时考古界的关注。经专家们细心挖掘、整理、考证，确定这两座古墓的大体时间为公元前 100 年，此时是西汉武帝时期。最令专家们振奋的，是从墓中清理出的七千五百余片竹简。这些竹简上的字迹，大多清晰可辨，有些文字是《晏子春秋》[13]里的，有一些是《孙子兵法》里的，有一些见于《六韬》[14]、《尉缭子》[15]、《管子》[16]等先秦古籍。但还有很多文句，不见于现存的古代著作，那么，这些肯定是已经散佚的古书了。专家们意识到，这座古墓的发现，很可能让他们有了关于中国古代文化方面的重大发现。果然，在许多竹简上，写有"孙子曰"的字样。有一些除了和现存《孙子兵法》的内容相吻合的之外，还有一些"孙子曰"的句子是人们初次读到的。而且,有些竹简上还有"孙子见威王"、"忌子召孙子问曰"、"擒庞涓"、"田忌问孙子曰"等内容。而"威王"、"忌子"(即田忌)是战国时的人物,与孙武不在同一时代。据《史记》记载,孙膑初到齐国时,曾住在田忌家中,后来经田忌举荐成为齐威王的军师。竹简上记载的与齐威王、田忌交谈的"孙子",分明就是司马迁笔下的孙膑!这一重大发现,解开了"孙子和孙膑是否为一人、其兵书是一部还是两部"的千古之谜,被认为是中华人民共和国成立以来十大考古发现之一。三年后,文物出版社整理出版了竹简影印注释本《孙膑兵法》,计一万一千字。至此,关于孙膑有无其人的争论戛然而止。

虽然历史上确有孙膑其人,但他的出现与失踪却仍是谜团重重。他是与其同学庞涓一同走上历史舞台的,他一生所做的事,似乎就是为了复仇。当他大仇得报之后,又随着庞涓的死走下了历史舞台,从此便不知所终。

孙膑的军事指挥艺术得到了后人极大的尊重,毛泽东就极为推崇孙膑。毛泽东爱读《智囊》[17]一书,《智囊·制胜》孙膑处记述:"魏伐赵,赵急,请救于齐。齐威王欲将孙膑,膑以刑余辞。乃将田忌而孙子为师,居辎车中,坐为计谋。田忌欲引兵救赵,孙子曰:'夫解纷者不控卷,救斗者不搏戟。批亢捣虚,形格势禁,则自为解耳。今梁、赵相攻,轻兵锐卒必尽于外,老弱罢于内。君不若引兵疾走大梁，冲其方虚。彼必释赵而自救，是我一举解赵之困，而收敝于魏也。'忌从之，魏果去邯郸，与齐战于桂陵，大破梁军。"毛泽东在此段文字的天头画了三个圈，评点道："攻魏救赵，因败魏军，千古高手。"认为孙膑能够掌握战略主动权，驾驭战争，调动敌人，在运动中削弱敌人，战胜敌人，是实践中国兵法的千古高手。

孙膑"围魏救赵"是运用兵法思想的辉煌战例。《吕氏春秋》[18]上说"孙膑贵势"，何谓"势"？《孙子兵法》指出："势者，因利而制权也。"意思是说，所谓"势"就是要根据战争实际创造出有利于己的作战态势。"因利而制权"思想的核心还在于"致人而不致于人"，即掌握战略主动权，这里面应具有三个方面的含义：一是处于主导战争全局的地位；二是能够在较大程度上决定自身的行动；三是能够在较大程度上主宰敌人的行动。唐代兵法家李靖[19]曾指出，中国兵法千章万句，不外乎"致人而不致于人"而已。孙膑"围魏救赵"的关键也正在于此，驾驭战争全局，后发先至，调动敌人，变被动为主动，掌握战略主动权。毛泽东对"围魏救赵"这一战法非常重视，对这一战法所蕴含的思想认识深刻。抗日战争时期，他在其著名的《抗日游击战争的战略问题》一文中论述外线作战灵活机动打击敌人时曾指出，"这就是'围魏救赵'的办法"；解放战争时期，他创造性地运用这一思想，指挥刘邓大军千里挺进大别山，实现了人民军队由内

线防御作战向外线进攻作战的战略转变，牢牢掌握了解放战争的
主动权。

　　中国兵法是在天下倾覆、生灵涂炭中概括出来的学问，掌握
中国兵法思想有两个必由途径：一是胸怀天下安危，躬身实践，
在实践中舍得拿身家性命去拼赌，在腥风血雨中闯荡，获得胜利
自然成为兵法大家；一是志于兵法研究，身罹磨难，在磨难中体
悟兵法思想，在书本上钻研只能掌握中国兵法的皮毛，磨难才出
真功夫。舍此两个途径不能掌握中国兵法的精髓，从书本到书本
只能掌握中国兵法的言辞，夸夸其谈，无济于事。孙膑就是在研
究中国兵法的过程中遭受嫉害，身陷窘境，才磨炼出真功夫，成
为中国兵法的千古人物的。可以说，孙膑是中国历史上唯一一个
躺在辎车上谋划战争策略的大军事家。

注释

〔1〕 鄄：juàn，〔~城〕地名，在中国山东省。

〔2〕《孙庞斗志演义》，又名《孙庞演义》《前七国孙庞演义》，历史演义小说。是成书于明末的一部章回体小说，凡四卷二十回，作者尚有争议，但一般认定其作者为明末清初时人吴门啸客。本书主要以《史记》所记载战国时期孙膑与庞涓斗智的故事为底本，杂以历代说部、戏曲的相关演绎，又穿插了不少神怪小说内容，并成功使用对比手法塑造了孙膑与庞涓两个色彩鲜明的角色，具有一定的文学性和可读性，但也存在着史实错杂、内容荒诞等问题。

〔3〕 黥：qíng，古代在人脸上刺字并涂墨之刑，后亦施于士兵以防逃跑。~首。

〔4〕 膑：bìn，同"髌"，膝盖骨；古代除去膝盖骨的酷刑。

〔5〕 刖：yuè，古代的一种酷刑，把脚砍掉。"昔卞和献宝，楚王~之"。

〔6〕 淳于髡：chún yú kūn，人名。战国时齐人，滑稽善辩，常为齐出使各诸侯国，未尝辱命，齐威王以为诸侯主客。尝以隐语讽谏威王，罢长夜之饮，改革内政。

〔7〕 禽滑厘：qín gǔlí，战国初人，传说是墨子的首席弟子。尝问小国所以御强敌大之道于墨子，曾率墨者三百人，助宋守城，以御楚侵。"厘"简化前写作"釐"。

〔8〕 蔡元放，秣陵（今江苏南京）人，名嵩，号七都梦夫、野云主人。

清初著名文学家。清代乾隆年间，他为明末冯梦龙的《新列国志》
作了一番修改，并加了序、读法、详细的评语和简要的注释，改
名为《东周列国志》，共 23 卷，108 回。他也评过《水浒后传》，
析为 10 卷，每卷 4 回，精作修订。

〔9〕《东周列国志》是中国古代的一部历史演义小说，作者是明末小说
家冯梦龙。这部小说由古白话写成，主要描写了从西周宣王时期
直到秦始皇统一六国这五百多年的历史。

〔10〕訾议：亦作"訿议"。非议，评论人的短处。訾：zǐ，说人坏话。

〔11〕遽：jù，急，仓促。

〔12〕中山：古国名，春秋末年鲜虞人所建，在今河北省定县、唐县一
带，后为赵所灭。

〔13〕《晏子春秋》是记载春秋时期（公元前 770 年—公元前 476 年）
齐国政治家晏婴（晏子）言行的一部历史典籍，用史料和民间传
说汇编而成，书中记载了很多晏婴劝告君主勤政，不要贪图享
乐，以及爱护百姓、任用贤能和虚心纳谏的事例，成为后世人学
习的榜样。过去疑古派认为《晏子春秋》是伪书，《晏子春秋》
也被长期冷落，直自 1972 年银雀山汉墓出土文献才证明《晏子
春秋》并非伪书。书中有很多生动的情节，表现出晏婴的聪明和
机敏，如"晏子使楚"等就在民间广泛流传。《晏子春秋》经过
刘向的整理，共有内、外 8 篇，215 章。

〔14〕《六韬》是一部集先秦军事思想之大成的著作，《六韬》通过周文

王、武王与吕望对话的形式，论述治国、治军和指导战争的理论、原则，对后代的军事思想有很大的影响，被誉为是兵家权谋类的始祖。司马迁在《史记·齐太公世家》称："后世之言兵及周之阴权，皆宗太公为本谋。"北宋神宗元丰年间，《六韬》被列为《武经七书》之一，为武学必读之书。《六韬》在16世纪传入日本，18世纪传入欧洲，现今已翻译成日、法、朝、越、英、俄等多种文字。

〔15〕《尉缭子》是中国古代的一部重要的兵书。《尉缭子》一书，对于它的作者、成书年代以及性质归属历代都颇有争议。一说《尉缭子》的作者是魏惠王时的隐士，一说为秦始皇时的大梁人尉缭。一般署名是尉缭子。最早著录于《汉书·艺文志》，书中杂家类著录《尉缭》29篇，兵形势家类著录《尉缭》31篇。1972年在山东临沂银雀山汉墓出土了《尉缭子》残简，说明此书在西汉已流行，一般认为成书于战国时代。

〔16〕《管子》，中国春秋时期（公元前770年—公元前476年）齐国政治家、思想家管仲及管仲学派的言行事迹。大约成书于战国（公元前475年—公元前221年）时代至秦汉时期。刘向编定《管子》时共86篇，今本实存76篇，其馀10篇仅存目录。《管子》76篇，分为8类：《经言》9篇，《外言》8篇，《内言》7篇，《短语》17篇，《区言》5篇，《杂篇》10篇，《管子解》4篇，《管子轻重》16篇。

〔17〕《智囊》是冯梦龙搜集的子史经传与笔记丛谈中有关智慧的故事

集，是一部帮助人们排忧解难和克敌制胜的处世奇书。全书共分为上智、明智、察智、胆智、术智、捷智、语智、兵智、闺智、杂智十部共计二十八个小类。全书既有政治、军事、外交方面的大谋略，也有士卒、漂妇、仆奴、僧道、农夫、画工等小人物日常生活中的聪明才智。

〔18〕《吕氏春秋》是秦国丞相吕不韦主编的一部古代百科全书似的传世巨著，有八览、六论、十二纪，共二十多万言。吕不韦自己认为其中包括了天地万物古往今来的事理，所以号称《吕氏春秋》。

〔19〕卫国景武公李靖（571年—649年），字药师，雍州三原（今陕西三原县东北）人。隋末唐初将领，是唐朝文武兼备的著名军事家。后封卫国公，世称李卫公。李靖善于用兵，长于谋略，原为隋将，后效力李唐，为唐王朝的建立发展立下赫赫战功，南平萧铣、辅公祏，北灭东突厥，西破吐谷浑。去世后谥曰景武，陪葬昭陵。著有数种兵书，惟多亡佚。

刘 邦 与 项 羽

大风起兮云飞扬。

威加海内兮归故乡。

安得猛士兮守四方！

——刘邦《大风歌》

力拔山兮气盖世，

时不利兮骓不逝。

骓不逝兮可奈何，

虞兮虞兮奈若何！

——项羽《垓下歌》

战争不只是勇气的抗争，也是智谋的较量，既要斗力，还要斗勇，更要斗智。智慧是勇气的翅膀。有勇无谋，是匹夫之勇，是鲁莽之勇，一定会遭敌暗算。宋代大文豪苏轼说："匹夫见辱，拔剑而起，挺身而斗，此不足勇也。天下有大勇也，猝然临之而不惊，无故加之而不怒。"所以，只有智勇合一，有胆有识，才能战胜敌人。

中国第一流的谋略大师都深深懂得这个道理，所以他们在与对手较量时总表现出"计"高一筹。这个"计"就是计谋。

秦亡后，楚汉相争，双方在成皋一带对峙，战局成胶着状态。项羽几次猛攻，刘邦都不出战，凭着深沟高垒予以抵抗。

为了逼刘邦出战，项羽把在彭城（今江苏徐州）俘获的刘邦的父亲和吕后押到阵前，扬言刘邦再不出战就要架起火炉将他们烹了。却不料刘邦嘿嘿一笑，说："我和大王曾在怀王面前结为兄弟，我的父亲也就成了你的父亲，如果你要烹你的父亲，请分给我一杯汤喝。"

项羽气愤不已，又对刘邦说："现在天下生灵涂炭，不能安宁，就是因为我们两人的相互争斗，这样旷日持久，没完没了。现在请你走出城门，我们两人在这里比拼一场，以定胜负，也好有个了结。"

当然，这样的话对于政治上非常成熟的刘邦来说是贫乏无力的，只见他捻着胡须，缓缓道出了流传千古的名言："吾宁斗智，而不斗力。"说话时带着几分微笑，也带着几分自信，气得项羽嗷嗷大叫。

为什么刘邦只愿与项羽斗智不斗力？ 一是因为当时刘邦实力逊于项羽，二是因为项羽无谋，徒恃其勇，斗智不斗力，正是以己之长，攻敌所短。

比较一下他们的发迹史，可以看出两人的特点。

刘邦（公元前256年—前195年），沛县丰邑（今江苏丰县）人，出身布衣，不治产业，每天游手好闲，专爱结交朋友，又好酒及色，狎侮诸客，鄙视礼仪。曾为泗水亭长。当地乡绅吕公做寿时，别人送上的礼单上都只照实写上五十文钱或是一百文钱，唯独他虽然囊空如洗，却大笔一挥写上一万钱的贺仪。喜得吕公请他坐了首席，并将女儿吕雉许配给他。此事足见刘邦为人豪侠，不拘礼节。刘邦可说是一个典型的为传统观念所鄙视的地痞无赖的形象。当然，他也以自己的人生标准鄙视着传统道德。

项羽（公元前232年—前202年）出身贵族家庭，其祖先项燕是楚国著名将领，与秦兵作战时被杀。他的叔父项梁也是著名战将，参加反秦起义，多次打败秦军，但后来却被章邯带领的奴隶军队打败而丢了性命。项羽小时候，就是这位叔父指点他读书，但项羽读不下去，又教他学剑，也没学成。项梁便大声呵斥他，项羽回答说："读书不过能记姓名而已。学剑也只是一人敌，不值得学习，要学的话我就要学万人敌。"项梁便教项羽兵法，但项羽仅略知其意，不求甚解。项羽身长八尺有余，力能扛鼎，吴中子弟没有不畏服的。

刘邦和项羽，一个长于智略，一个长于勇力，都不爱读死书，做腐儒，所以唐朝诗人章碣评价秦始皇焚书坑儒[1]毫无用处："竹帛烟消帝业虚，关河空锁祖龙居。坑灰未冷山东乱，刘项原来不读书。"

当秦始皇出巡的时候，刘邦和项羽是如潮的观众中的两位著名看客。看到那宏大的场面、威武的卫队、华丽的服饰，刘邦艳羡不已，但只敢偷偷地说："大丈夫当如此也！"而项羽却豪气干云，大叫"彼可取而代也！"

在风起云涌的造反大潮中，刘邦和项羽积极地投身其中。在萧何、曹参、樊哙等人的支持下，刘邦于沛县"斩白蛇"起义，不久，入了项梁的部队，与项羽结识，两个后来拼得你死我活的对手此时却是惺惺相惜的战友。他们多次联手与秦军作战。

刘邦和项羽都是在秦末农民起义中起家的。

公元前 209 年，陈胜首先揭竿起义。陈胜是河南太康县人，和900个戍卒一起远戍渔阳（今北京），中途遇雨，无法按期到达。而按照秦国的法律是要砍头的，于是陈胜便煽动大家造反。陈胜和另一个小头目吴广杀了带领这批戍卒的军官，立国号为大楚，不设国王，诈称秦始皇的长子扶苏与楚将项燕尚在人世，奉为领袖。后来，队伍从安徽宿县发展到河南的淮阳，即陈国的故都，陈胜便自称楚王。

随着势力的扩大，陈胜不断派部将到各处扩充势力，葛婴向南，武臣向北，周市向东，吴广向西。葛婴到九江郡，立了楚的"宗室"襄强为王，后来听说陈胜自己立为楚王，便杀了襄强，归陈请罪。武臣到邯郸不久，也自封为赵王，割据称雄。周市到山东时，齐国宗室的远族田儋，已经杀了秦朝的狄县县令，自称齐王。周市只好回到河南，占领魏国的故地，请陈胜册封魏国的宗室魏咎。赵王武臣派韩广继续向北发展，打到今河北北部一带时，韩广也效法武臣的做法，自称燕王。

至此，楚、赵、魏、燕都已有王，差不多恢复了秦始皇统一前的局面。只有韩国的土地尚在秦手，因而韩王也未产生。于是，一切历史的激情、正义的冲动、愤懑的呐喊和纯真的情感，在秦帝国广袤的土地上激荡，如瘟疫般急速蔓延。

在风起云涌的造反大潮中，刘邦和项羽积极地投身其中。

刘邦长期混迹于社会下层，曾亲赴徭役，又做过秦末泗水亭长，多少出入过一些官场，故而对秦朝暴政和人民生活的苦难有比较深刻的认识。而多年的地痞生活使他灵动而善于机变，坚忍而富于权谋。同萧何、曹参和吕公这样精明干练的小吏和豪杰的交往，又使他在当时具有卓然不群的政治眼光。在萧何、曹参、樊哙等支持下，刘邦于沛县"斩白蛇"起义，有部众二三千人，人称沛公。不久，起义队伍进行整合，刘邦加入了项梁的部队，与项羽结识，两个后来拼得你死我活的对手此时却是惺惺相惜的战友，他们多次联手与秦军作战。

刘邦深知"天下苦秦久矣"所以在义军内外大肆宣扬仁爱宽厚，救世主的形象日渐丰满，连楚怀王后来也称其为"宽大长者"。

正当起义大军四面开花的时候，遇到了重大挫折。被陈胜封为假王的吴广率军西进，但在荥阳与李斯的儿子、三川郡守李由相持不下。增援的周文进到函谷潼关，迫近咸阳，又遭到章邯的强烈抵抗，周文遭到惨败，退出关外，继而一退再退，终于自杀。

这时候已是二世元年十一月。章邯乘胜东进，解了荥阳之围，又屡败楚军于郏城、许昌及淮阳的西境。陈胜逃奔到安徽阜阳，在蒙城西北为部下所害。陈胜死后，部将秦嘉立景驹为楚王。陈胜的另一部将召平立项梁为楚的上柱国，项梁进攻秦嘉、景驹，并杀了他们，成了反秦运动的领袖。

国仇、家恨、义愤，个人的不得志，都一齐涌上项羽的心头。他提出立即渡河北上救赵，但遭到宋义的斥责，说"披坚执锐，义不如公；坐而运策，公不如义"。这还不够，宋义又下令："猛如虎，狠如羊，贪如狼，强不可使者皆斩之"。

项梁拥立楚怀王的孙子心为新的楚王。这时章邯与齐魏二国的军队会战于临济城下，齐魏之军大败，魏王咎自杀。齐王儋的从弟田荣，逃奔东阿。项梁与刘邦、项羽，率兵来解东阿之围，大破章邯，乘胜再破秦军于濮阳之东。项梁留攻定陶。刘邦、项羽二人则向西扩展，在雍丘斩杀李斯的儿子三川郡守李由，并继续攻打外黄、陈留二县。这时候，留守定陶的项梁，被章邯带领的增援秦军袭击，不幸战死。

从此，反秦运动的大旗，便由刘邦、项羽高高擎起。当然名义上的领袖是楚怀王，他封刘邦为武安侯，任命为砀郡的郡守；任项羽为次将，让他跟随上将军宋义去救被围的赵国，并约定先入关者称王。

赵国当时的形势十分险恶。国王武臣被叛将李良所杀，陈余和张耳逃出邯郸，找到赵国的一个宗室赵歇，奉为赵王。章邯令王离将张耳、赵歇围于巨鹿城（今河北平乡），自己留驻棘原，一面防备楚国的救兵，一面凭临大河，接应陕西与敖仓运来的粮食。为便于运送辎重，章邯在大营与王离的营垒之间，修筑了一条很长的甬道。陈余逃到正定一带，集合了几万援兵，驻军于巨鹿城的北方，但顾忌到敌我力量悬殊，不敢与章邯交锋。燕王韩广、齐相田荣，虽都派了援军来救赵，因忌惮章邯，也都深沟高垒，作壁上观。

宋义奉怀王之命前来救赵，但他统率大军行至安阳时却停步不前，滞留了 46 天。25 岁的项羽曾屡立战功，这时却为副将，想到叔父被章邯杀死，自己又被夺了兵权，眼看赵国又将被秦军攻陷，宋义手握重兵却观望不前。国仇、家恨、义愤、个人的不得志，都一齐涌上项羽的心头。他提出立即渡河北上救赵，但遭到宋义的斥责，说"披坚执锐，义不如公；坐而运策，公不如义"。这还不够，宋义又下令："猛如虎，狠如羊，贪如狼，强不可使者皆斩之"。项羽忍无可忍，毅然决然，杀死宋义，夺了兵符，立刻派当阳君英布，率兵二万，渡河救赵。

在巨鹿城下，英布与章邯的军队稍一接触，即获得初步胜利。陈余又继续向项羽请兵，以便彻底打败章邯，解巨鹿之围。项羽便率领全军渡河，烧毁营寨，破釜沉舟，只带三天的粮食，使得全体的军士，皆有必死的决心。项羽采取外线包围的方法，对那位围攻巨鹿的王离，从外面进行反包围，并断绝章邯与王离之间的甬道。项羽前后与秦军大战九次，每次都是楚军单独作战，诸侯军听见杀声震天，但就是不敢出战支援。经过激战，项羽终于打败了王离，将其俘虏，由此而赢得诸侯将领的拥戴，称其为上将军。他们见项羽时都一个个趴着，不敢仰视。从此，项羽成了反秦运动的实际领导者。

当项羽拼死力与秦军主力大打消耗战的时候，刘邦抓住机会，走上了独立发展扩充势力的道路。从砀郡出发时，刘军不满万，以此而击强秦之腹心，的确如审食其所描述的，是"探虎口者也"。然而刘邦在张良等人的尽力辅佐下，对于秦朝守备薄弱的城池进行强攻，而对于守备森严的要塞相机夺取，战术灵活，抓住秦军主力北上，腹地空虚的绝妙战机，争取时间，尽快打入关中。通过一连串艰苦卓绝的战斗，刘邦的队伍迅速壮大。

公元前 206 年十月，刘邦采用夹击突袭的战术，攻破扼守咸阳的险要——峣关，十万威武之师在刘邦的率领下浩浩荡荡开进了秦都咸阳，宣告了秦朝的灭亡。

进宫后，刘邦被富丽堂皇的宫殿、光怪陆离的珍宝和婀娜多姿的宫女诱惑，希望与打天下的伙伴们享受一番。刘邦身上那被烽火压抑了许久的好酒贪色的流氓习气，那种为暴发户独有的按捺不住的狂喜之情和及时行乐得过且过的传统意识，恰似久蓄的洪水冲破了闸门，他待在宫中不想其他。部将樊哙虽是个粗人，但明事理，劝刘邦离开秦宫。谋士张良也劝谏，刘邦终于清醒，于是封闭秦朝府库，还军霸上，并与关中父老"约法三章"："杀人者死，伤人及盗抵罪"，将秦朝苛刻法律一律废除。刘邦明确宣布："我所以西入关中，只为替父老除去秦朝暴政之害，并非要勒索抢夺你们的财产。"他还要求亡秦的各级官吏照旧供职，派人与秦吏一起到县乡宣布这些政策，安抚民心。又退回老百姓所献的牛羊酒食，表示"不欲费人"。刘邦的这些措施，既防止了义军集团的迅速腐化，也为刘邦在各路反秦义军中赢得了极高的声望，更重要的是表明了自己除暴安良、清廉救世的政治理想，争取了民心，老百姓"唯恐沛公不为秦王"，为刘邦日后占据巴蜀东向而击"三秦"，与项羽逐鹿中原，打下了良好的群众基础。

随着秦王子婴的投降，秦朝宣布覆灭，反秦大业已成，起义军的任务已了，但决定谁来执掌天下却成了当务之急。以功当然是项羽，是他打垮了秦朝的主力，挽救了起义军即将覆没的命运，但先入咸阳的却是刘邦。为了争夺领袖的地位，刘邦和项羽开始了正面交锋。

项羽巨鹿一战不仅征服了王离，征服了诸侯军，也征服了章邯。章邯畏惧项羽的势力，加之赵高听信谗言，开始怀疑他，于是决定投降。项羽立刻封他为雍王，留在楚军中作为参议。另派自己的亲信司马欣作为上将军，统领章邯的旧部，作为反秦的先锋。

项羽于是率大军西向攻秦，跟随他的诸侯军有赵国的司马卯、张耳，齐国的田都，燕国的臧荼，总兵力约 60 万。

大军走到洛阳时，张耳的部下申阳已先期平定三川郡（今洛阳一带），迎接项羽。进到洛阳以西的新安时，章邯旧部的秦军，因接近故土，出现了动摇的迹象。项羽担心发生意外，便下令将他们包围起来，全部活埋，据说达 20 万人之多。

项羽继续率领起义大军西行，快到咸阳了，但在函谷关驻守的却并不是秦军，而是刘邦的军队。项羽至此才知道，当自己与章邯对峙的时候，留守砀山的刘邦已乘虚先期由南阳进入武关，占领咸阳，接受了秦王子婴[2]的投降。

随着秦王子婴的投降，秦朝宣布覆灭，反秦大业已成，起义军的任务已了，但决定谁来执掌天下却成了当务之急。以功当然是项羽，是他打垮了秦朝的主力，挽救了起义军即将覆没的命运，但先入咸阳的却是刘邦。为了争夺领袖的地位，刘邦项羽开始了正面交锋。

当刘邦派军队守住函谷关，项羽毫不犹豫，命令英布发起攻击。刘邦的部队哪里是英布虎狼之师的对手，很快便败下阵来。于是项羽率 40 万大军驻军鸿门，直逼咸阳。此时刘邦率 10 万人驻军灞上。项羽磨刀霍霍，大战一触即发。

正当此时，戏剧性的一幕出现了。项羽军中有一位族叔叫项伯的，与刘邦的谋士张良有交情，不愿看到大战中张良随着刘邦玉石俱焚，便星夜赶往刘邦营中，拉张良逃走。但张良不肯背弃刘邦，便将项伯引荐给刘邦。刘邦是何等机灵人，马上与项伯结为儿女亲家，请项伯在项羽面前美言几句，为自己洗脱，并约定次日到鸿门谢罪。

第二天，刘邦带了张良、樊哙等百十人来到鸿门。因有项伯进言为刘邦疏通，项羽态度改善不少。项羽设宴招待，坐在主位，刘邦坐在宾位，项羽的谋士范增与项伯以及张良环坐周围。刘邦态度非常谦卑，对项羽说："我与将军共同反秦，我负责黄河以南的战事，将军负责黄河以北的战事，不曾想到自己能够先入关，在这里见到将军，这实在太侥幸了。现在有小人挑拨我们的感情，所以我前来解释，请将军息怒，我绝对没有特别的想法。"年少的项羽见刘邦低三下四，便不忍心加害，尽管范增不断示意，他都不予理会。

项羽之所以对刘邦很宽大，主要是因为刘邦先向项羽臣服，对项羽的地位表示尊敬，使项羽的虚荣心得以满足。刘邦审时度势，也知道虽然自己先入关，得了首功，但真正击破秦军主力的，还是项羽，真正成为诸侯领袖的，也是项羽，自己现在羽翼未丰，不管从哪方面都不足以与项羽硬顶，只有先避项羽的锋芒，暂时保全性命和实力，以后再决战。

项羽没杀刘邦，但杀了秦王子婴，这主要是出于对秦的愤怒。又通知楚怀王，准备大封诸侯，将秦始皇统一的天下，重新分成一块一块，赏给有功的将军和各国的宗室。

秦国的原居地是号称"八百里秦川"的渭水流域，土地肥沃，人烟稠密，山河险固，刘邦极想得到它，但项羽心存戒备，将刘邦封到秦岭以南的汉中，外加四川的一部分。汉中虽然也较富裕，但四川却是不发达的地区，距中原也最远，又隔着秦岭这样的崇山峻岭。项羽认为这样置刘邦于边远之地自己可以安稳地做他的西楚霸王了。但范增仍不放心，认为刘邦是一代枭雄，应该重点防备，又建议项羽将刘邦回到中原的必经区域渭水流域分成三块，封司马欣为塞王，占据咸阳以东，都潼关；封董翳为翟王，占据陕北，都高奴（今延安）；封章邯为雍王，占据咸阳以西，都于废丘，距长安县十里。这三个王国，合称"三秦"，其封王都曾是项羽的部下，让他们把守在刘邦兵出中原的要道，也算是一个补救措施，防止西楚霸王大业的崩坍。

除了刘邦等四王外，项羽又封了14个国王：燕王韩广，改封为辽东王；把燕国的地方，改封臧荼。魏王魏豹，削封为西魏王，建都于平阳（今临汾）。韩王韩成，暂时不允就国。一代枭雄英布，封为九江王，都城设于安徽六安。百越的酋长吴芮，封为衡山王，设都于株洲。楚怀王的柱国共敖，在攻克南郡后封为临江王，都于江陵。赵国的将军司马卬，平定河内，封为殷王，定都安阳。张耳的近臣申阳，被封为河南王，都城设在洛阳。

齐王田市，改封为胶东王；齐国大部分地方，另封给跟随入关的田都，以田都为齐王。齐国旧有领域的北部，封给齐国的宗室田安，称为济北王。胶东王田市、齐王田都、济北王田安，便是历史上所称的"三齐"。

另外，赵王赵歇，改封为代王。赵国的地方另封给跟随入关的张耳，称为常山王。

项羽政治上的愚蠢还表现在他推行落后的分封制。项羽分封了 18 个国王，自以为口含天宪，生杀予夺，实则酿下了纷争乱离的苦果。各国的将军，凡是跟随他入关的，都封为本国的国王，使得原有的国王都要迁徙到较苦的落后地区，人为地制造了矛盾。陈余和张耳是死敌，为了扳倒张耳，不惜与项羽为敌，并最后倒向了刘邦。而在齐国，由于最有实力和威望的田荣得不到分封，使齐成为反对项羽的重要力量。

与刘邦相比，无论在政治机变还是在军事谋略上，项羽都属于那种只向背后寻求梦幻般境界的独夫。制造矛盾后，不是努力去化解，而是迷信武力，一味用武力平服，结果对手越来越多，出现了四面树敌，自己成了孤家寡人的局面。

刘邦还注意选择和使用人才，这也成为他获得天下的关键因素。在战时最起作用的人才无非是两种，即谋臣与骁将。有谋臣运筹帷幄，有骁将冲锋陷阵，才有胜利在握的希望。而有无人才，决定于能否任贤举能。刘邦用人是"五湖四海"，"唯才是举"。

反观刘邦，他就表现得比项羽成熟得多，懂得用谋，知道如何收拾人心，如何拉拢对手，瓦解对方阵营，知道如何组织有利于自己的统一战线。

进入秦都咸阳后，刘邦便与关中父老"约法三章"，废除秦朝苛政，获得广大士民的拥护。当楚汉战争开始时，他大力瓦解楚军阵营，彭越和英布本是项羽的得力战将，但都被刘邦挖走了，这两支力量成为牵制项羽、袭扰项羽后方的重要力量。

刘邦还注意选择和使用人才，这也成为他获得天下的关键因素。在战时最起作用的人才无非是两种，即谋臣与骁将。有谋臣运筹帷幄，有骁将冲锋陷阵，才有胜利在握的希望。而有无人才，决定于能否任贤举能。刘邦用人是"五湖四海"，"唯才是举"。在他那里，什么样的人都有：张良是贵族，萧何是县吏，陈平是游士，樊哙是屠夫，周勃是吹鼓手，灌婴是布贩子，韩信是流氓，彭越是强盗，英布是囚徒。这些人除张良外，出身都下贱，但都各有所长，刘邦都能量才录用。人们常把刘邦的胜利归之于"汉三杰"：萧何、韩信、张良。正如刘邦所总结的："运筹帷幄之中，决胜于千里之外，我不如张良；治理国家，安抚百姓，保证后勤供应，我不如萧何；率领百万大军，战必胜，攻必取，我不如韩信。这三人都是人中之杰，我能用之，这是我取得天下的原因。项羽有一范增而不能用，所以失败了。""三杰"中除萧何外，张良和韩信原本属于项羽，但项羽不能用，结果项羽恰恰是败在他们手里。

"三杰"之中，真正独当一面与项羽进行正面对抗，帮助刘邦攻城略地，使他的美梦变成现实的是大将军韩信。

韩信是一位天才统帅。纵观中国历史，韩信的军事才能是罕有其匹的。

韩信善于打各种各样的仗，他善于根据己方的情形，针对不同的对手，制定不同的作战方针。他还特别善于利用河川地形消灭敌人，像黄河的渡河攻击、井陉的背水之阵、对潍水渡河中的楚军进行歼灭战等，都是精彩至极的战役，也是兵学原则成功的实践。

但这位不朽的军事天才，在秦末兵火连绵的岁月中险些被埋没，说起来真令人难以相信。

韩信出生在江苏淮阴一个贫民家庭，由于父母都死得早，年少的他四处游荡。据说村民们都讨厌他，但他很有志气。《史记》中记载一位洗衣的老妇人送饭给他吃，他曾说过"将来一定要加倍报答"，这个诺言后来果真实现了。韩信虽因家境贫寒上不起学，但他勤奋好学，喜爱兵家著作。韩信对用兵打仗很有研究，但却很有忍性，不是那种空有匹夫之勇的人。

韩信在等待时机。公元前 209 年，当高举反秦大旗的项梁、项羽叔侄率江东八千子弟兵到达淮河两岸时，韩信毅然加入了他们的部队。一心求取功名的韩信，拼命毛遂自荐，却总是得不到项羽的重用。失望之余，韩信脱离了项羽，加入到刘邦的队伍之中，随刘邦进入汉中。但最初韩信也未得到刘邦的重用，甚至险些因触犯军法而被杀掉。不过，丞相萧何慧眼识英雄，与韩信交谈几次后，知道韩信是难得的大将之才。他曾数次向刘邦荐贤，但刘邦依旧重用自沛县起兵而来的曹参、樊哙、灌婴等人，根本未把韩信放在心上。

韩信再次失望，决心另觅主人，加入了逃亡的队伍。这可急坏了萧何，他来不及禀报刘邦，就去找韩信，于是，出现了月下追韩信的千古美谈。萧何费了不少口舌才把韩信劝回。

当刘邦责怪萧何去追一个裨将时，萧何郑重地告诉刘邦："其余的将军加起来也抵不过一个韩信，您不想夺天下也就罢了，如果想取得天下，必须重用韩信。"

刘邦这回相信了萧何，马上召见韩信，破格拜他为大将军。韩信交的第一份答卷是被明人唐顺之认为可与《隆中对》相媲美的《汉中策》。

韩信详细分析了天下大势和刘邦、项羽的优劣特点，认为项羽有"匹夫之勇"和"妇人之仁"，指出项羽"见人恭敬慈爱，言语呕呕，人有疾病，涕泣分食饮，至使人有功当封爵者，印刓敝，忍不能予[3]，此所谓妇人之仁也。"然而在政治上"所过无不残灭，天下多怨，百姓不亲附"；以坑害秦卒的三个秦王（章邯、司马欣、董翳）做关中王，秦民愤恨不已；由于分封不公，诸侯也不满；因为不能任贤使能，士卒也不能为他卖命效力。而刘邦自入关以来，秋毫无犯，废除暴秦的法令，深得民心。所以他得出的结论是项羽"名虽为霸，实失天下心"，"其强易弱"。韩信又指出项羽舍弃关中而以彭城（今徐州）为都城，以不得人心的三秦王去阻拦刘邦，是战略上的两大错误，由此判断"三秦可传檄而定"。韩信分析了当时形势之后，又指出汉军"吏卒多为山东（崤山以东）之人，日夜盼望东归"。建议刘邦"不如决策东向"，还定三秦。

韩信还制定了还定三秦的战役方针，即"引兵从故道出袭雍"。雍是章邯的封地，在咸阳之西，首当汉军要冲，所以要首先袭击。

纵观整个楚汉战争，《汉中策》实际上起了首要的战略指导作用。后人在评价韩信的军事才能时说："古今兵家者流，当以韩信为最"；而在评价其对刘邦建国的贡献时，则称赞"汉之所以攻天下，大抵皆韩信之功也"。

韩信平魏后，根据出现的有利形势，又提出"请兵三万人，愿以北举燕、赵，东击齐，南绝楚粮道"的战略计划。这一计划很有远见卓识，极大地影响了楚汉战争的进程，对刘邦转弱为强，由不利转为有利，起到了至为关键的作用。

汉王元年（公元前 206 年）五月，田荣起兵反楚。借项羽东顾之机，刘邦让萧何任丞相，负责管理后方巴蜀地区，他亲自和韩信领兵出击陈仓（今陕西宝鸡东）。至此，著名的楚汉战争正式爆发。

八月，汉军开始对三秦之地发动突然袭击。为了麻痹章邯，韩信派将士数百人去赶修入汉中时烧毁的栈道。栈道相连三百多里，地势险峻，到处是悬崖峭壁，赶修栈道的困难是可想而知的。雍王章邯闻报刘邦在修栈道，果然不作防备。正当明修栈道时，韩信、刘邦亲率主力，暗中密抄故道（陈仓道——从汉中入褒城到凤县，经嘉陵江至散关出陕西宝鸡）占领陈仓（今宝鸡）。

章邯仓促应战，被汉军击败。汉军再击好畤（今陕西乾县），雍军又败。汉军乘机围雍都废丘（今陕西兴平），同时派诸将分兵略地，塞王司马欣、翟王董翳投降。至此，韩信明修栈道，暗度陈仓，兵出汉中，还定三秦的计谋得以全部实现。

次年（公元前 205 年）十月，刘邦率军出函谷关，河南王申阳、韩王郑昌及魏王豹等先后降汉。乘项羽主力在外作战之机，刘邦偷袭彭城得手。但由于骄傲轻敌，疏于戒备，又被项羽回军击败。刘邦只得退守成皋、荥阳一线。

原已降汉的魏王豹等见刘邦惨败又叛汉附楚。这些人中以魏

　　王豹对刘邦威胁最大，当时他占据河东（今山西），西进可以威胁关中，南下可以切断荥阳与关中的联系，于是，刘邦决定以韩信为丞相，与灌婴、曹参首先打击魏王豹。魏王豹得知，马上调集重兵于蒲坂（今山西永济西、黄河东岸）、临晋等黄河重要渡口，企图阻止汉军渡河。

　　韩信的战役指导方针是声东击西，避实击虚。他在临晋黄河西岸调集大批船只，布置佯渡以牵制住蒲坂的魏军；自率汉军秘密向北转移至夏阳（今陕西韩城西南，黄河西岸），出其不意地用木罂（以木料夹缚陶瓮做成的木筏，浮力大，可载人马）渡河，奔袭魏军后防要地安邑（今山西夏县西北）。当时魏国重兵在蒲坂，国都在平阳（今山西临汾西），由夏阳渡河袭击安邑，正好切断了魏军的后方联络线，可以把魏军聚歼在安邑西南黄河拐角处。果然，魏王豹仓促返军迎战，兵败被俘，魏地尽归刘邦所有。

　　韩信平魏后，根据出现的有利形势，又提出"请兵三万人，愿以北举燕、赵，东击齐，南绝楚粮道"的战略计划。这一计划很有远见卓识，极大地影响了楚汉战争的进程，对刘邦转弱为强，由不利转为有利，起到了至为关键的作用。

　　当时广大北方各诸侯国，大抵成自立状态。楚汉主力在成皋、荥阳相拒。虽然刘邦已联络英布、争取彭越，命他们扰乱楚军后方，但不构成对楚军战略上的威胁。而韩信认为趁项羽无力北顾，诸侯各自为政之机，如能率一支有力部队，开辟北方战场，略取河北各国，则既可扩大地盘，又可用燕赵之士扩大汉军，对楚军右翼可形成绝对优势。如再转锋南进，即可对项羽形成战略包围，灭楚兴汉的计划便可望实现。

刘邦没有理由不接受这么英明的建议，他为了表示支持（同时也是监督），还派遣熟悉赵国内情的张耳做韩信的辅佐。于是韩信开始向北方跃进，由太原东越太行山，于汉王二年十月逼近出入河北平原的门户——井陉隘口。该处是由山西盆地越太行山脉进入冀中大平原的要地。

在到达井陉之前，韩信已扫清了外围障碍：他先是击破太原北方的代王，把兵力纳入自己的部队，又把代王陈余派遣的相国夏说俘虏了。此时刘邦却以韩信兵力充足为由将派来增援的 3 万精锐部队抽调回去，使韩信不得不中途招收散兵游勇及地方武装，将他们训练成军。当赵王接到汉军东进的警报后，急忙派出号称 20 万的大军兵发井陉，以截击汉军。

应该说赵国也有能人，谋将（军师）李左车就向将军陈余（即代王，兵败后归附赵国）建议："韩信虽然连战皆捷，声势极大，但有冒进、远离本国的弱点。当军队来到井陉隘口时，由于路窄，车队不能并行，马也不能成行，自然使队伍拖长，运粮部队被远远抛在后方。因此，将军不必出击，只需坚守城塞。而由我率奇兵 3 万，出间道，逼近敌人侧背，对运粮部队加以攻击。如此，则汉军进不可战，退无后路，稍延时日，军粮不继，不出十日，即可斩下韩信的首级。"

但陈余不赞成这个建议，认为韩信兵力单薄，且劳师远征，已极度困乏，不必用迂回策略，只需正面作战就可取胜。

韩信侦知陈余不用李左车之计，非常高兴，立即进军。

天明时分，汉军万人大张旗鼓出井陉口，越背水阵而进，赵军开营出击。双方激战后，韩信佯败，丢弃旗鼓，退入背水阵。赵军果然争相出击，连城中守军都出城争抢旗鼓，追击汉军。汉军伏兵两千人乘虚突入赵营，换插汉旗。

赵军开始觉得韩信的军队不堪一击，没想到攻到背水阵时，却无法再前进半步。这是因为韩信的部队见后方是河，无路可退，只有拼命战斗。双方厮杀一阵后，赵军见一时难以取胜，只好暂时鸣金收兵，却不料城中布满了汉军旗帜，顿时惊慌失措，乱成一团。汉军前后夹击，大败赵军，斩陈余，擒赵王歇和李左车，取得辉煌胜利。

以新募集的三万部队，用背水之阵击败了赵国的 20 万大军后，韩信又不战而征服了燕国。

之后，韩信继续征讨。先是向东横跨河北平原，渡过黄河后再转向南进，在汉王四年（公元前 202 年）10 月，突袭毫无防备的历城，击破齐军，并进迫齐国首都临淄。齐王别无他法，只得向宿敌楚国求援。

项羽虽然恨齐王反叛自己，但担心齐国被汉军攻破后，自己的侧背将暴露在敌人前面。而自己最主要的敌人是刘邦，因此，不妨与齐国建立联合战线，于是，他命令大将龙且率领号称20万的大军急赴救援。

韩信为了击破精锐的楚军，首先命士兵准备一万个沙袋，堵塞潍水上游，然后率军渡河进攻龙且。待楚、齐军出战，韩信即佯败而退。

楚、齐军认为他们胜券在握，在龙且指挥下拼命过河追赶汉兵。这时，韩信发信号给留在上游伺机而动的士兵，打开用袋子垒成的河坝，河水立刻增高，把楚、齐军分割成两半。

至此，韩信等到了预期的最好机会，他立即指挥反击，结果，在渡河部队最前方指挥的龙且，在乱军中被杀死，他率领的军队也完全溃败。韩信紧追留在潍水东岸的齐王以及齐、楚联军，最后在城阳（潍县东）追杀齐王。

就这样，韩信在决定攻齐战略后，仅以不到两个月的时间，就取得了完全的胜利，把数年来在楚汉纷争间保持中立的齐国一举击败。而且，韩信在破魏后提出的破赵下齐，"南绝楚粮道"，从北翼对彭城形成战略包围的计划也已完全实现。韩信不仅平定了代、赵、燕、齐四国，将整个北方囊括进大汉版图，而且歼灭了龙且所率楚军主力，为垓下决战创造了极为有利的条件。

撤退到荥阳之后，得到了萧何从关中派来的增援部队。汉军又重振旗鼓，在荥阳的南边打败了项羽的军队，两军在荥阳一带开始对峙。

在韩信东征西讨的时候，刘邦与项羽在荥阳一带对峙。刘邦东进之后，曾经趁项羽和齐、赵交战之机拿下了河南，攻克洛阳，然后挥师东进。刘邦采纳三老董公建议，为义帝发丧，并遣出使者向各路诸侯通报，要求大家协同作战，讨伐项羽。刘邦率五路诸侯（常山，河南，韩，魏，殷）联军 56 万人，向东攻击。路上又有彭越带领 3 万人加入。刘邦迅速攻下了彭城，接收项羽的物资珠宝和美人，日日饮酒作乐。

原先项羽打算在平定齐和赵后再和刘邦决战，现在见刘邦攻下了彭城，便领精兵 3 万急行军赶回，趁刘邦设酒宴庆功之机，在清晨发动袭击，一天之内便将汉军打败。汉军在撤退时，又被项羽追杀消灭了十几万人。到了灵璧东边的睢水被项羽追上，又丧失十几万军队，死尸竟然阻塞了一河流水。刘邦和几十名骑兵奋力逃脱，但他的父亲和妻子吕后却被项羽抓获。原来跟随刘邦的诸侯王见刘邦大败，先后舍他而去。

经此一战，刘邦大伤元气，不得已由彭城退守下邑（今安徽砀山），渐渐收集失散和逃亡的士卒。撤退到荥阳之后，得到了萧何从关中派来的增援部队。汉军又重振旗鼓，在荥阳的南边打败了项羽的军队，两军在荥阳一带开始对峙。后来，刘邦策反了项羽的大将英布，分化了项羽的力量。但项羽派兵侵扰汉军的运粮通道，最终将荥阳的汉军围困起来。刘邦无奈，只好向项羽求和，提出以荥阳为分界线，荥阳以西为汉，项羽想答应刘邦，但范增却不同意，说现在正是消灭汉军的好时机，错过这个机会，就后患无穷了。项羽于是又开始攻打荥阳。

刘邦知道要彻底打败项羽，必须先干掉范增，于是他采用了陈平的离间计。等项羽派使者来劝刘邦投降时，刘邦就让人先摆出盛情招待的样子，送去精美的食品，等见了使者，又故意惊奇地说："我们听说是亚父的使者来了，原来是项王的使者啊。"接着就将精美的食品拿了下去，换来不好的饭食。结果使者非常生气，回去便告诉了项羽。项羽不知其中有诈，从此不再听范增的意见了，怀疑他背叛自己，私下和刘邦交往。范增得知了内情，勃然大怒，他对项羽说："现在天下局势已定，大王您自己多保重，我还是回家做一个平民百姓吧！"范增负气离开了项羽，但没等到达彭城，就因为背上生疮病死在半途。

范增是项羽的第一谋士，"素好奇计"，但也有重大失误，那就是秦亡之后扶植六国诸侯的残余势力，建议把流落在民间为人牧羊的楚怀王的孙子心立为楚王，欲借以收拾人心，是政治上的第一个失误。后来项羽尊楚王为"义帝"，使之成为当时的"共主"，而又不遵其约束，徙居江南，杀之江中，使自己犯"弑君"

之罪，蒙大逆之名，自然是项羽集团政治上的又一大失误。这就被刘邦抓住了辫子，大张挞伐，始则"袒而大哭"，为义帝发丧，继则移檄诸侯，声讨项羽的罪状，使项羽在政治上陷于孤立。所以王安石在《范增》一诗中批评道："中原秦鹿待新羁，力战纷纷此一时。有道吊民天即助，不知何用牧羊儿？"

楚汉双方对阵了十个多月，在侯公的撮合下，项羽和刘邦订立了停战协定：楚汉以鸿沟为分界线，东西分治。协定达成之后，项羽将刘邦的父亲和妻子送还。项羽领兵东返，刘邦也打算领兵回关中。张良和陈平则极力劝说刘邦趁机灭掉项羽，因为这时项羽兵不精粮不足，万一他回到彭城，等于是纵虎归山。刘邦听了赶紧命令追击。

范增出走后，项羽加紧进攻荥阳，刘邦也设法从荥阳突围。大将纪信自告奋勇，替刘邦向项羽假投降，让刘邦趁机逃脱。纪信乘坐着刘邦的车出东门假降，刘邦则从西门出城突围。纪信果然将项羽的大部分军队吸引住，结果项羽没有抓住刘邦，一气之下将纪信烧死了。拿下荥阳之后，项羽又占领了成皋（今河南荥阳汜水镇），刘邦后来集中兵力将成皋收回，然后围困荥阳。项羽和刘邦在荥阳东北部的广武山一带相持不下，对峙达几个月之久，战局成胶着状态，项羽几次猛攻，刘邦就是不出战，凭着深沟高垒固守。项羽急于和刘邦决战，因为持久战对他不利，刘邦的粮草供应顺畅，而他的粮草供应却常遭到彭越的袭击。为了尽早结束战斗，同时迫使刘邦投降，项羽就把原先俘获的刘邦的父亲和妻子押到了两军阵前，他对刘邦说："你如果再不投降，我就把你的父亲煮了！"刘邦知道项羽在要挟他，干脆耍起了无赖："我和你曾经'约为兄弟'，所以我的父亲就是你的父亲了。你一定要煮了你的父亲，那就请便吧。不过，别忘了也送给我一碗肉汤。"项羽听了气得七窍生烟，当场就要下令将刘邦的父亲杀死，项伯从旁劝说道："现在天下尚未定，而争夺天下的人是不会顾忌家人的生死安危的，杀了他的亲人也起不到什么作用，只会加深祸患。"项羽便命人将刘邦的父亲带回去。项羽又对刘邦说："天下连年战乱，只因为我们两人，我们单独挑战来决雌雄吧。"刘邦没有上他的当，却说："我和你只斗智不斗力。"

接着刘邦接受建议，宣布项羽有十大罪状："第一，你负前约，没有让我称王天下，而是称王蜀汉。第二，你杀死首领宋义，取而代之。第三，你救赵之后，本该息兵，却进军关中。第四，火烧阿房宫，中饱私囊。第五，你杀死秦王子婴。第六，你坑杀秦的投降士卒二十万。第七，对诸侯王分封不公。第八，将义帝赶出彭城，自己占为都城。第九，暗害义帝。第十，为人臣而弑主，杀害已经投降的士兵，主持政务不公平，主持约定也不守信用，我现在率领天下义军诛杀你这残忍的逆贼，用受过刑的罪人来杀你也就够了，何必非要和你单独决斗呢！"

楚汉双方对阵了十个多月，在侯公的撮合下，项羽和刘邦订立了停战协定：楚汉以鸿沟（今河南荥阳、中牟和开封一线）为分界线，东西分治。协定达成之后，项羽将刘邦的父亲和妻子送还。项羽领兵东返，刘邦也打算领兵回关中。张良和陈平则极力劝说刘邦趁机灭掉项羽，因为这时项羽兵不精粮不足，万一他回到彭城，等于是纵虎归山。刘邦听了赶紧命令追击。同时派人命韩信和彭越火速集结，合击项羽。

刘邦把战功卓著的常胜将军韩信调到正面，直接与楚军交锋，是因为他很清楚，楚军虽然败局已定，但还颇具实力，而众多的汉将中，能正面和项羽对抗的，也只有韩信一人。

公元前 202 年的十月，刘邦追上了项羽，但韩信和彭越的军队还没有到达。项羽向汉军猛烈反击，将汉军击溃。刘邦只得坚守不出，问谋士张良有什么良策。张良说如果能封给韩信齐地，封给彭越梁地，那他们两个肯定会火速进兵的。刘邦马上派人许诺韩信和彭越，在击败项羽后立即封他们为齐王和梁王，韩信和彭越获悉后立即出兵。同时，楚的大司马周殷也被刘邦派人劝降，淮南王英布领兵也赶来会师。汉军会合各路援军，和项羽决战垓下。

汉军的决战部署是：韩信率军首战项羽，兵分三路，韩信居中。汉王刘邦率主力为第二梯队；周勃等为第三梯队，总兵力在50万人以上。而项羽的兵力不到10万人。

刘邦把战功卓著的常胜将军韩信调到正面，直接与楚军交锋，是因为他很清楚，楚军虽然败局已定，但还颇具实力，而众多的汉将中，能正面和项羽对抗的，也只有韩信一人。

韩信亲率中军迫近垓下（今安徽灵璧县东南），但项羽亲自指挥的楚兵锐不可当，使得韩信的部队一时不支而后退。楚兵乘胜追击，不料，将要追到韩信的中军时，把两侧暴露在韩信左右军之前，掉进韩信预设的陷阱里。这是韩信最擅长且运用多次的战法。结果，楚军遭到韩信左右军夹击和中军的反击，损失惨重。项羽被迫入壁坚守，汉军围困达数重之多。

为了涣散楚军军心，韩信又组织汉军在楚营四周大唱楚歌，使项羽错误地判断了形势，以为子弟兵都加入了汉军之列，从而丧失了战斗意志。夜里，走投无路的项羽在大帐中和心爱的虞姬饮酒，借着酒力慷慨而歌："力拔山兮气盖世，时不利兮骓不逝。骓不逝兮可奈何，虞兮虞兮奈若何！"虞姬唱道："汉兵已略地，四面楚歌声。大王意气尽，贱妾何聊生。"一派凄惨景象间，为不拖累项羽突围，虞姬含泪自刎。

　　项羽率领八百骑兵趁夜突围。第二天早晨，汉军才发现项羽已经突围而去，刘邦命令灌婴率骑兵火速追击。项羽在渡过淮河后，身边只剩下了100人，到达阴陵时，因为迷路误入大泽之中。从大泽出来后，项羽继续向东撤退，在东城被灌婴的骑兵追上。此时，项羽的随从只有28人了，他自料难以逃脱，于是仰天长叹，认为是上天要灭亡他，而并不是自己用兵不当之罪，于是策马大呼，飞驰而上，和汉军激战三次，杀伤几百汉军后，退到乌江（今安徽和县东北），准备渡江返回江东。当时乌江亭长已在江边备好渡船接应，但项羽拒绝了渡江回江东以图东山再起的建议，横剑自刎，年仅31岁。至此楚汉战争结束，这一年是公元前202年。

　　项羽是当之无愧的盖世英雄，对于灭秦起了重要作用，但他临敌刚猛有余，而坚毅不足；战术机动有余，而战略变化不足。这个政治庸人只是凭借其匹夫之勇在反秦浪潮推动下拼死冲杀：凡挡我者皆死。且不说他到处屠城坑卒，只看他在咸阳杀降王、掘坟墓、掳妇女、夺财货、焚宫殿，所过无不残破，于是"秦人大失望""齐人相聚而叛之"。司马迁对项羽的残暴予以严厉的批判，说"何兴之暴也"，总结项羽失败之因，"自矜功伐，奋其私智而不师古，谓霸王之业，欲以力征经营天下，五年卒亡其国，身死东城，尚不觉悟而不自责，过矣。乃引'天亡我，非用兵之罪也'岂不谬哉！"

中原大决战的最后胜利归于刘邦，这一年他 54 岁。

刘邦驾驭全局、举重若轻的雄才大略，审时度势、因时而动的精确的判断能力，能屈能伸、趋利避害、出生入死、大厦倾于前而不惊的大将风度，不拘一格的用人之道，虚怀若谷、从善如流的气度，坚忍不拔、百折不挠的奋斗精神，促成了他的成功。

楚汉战争是智慧与蛮力之争，是人才之争，史学家称项羽有"妇人之仁"，心胸不够宽广，又不善于拉拢使用人才，所以原来在他手下的人才如张良、韩信、陈平都转投刘邦。而刘邦却能虚心纳谏，从善如流。孙子说："上下同欲者胜。"刘邦之胜利正是对此最好的注解。

项羽是贵族，是君子，所以可以欺之以方[4]，你跟他摆规则，讲风度，他就晕了。鸿门宴上，项羽放过刘邦，并不难理解，对他来说酒席上杀人是很丢脸的一件事情。刘邦却是个泼皮无赖，他要的是天下，不是脸面。项羽抓住了刘邦的老子，威胁"今不急下，吾烹太公"，刘邦说："吾与项羽俱北面受命怀王，曰'约为兄弟'，吾翁即若翁，必欲烹而翁，则幸分我一杯羹。"刘邦可谓摸透了项羽的贵族脾气，可是项羽却不懂刘邦的流氓思维，他又被绕晕了，到底没有杀太公。非但如此，一旦约定鸿沟为界，"即归汉王父母妻子"，以为大家从此相安无事了。刘邦呢，老婆一回来，立即毁约攻打楚军。这又是项羽典型的"妇人之仁"发作导致的失算。

"为天下者不顾家。"拿家人性命威胁刘邦，毫无效果。他逃命时为了让车跑快点，还能几次亲手把子女推下车去呢。但是刘邦进了长安，却懂得"约法三章"，安抚百姓；得了天下，也懂得"与民休息"。这绝不是他爱百姓胜过爱子女，而是利益最大化的选择。

由于刘邦出身无赖，以行伍定天下，轻慢儒生，诛杀功臣，因而很少赢得历代正直文人的好感。历代文人更是耿耿于怀地评价道："世无英雄，遂使竖子成名！""刘项原来不读书""偶因乱世成功业，更向翁前与仲争"。在他们看来，刘邦平定海内，称雄天下，并不是靠品德和真功夫，而是由于他品性奸诈和历史提供的机遇。其实历史地看，刘邦确有过人之处和领袖魅力，非一般凡夫俗子所能企及。刘邦驾驭全局、举重若轻的雄才大略，审时度势、因时而动的精确判断能力，能屈能伸、趋利避害、出生入死、大厦倾于前而不惊的大将风度，不拘一格的用人之道，虚怀若谷、从善如流的气度，坚忍不拔、百折不挠的奋斗精神，这些非常人所有的素质共同促成了他的成功。

楚汉战争结束，韩信、彭越联合燕王臧荼、赵王张敖以及长沙王吴芮等人共同上书刘邦，请他即位称帝。刘邦开始假意推辞，韩信说："大王虽然出身贫寒，但能率领众人扫灭暴秦，诛杀不义，安定天下，功劳超过诸王，称帝是众望所归。"刘邦顺水推舟地说："既然你们大家都这样看，觉得有利于天下吏民，那就按你们说的办吧。"

这年的二月初三，刘邦在山东定陶汜水之阳举行登极大典，定国号为汉。同时，封妻子吕氏为皇后，儿子刘盈为太子。即位的同年五月，刘邦在洛阳的南宫开庆功宴。以后在家乡又大唱《大风歌》："大风起兮云飞扬，威加海内兮归故乡，安得猛士兮守四方。"歌中既有功业成就后的踌躇满志，又有居安思危下的未雨绸缪。

刘邦起兵时已48岁了，多年的戎马生涯使他劳累过度，在平定英布叛乱时又中了箭伤，到了长安病情加重。吕后找来名医，刘邦问他病情，医生说能治，刘邦一听那人的口气，就知道不会好了，气得大骂："我原来只是一个百姓，手提三尺剑得到天下，此乃天命。现在天要我死，就是神医扁鹊来了也没有用！"说完赏赐给医生五十金打发他走了。吕后看着弥留中的刘邦，问他死后人事的安排："萧相国死后，由谁来接替呢？"刘邦说曹参。吕后问曹参[5]之后是谁，刘邦说："王陵可以在曹参之后接任，但王陵智谋不足，可以由陈平辅佐。陈平虽然有智谋，但不能决断大事。周勃虽然不善言谈，但为人忠厚，日后安定刘氏江山为国立功的肯定是他，用他做太尉吧。"吕后又追问以后怎么办，刘邦有气无力地说："以后的事你不会知道了。"以后的事情基本按刘邦的预言发展，足见他知人之明。

　　刘邦死于公元前195年，即高祖十二年的四月二十五日，死时62岁，葬于长陵，群臣以"帝起细微，拨乱世反之正，平定天下，为汉太祖，功最高"，尊为高皇帝，一般都称为汉高祖。

注释

〔1〕 事实上，司马迁所著的《史记》中，从未提起过"坑儒"二字。
且司马迁与汉武帝年龄相仿，按最迟计算（汉武帝崩于公元前87
年），司马迁距离焚书坑儒发生的时间，最远不过120多年。120
年的时间跨度，是什么概念？就相当于2016年到1896年（清光
绪年间）的跨度。司马迁从十多岁起，就开始遍游中国，二十三岁
的时候，其父司马谈去世，司马迁就已经接任其父的职务，担任
汉太史令了。如果从司马迁20岁开始算起（公元前147年），距
离焚书坑儒（公元前212年）的时间跨度，不过65年而已。即相
当于2017年往前推65年（相当于1952年）。在这样一个狭小的
时间跨度之内，以司马迁的学识和所处高层的地位，焚书坑儒这
样大的事件，不可能不清楚。

〔2〕 子婴（？—公元前206年），即秦三世，嬴姓，名子婴或婴，秦朝
最后一位统治者，在位46天。初称皇帝，后改称秦王，史称秦王
子婴。

子婴生平鲜见于史册，早年经历不详，最早记载其事迹的文献是
《史记·卷八十八·蒙恬列传第二十八》。

秦始皇三十七年（公元前210年），秦始皇在巡游途中去世，胡亥
矫诏篡位，听信赵高谗言，将蒙恬、蒙毅兄弟二人囚禁起来，准备
处死他们。子婴向秦二世进谏说："我听说以前赵王迁杀良臣李牧，

而改用颜聚；燕王喜暗用荆轲的计策，而违背秦国的条约；齐王建杀他的先世忠臣，而用后胜的谋议。这三位君王，都各自因为改变旧规而丧失国家，殃祸降到自身。现在蒙氏一族，都是秦国的大臣和谋士，君主却要在一时之内舍弃他们，除掉他们，我认为这不可以。我听说轻于思虑的人不可以治理国家，不能广纳众智的人不可以保全君王。诛杀忠臣而任用没有节操品行的人，这是对内让群臣不能相互信任，对外让战士的斗志分离！我认为不可以这样。"但秦二世不听子婴的劝谏，派人杀死蒙恬和蒙毅。

不久，秦二世胡亥又在赵高的蛊惑下，对大臣以及始皇帝的皇子、公主展开血腥大屠杀，子婴有幸逃过此劫。

秦二世三年（公元前 207 年），完全掌握了朝政，野心极度膨胀的丞相赵高试图自立为帝，通过指鹿为马清洗朝堂后，派女婿咸阳令阎乐逼杀了屠尽兄弟姊妹成为孤家寡人的秦二世。

秦二世死后，赵高召集大臣告知诛杀秦二世的情况，然而发现群臣和将领们都不支持他，不得不迎立子婴。但赵高也留了一手，声称六国故地相继起事，秦已失去对整个华夏大地的控制权。他说："秦本来只是诸侯，始皇统一天下，所以称帝。六国各自独立，秦国地方更狭小，竟然以空名称帝，这样不行。应该像以前一样称王，才合适。"故而子婴不该再称"皇帝"，只适合当"王"，并让子婴斋戒，到宗庙参拜祖先，接受传国玉玺。

赵高称子婴为"秦王"，其实是为了日后自己继续篡位做准备。

斋戒五天后，子婴和他的两个儿子以及宦官韩谈商量说："丞相赵高在望夷宫杀害秦二世，害怕群臣诛杀他，便假装伸张正义立我为王。我听说赵高竟与楚国相约，灭掉秦朝的宗族后在关中称王。如今让我斋戒朝见宗庙，这是想在宗庙趁机杀掉我。我装病不去，赵高必定亲自来请，赵高来后就杀死他。"于是，子婴便假托生病，不理朝政。赵高数次派人来请子婴，子婴不去，赵高果然亲自前往子婴所在的斋宫，说："朝见宗庙有关国事，君王为什么不去？"趁此机会韩谈刺死赵高，并诛灭赵高三族，在咸阳城内示众。

秦王子婴元年（公元前 207 年）十月，刘邦率大军攻破武关（今陕西丹凤东南），攻下峣关（今陕西蓝田县东南），兵临咸阳（今陕西咸阳东北），屯兵灞上（今陕西西安市东）时，派人劝子婴投降。此时，群臣百官也都背叛秦朝而投降刘邦。子婴眼看大势已去，便和妻子、儿子们用绳子绑缚自己，坐上由白马拉着的车，身着死者葬礼所穿的白色装束，并携带皇帝御用的玉玺、兵符等物，从轵道亲自到刘邦军前投降，秦朝灭亡。子婴共在位仅四十六天。

子婴投降后，樊哙提议杀死子婴，但刘邦没有同意，而是把他交给随行的吏员看管。一个多月后，项羽率领大军进入咸阳后，立刻杀死子婴，纵火焚烧秦宫室，并进行大屠杀，秦朝累代之积至此一炬而尽。

秦末，子婴临危受命，是时诸侯并起，六国贵族纷纷复国反秦，秦朝的军事实力已经被联军瓦解，子婴即位时内外交困，秦朝已经不再是那个大一统的秦朝，"秦之积衰，天下土崩瓦解，虽有周旦之材，无所复陈其巧……"在这样的背景下，政治生命只有四十六天的秦王子婴所能做的只有四件事——谋除赵高，整肃朝纲，抵御刘邦大军，亡国。

虽然子婴迅速展现了自己的政治才干和魄力，诛杀了赵高，以图重振秦廷，但大势已去，秦朝终究还是灭亡了。

〔3〕刓弊：亦作"刓敝"，摩挲致损；磨损，损坏。把应该封给受封之人的印信拿在手中，都已经把棱角磨去了都不舍得给人。大意就是说：虽然项羽对人恭敬慈爱，但是到了应该给有功之人封爵的时候，却舍不得给人家一个印信。刓：wán。

〔4〕孟子有句名言："君子可以欺以其方。"就是说，君子可以被人用正当的理由欺骗，用合情合理的骗局欺骗。

孟子举过一个例子。郑国国相子产，是个仁德之人、智慧之人，孔子曾经向他讨教，还夸奖他是"古之遗爱也"。一天，有人给子产送来一条活鱼，子产仁慈，让手下小吏把鱼拿到院子里的池子放生，这人却把鱼弄回家自己偷偷煮着吃了。第二天，子产见到他，问："那鱼放生了吗？"他说："已经放生到水池里了。"为了增加这个谎言的可信性，他接着编造说："那鱼啊，挺逗。一开始放到水里，半死不活的；过了一会儿，它就恢复了生气，摇头摆尾地游走了。"子产一听，很高兴："得其所哉！得其所哉！"——这条鱼终于到它该去的地方去了。

〔5〕 曹参（音cān，？—公元前190年），字敬伯，沛人，西汉开国功臣，名将，是继萧何后的汉代第二位相国。公元前209年（秦二世元年），跟随刘邦在沛县起兵反秦，身经百战，屡建战功，攻下二国和一百二十二个县。刘邦称帝后，对有功之臣，论功行赏，曹参功居第二，赐爵平阳侯，汉惠帝时官至丞相，一遵萧何约束，有"萧规曹随"之称。

曹操与刘备

对酒当歌，人生几何！譬如朝露，去日苦多。

慨当以慷，忧思难忘。何以解忧？唯有杜康。

青青子衿，悠悠我心。但为君故，沉吟至今。

呦呦鹿鸣，食野之苹。我有嘉宾，鼓瑟吹笙。

明明如月，何时可掇？忧从中来，不可断绝。

越陌度阡，枉用相存。契阔谈䜩，心念旧恩。

月明星稀，乌鹊南飞。绕树三匝，何枝可依？

山不厌高，海不厌深。周公吐哺，天下归心。

——曹操《短歌行》

"天下英雄，唯使君与操耳。"这是曹操的名言。"天下英雄谁敌手，曹刘。"这是辛弃疾的名句。"刘备天下知名，曹操所惮。"这是陆逊的评价。曹操和刘备的故事借助《三国演义》而流播四海，家喻户晓。而历史上的三国史实本就充满戏剧性，刘备和曹操之间的对抗无疑是其中最具魅力的。

曹操和刘备都是一代枭雄，但他们的成长背景却相距甚远。

> 曹操受过很好的教育，以通古明经著称，而且"少机警，有权数"，"任侠放荡，不治行业"。时人对曹操的评语是："治世之能臣，乱世之奸雄。"刘备的族人认为"吾宗中有此儿，非常人也"，说明刘备确实有相当的才能。刘备一生，为人处事、应变将略与刘邦确实很像，只是没刘邦的运气。

曹操（155 年—220 年），字孟德，小字阿瞒，沛国谯（今安徽亳县）人，出身显赫，父亲曹嵩和名义上的祖父曹腾都是朝廷重臣，政声很好。但曹嵩的出身，当时就搞不清楚，所以陈寿称他："莫能审其生出本末"，但也有人认为他是夏侯氏之子。曹操受过很好的教育，以通古明经著称，而且"少机警，有权数"，"任侠放荡，不治行业"。他从小就受到当时名人的重视，太尉乔玄[1]和名士许子将[2]都对他有过极高的评价。乔玄一见曹操就大为惊奇，说："天下将乱，非命世之才不能济也，能安之者，其在君乎！吾老矣，愿以妻子为托！"显然是对他寄以治世的重望。而善于鉴人的许子将对曹操的评语是："治世之能臣，乱世之奸雄。"

刘备（161 年—223 年），字玄德，涿郡涿县人，汉景帝子中山靖王刘胜[3]之后。刘备虽然是汉室宗亲，却并不怎么风光，从小就死了父亲，生活很苦，和母亲一起靠织席子、卖草鞋过日子，之后刘备的敌人常用此事嘲笑辱骂他。不过尽管如此，刘备还是胸怀大志，少时他老家有一棵桑树，长得很特别，像车盖一样，他就在桑树底下说出狂言："吾必当乘此羽葆盖车。"刘备 15 岁读书时，和同宗刘德然一起求学卢植[4]门下，刘德然的父亲刘元起常资助贫穷的刘备，也很看好他，他曾说："吾宗中有此儿，非常人也。"这说明刘备确实有相当的才能。和刘备一起读书而且被史书记载的还有辽西公孙瓒[5]，两人关系很好。

刘备虽然读书了，但是并不用功，喜欢享受，像一个败家子。史书上说他"不甚乐读书，喜狗马、音乐、美衣服"。这和当年汉高祖刘邦颇为相似。而且综观刘备一生，为人处事、应变将略与刘邦确实很像，只是没刘邦的运气罢了。

刘备虽然是败家子，不过他不像一般的败家子纯粹的败家散财，他对人很好，不介意高低贵贱，结交豪侠之辈。据史书记载，刘备"少语言，善下人，喜怒不形于色。好交结豪侠，年少争附之"。关羽和张飞也就是这时候投奔到刘备手下的，三人"寝则同床，恩若兄弟"。刘备身边的人越聚集越多，需要钱财来打理，这时候中山贩马的商人张世平、苏双就赞助了刘备许多钱。此事史书是这样记载的："中山大商张世平、苏双等赀累千金，贩马周旋于涿郡，见而异之，乃多与之金财。先主是由得用合徒众。"

刘备在努力进行原始积累的时候，曹操已经有了一方天地。灵帝熹平三年（174年），20岁的曹操被举为孝廉，不久，被任命为洛阳北部尉。洛阳为京城，皇亲贵胄云集，难以治理。但曹操很有魄力，上任后即申明禁令，严肃法纪，专门制作五色大棒十余条，悬于衙门左右，"有犯禁者，皆棒杀之"。宦官蹇硕[6]的叔父违禁夜行，被曹操处死，于是"京师敛迹，无敢犯者"。

曹操不畏豪强，举免官吏，赢得不错的名声。他又多次上书针砭时弊，甚至为宦官的死对头窦武[7]、陈蕃[8]说话，这在当时可是要掉脑袋的[9]。由此可见，当时曹操对朝廷还是抱有希望的。曹操在后来的《让县自明本志令》中回忆"欲为一郡守，好作政教，以建立名誉"，这应该是他年轻时的理想。

灵帝中平元年（184年），黄巾农民起义爆发，曹操被拜为骑都尉，受命与卢植等人合军进攻颍川黄巾军，结果大破黄巾，斩首数万级。随之升迁为济南相。在济南相任内，曹操治事如初，爱用铁腕手段。济南国（今山东济南一带）有县十余个，各县长吏多依附权势，贪赃枉法，无所顾忌。曹操之前历任国相因畏惧地方豪强，皆置之不问。生平不信邪的曹操到职后，大力整饬，一举奏免长吏八名，济南震动，贪官污吏纷纷逃窜。于是"政教大行，一郡清平"。

当时正是东汉政治极度黑暗之时，曹操的努力于事无补。不肯迎合权贵的他只得托病回归乡里，"于谯东五十里筑精舍，欲秋夏读书，冬春射猎，求底下之地，欲以泥水自蔽，绝宾客往来之望。"当然，曹操并不就打算终老林下，他计划有朝一日东山再起，"去官之后，年纪尚少，顾视同岁中，年有五十，未名为老，内自图之，从此却去二十年，待天下清，乃与同岁中始举者等耳。"

曹操是怎么决定复出的，历史上没有明确记载，他只是自己说"然不能得如意"。不过，在当时的形势下，像曹操这样既不安分又胸怀大志的人物，如果真能在家自闭 20 年，那反而是怪事了。

曹操虽然势力最小，但激于大义，独自引军西进，在荥阳被董卓打得落花流水，自己也挂了彩，几乎连命都丢了。曹操打败黄巾军，组成军队，号"青州兵"，成为以后征战四方的资本。曹操势力迅速膨胀的时候，刘备在一点一点地积攒自己的力量。他出任徐州牧，正式登上群雄争霸的舞台，也开始了坎坷的中原战事。

中平五年（188年），汉灵帝为巩固统治，设置西园八校尉，曹操被任命为八校尉中的典军校尉。

第二年，西凉军阀董卓进入洛阳，废少帝，立献帝刘协，后又杀太后及少帝，自称相国，专擅朝政。曹操见董卓倒行逆施，天怒人怨，不愿与其合作，便改易姓名逃出京师，来到陈留，"散家财，合义兵"，组织起一支五千人的军队，准备讨伐董卓。

献帝初平元年（190年）正月，关东州郡牧守起兵讨伐董卓，共推袁绍为盟主。袁绍出身名门，德高望重，曹操对他相当敬重，袁绍对曹操也很有笼络之意。但是袁绍私藏玉玺，谋立皇帝，令曹操对他逐渐反感。

此时董卓胁迫献帝迁都长安（今陕西西安西北），自己留居洛阳抵御关东军，一时"焚烧宫室，劫迁天子，海内震动"。因为董卓的凉州军马骁勇善战，袁绍率领的联军十余万人驻酸枣（今河南延津北）一带，无人敢向洛阳推进。曹操仍然是一副"热血青年"的样子，十八路诸侯大会上，他慷慨激昂："诸君听吾计，使勃海引河内之众临孟津，酸枣诸将守成皋，据敖仓，塞轘辕、太谷，全制其险；使袁将军率南阳之军军丹、析，入武关，以震三辅：皆高垒深壁，勿与战，益为疑兵，示天下形势，以顺诛逆，可立定也。今兵以义动，持疑而不进，失天下之望，窃为诸君耻之!"但因曹操人微言轻，无人理睬他的建议。联军只求自保，逡巡不前。曹操虽然势力最小，但激于大义，独自引军西进，在荥阳汴水（今河南荥阳西南）被董卓打得落花流水，自己也挂了彩，几乎连命都丢了。败逃的路上，士兵哗变，曹操"手剑杀数十人，馀皆披靡，乃得出营"。

献帝初平三年（192年），司徒王允与名将吕布在长安定计杀掉董卓，董卓部将李傕、郭汜等攻陷长安，杀王允，进攻吕布，关中陷入战乱。是时，州郡牧守各据一方，形成诸侯割据的局面。曹操乘机"设奇伏，昼夜会战"，将黄巾军击败，获降卒三十余万，人口百余万。曹操收其精锐，组成军队，号"青州兵"，成为他以后征战四方的资本。

第二年秋，曹操进兵徐州（今山东郯城），向东南扩展势力。徐州牧陶谦退守郯县。不久曹操军粮将尽，撤围回军。次年夏，曹操再征徐州，攻至东海。曹操征徐州期间，因父亲被杀，盛怒之下，大肆杀戮，一路上"鸡犬亦尽，墟邑无复行人"。

曹操势力迅速膨胀的时候，刘备还在一点一点地积攒自己的力量。

徐州牧陶谦与公孙瓒交好，却和曹操结了仇。曹操屡伐徐州，后来曹操父亲曹嵩经过徐州，被陶谦所杀（也有人说是被泰山的强盗劫财又害命了）。这一下两人的仇从单纯的攻伐兼并升级到复仇战争了，于是曹操再度进攻徐州，徐州牧陶谦向青州刺史田楷求救，田楷带着刘备一同来到徐州。陶谦觉得刘备非同凡响，必成大器，给了刘备一些人马，要刘备屯驻小沛，防备曹军，又上表刘备为豫州刺史。好运还没结束，陶谦不久就得了重病，死之前看看身边没有合适的人，刘备虽然投奔自己不久，但是气质不凡，又不会甘于人下，干脆遗命刘备继任了，临终前甚至对别驾麋竺说："非刘备不能安此州也。"

刘备认为自己望浅德薄，推荐袁术接替陶谦，理由是"袁公路近在寿春，此君四世五公，海内所归，君可以州与之"，但陶谦的谋士陈登认为："公路骄豪，非治乱之主。今欲为使君合步骑十万，上可以匡主济民，成五霸之业，下可以割地守境，书功于竹帛。若使君不见听许，登亦未敢听使君也。"这话既把袁术贬得一无是处，也再一次明白地告诉刘备，我们跟着你就是要去争夺天下，在青史留名的，用天下这个诱人的东西吸引刘备，也是陈登他们认为刘备有这个实力，有这个境界和胸怀。而北海相孔融（孔子的二十世孙）说话更不客气："袁公路岂忧国忘家者邪？冢中枯骨，何足介意。今日之事，百姓与能，天与不取，悔不可追。"孔融当时的门阀地位，世族资历，官僚职务，学问声名，在朝野举足轻重。当孔融推荐刘备时，刘备激动得不能自已，说："孔文举先生还知道世间有一个刘备么？"

在两位说客的游说下，刘备出任徐州牧，正式登上群雄争霸的舞台，也开始了坎坷的中原战事。刘备占了徐州，这样才拥有了像陈登说的上可成五霸之业,下可书功于竹帛的根据地,从一个角度上来说,刘备这时才拥有了可以与天下群雄逐鹿的资本。

但是徐州这地方并不是一个很好的地盘。徐州地处中原,四处强敌众多,刘备刚刚上任,又是平民出身,根本不能和袁绍、曹操、袁术这些原朝廷封疆大吏相提并论。加之袁绍和曹操这两位北方数一数二的大诸侯都与徐州有仇,更糟的是他们两个当时还属于盟友关系,而刘备最铁的盟友公孙瓒远在幽州,万一袁绍曹操合攻,徐州当真危如累卵。幸运的是袁绍一直在北方和公孙瓒作战,无暇顾及徐州,而和徐州有杀父之仇的曹操看到陶谦已死,好像一下子消了气,迎接汉献帝后还上表为刘备请得镇东将军,封宜城亭侯。看来形势倒是真像陶谦说的那样,只有刘备才可以安定徐州。

不过刘备受任之后没有很好地利用手中的资源,而是与袁术、吕布等人争来吵去,结果丢掉了到口的肥肉,徐州被吕布得到。王夫之在《读通鉴论》"先主受陶谦之命其始不正"一条中评论说:"使其于陶谦授徐之日,早归命宗邦,诛催、汜以安献帝,绍与操其孰能御之?""徒与袁术、吕布一彼一此,争衡于徐、豫之间,惜哉!"

曾参加讨董卓之战的陈留太守和曹操部将陈宫对曹操不满,于是背叛了曹操,迎吕布为兖州牧。曹操丧师失地,陷于困境,当时只有鄄城(今属山东)和东郡的范(今山东范县东南)、东阿（今山东阳谷东北）两县尚在曹操掌握之中，分别由司马荀彧和寿张令程昱、东郡太守夏侯惇等坚守，形势异常危急。曹操从徐州赶回，进军围攻吕布于濮阳。两军相持百余日，蝗灾大起，双方只得停战，曹操军还鄄城。

兴平二年（195 年）夏，曹操整军再战吕布，于巨野（今山东巨野南）大破吕布军，吕布逃往徐州投靠刘备。

刘备没有抓住转瞬即逝的机会，曹操却在谋臣猛将的辅助下施展其雄才大略。曹操挟持汉献帝迁都许昌，取得了"挟天子以令诸侯"的优势。屯田有效地解决了曹操集团的粮食问题，保证了内部的稳定。曹操眼中只有没有势力的刘备，而根本不把袁绍这些人置于怀中，足见曹操的识人之能。而怀有野心的刘备希图韬光养晦，所以听到曹操抬举自己说天下英雄是他们两人时心慌得连筷子都掉了。

献帝刘协自被董卓劫至长安后，一直处于颠沛流离之中。建安元年七月，献帝终于回到洛阳，洛阳经董卓之乱，已是一片废墟。百官没有地方居住，"披荆棘，依丘墙间"，洛阳也没有粮食，"州郡各拥强兵，而委输不至，群僚饥乏，尚书郎以下自出采稆，或饥死墙壁间"。

　　曹操的谋士毛玠[10]曾向曹操提出了"奉天子以令不臣"的建议，曹操深以为然，但一直没有机会。建安元年（196年）八月，曹操亲至洛阳朝见献帝。随即挟持汉献帝迁都许昌。虽然皇帝没有实权，但因为在老百姓中的影响，各路诸侯心有所忌，仍然需要打着皇帝的旗号，以求名正言顺。曹操把皇帝抓在手里，也就取得了"挟天子以令诸侯"的优势。这是曹操政治上的一大成功。

　　不久，为解决军粮问题，曹操募民屯田，当年即大见成效，得谷百万斛。于是曹操命令在各州郡设置田官，兴办屯田。屯田有效地解决了曹操集团的粮食问题，保证了内部的稳定。所以曹操说："因此大田，丰足国用，摧灭群逆，克定天下。"

　　在兴置屯田的同时，曹操采取各种措施，扶植自耕农经济。针对当时人口流失，田地荒芜的情况，曹操先后采取招怀流民、迁徙人口、劝课农桑、兴修水利、检括户籍等办法，充实编户，恢复农业生产。此外，曹操还陆续颁布法令，恢复正常租调制度，防止豪强兼并小农。曹操前后实行的这一系列措施，使濒于崩溃的自耕农经济不断得到恢复和发展。这成为曹操集团的雄厚经济基础。

　　通过以上措施，曹操统治区的农业生产迅速恢复。这是曹操在经济上的一大成功。

　　刘备没有抓住转瞬即逝的机会，曹操却在谋臣猛将的辅助下施展其雄才大略。从建安二年起，曹操利用"挟天子以令不臣"的政治优势，东征西讨，开始了他翦灭群雄、统一北方的战争。

其时，在曹操的北边，是占有冀、并、幽、青四州的袁绍；南边，是占据扬州的袁术；东南，是占据徐州的吕布；正南，是占据荆州的刘表；西边，是关中马腾、韩遂诸将。此外，董卓部将张济之侄张绣投降刘表后，屯驻于宛县（今河南南阳），也对许都形成威胁。

徐州被吕布攻占后，刘备只好投奔曹操。曹操此时正迎回天子，推行屯田制度，兵精粮足，开始有雄霸天下的气象，见刘备来投，而且要对付的正是自己最担心的骁勇的吕布，很高兴，立刻上表刘备为豫州牧，还增兵给刘备，要他去打吕布，自己好对付张绣。

曹操认为刘备是个英雄，但他的谋士程昱看出了刘备雄霸的志向，劝曹操杀掉刘备："观刘备有雄才而甚得民心，终不为人下，不如早图之。"但曹操不这么认为，他说："方今收英雄时也，杀一人而失天下之心，不可。"建安三年（198 年）九月，曹操东征徐州，吕布投降，曹操初步控制了徐州。

刘备和曹操平定吕布后，一同回到许都，虽然刘备在打吕布时没派什么用场，但是曹操很是赏识刘备，上表皇帝封刘备为左将军，这是官方的赏赐，当然现在的官方就是曹操而已，而私下里，曹操更加是优待刘备，《三国志》里说曹操对刘备是"出则同舆，坐则同席"。刘备平民出身，但又是汉室宗亲，还是个极得民心的人，优待刘备就是向天下英雄表示招揽之意。这时还产生了著名的煮酒论英雄的故事。"曹公从容谓先主曰：'今天下英雄，唯使君与操耳。本初之徒，不足数也。'先主方食，失匕箸。"曹操眼中只有没有势力的刘备，而根本不把袁绍这些人置于怀中，足见曹操的识人之能。而怀有野心的刘备希图韬光养晦，所以听到曹操这么抬举自己反而心慌，惊得连筷子都掉了。

不久，张绣听从谋士贾诩之计，投降曹操，曹操大喜，拜张绣为扬武将军，解除了后顾之忧。曹操攻占徐州不久，淮南袁术准备逃往青州投靠袁绍，曹操派刘备去截击。建安五年（200年）正月，董承等人谋诛曹操事泄，被曹操杀掉。参与密谋的刘备于是袭杀徐州刺史车胄，再次占据徐州。

曹操为了免于将来同袁绍作战时前后受敌，决定先消灭在徐州立足未稳的刘备。诸将都担心袁绍乘机来攻许都，曹操对此胸有成竹，说："夫刘备，人杰也，今不击，必为后患。袁绍虽有大志，而见事迟，必不动也。"曹操彻底地认识到刘备的英雄本色，认为他将给自己带来最大的威胁，假如攻打袁绍，那刘备就有可能偷袭许都。

曹操攻打刘备，刘备马上请袁绍攻许都，这本是一步好棋，就算不能攻下许都也能围魏救赵，使曹操退兵，但是袁绍毫无当年的勇略，就是不出兵。刘备败退了，这次败退不单把老婆丢了，连大将关羽也投降了曹操。

刘备去了袁绍处，虽然袁绍不用刘备的计策，但是这几年的刘备已经不再是任小小平原相时的刘备。他统领徐州，与吕布曹操抗争，尤其是许都一行，无论是曹操的礼遇还是参与密谋集团，刘备在中原诸侯的眼中身价大涨，于是袁绍遣将道路奉迎，去邺二百里，与刘备相见，待遇相当优厚。

> 曹操的谋士郭嘉是历史上罕有的智慧之星，最初他北上晋见袁绍，袁绍不能用，又投奔了曹操。在大家缺乏信心，到处弥漫着悲观论调的时候，他独具慧眼，向曹操进言，论断曹操十个方面胜于袁绍。"十胜论"为曹操战胜袁绍平定中原奠定了思想基础。曹操曾说，"使我成大业者，必此人也！"

袁绍是当时北方最强大的一股势力，也是曹操统一北方最强大的敌人。袁绍"门生故吏遍于天下"，势力本就很大，又取得冀、并、幽、青四州之地，有军队数十万人。

此时曹操的实力比袁绍弱得多。曹操所占的大河以南地区，地盘很小，又是四战之地，残破不堪，还没有完全恢复，物资比不上袁绍那样丰富。曹操的兵力也远不及袁绍，其总兵力大概不过几万人，投入前线的兵力也远逊于袁绍。袁绍大军来攻，许都震动。

　　但曹操胸有成竹，安慰众将说："吾知绍之为人，志大而智小，色厉而胆薄，忌克而少威，兵多而分画不明，将骄而众令不一，土地虽广，粮食虽丰，适足以为我奉也。"曹操对袁绍有很深的认识，他敢于在袁绍将要大军压境之时抽身去进攻刘备，正是基于这种认识之上。

　　曹操的谋士郭嘉是历史上罕有的智慧之星，最初他北上晋见袁绍，袁绍不能用，又投奔了曹操。在大家缺乏信心，到处弥漫着悲观论调的时候，他独具慧眼，向曹操进言，论断曹操十个方面胜于袁绍。袁绍礼仪繁多，常为形式所困；曹操从实际出发，体任自然，此道胜一也。袁绍割据一方，逆历史潮流而动；曹操顺应统一大势，奉天子以率天下，此义胜二也。东汉灭亡在于对待豪强过于宽纵，袁绍以宽济宽，不能整饬危局；曹操拨乱反正，以严治政，上下皆循法度，此治胜三也。袁绍外表宽宏大量，内心量小忌贤，所任用者唯其亲戚子弟；曹操外表简单严肃，内心机智英明，用人不问远近、唯才是举，此度胜四也。袁绍多谋少决，往往事后才能意识到应当采取的策略；曹操谋定即行，应变无穷，此谋胜五也。袁绍沽名钓誉，喜欢听奉承话，那些能言善辩、外表上看德才兼备而干不了实事的人多归之；曹操以诚待人，不务虚名，以俭率下，有功必赏，那些有远见卓识、真才实学的人都愿意为其所用，此德胜六也。袁绍见到饥寒之人怜悯益于颜色，却不考虑那些从未见到的贫困百姓，谋划救国辅民的大计；曹操对眼前小事时有忽略，对待大事从不含糊，思虑所及不限于直接接触的人，恩德加于四海，此仁胜七也。袁绍不会用人，大臣之间争权夺利，疑惑丛生；曹操用人得法，使人各尽其力，不能相互倾轧，此明胜八也。袁绍以亲疏定是非，赏罚不明；曹操是非分明，赏罚有道，此文胜九也。袁绍声众势强，但不懂用兵要领；曹操精通兵法，能以少胜众，用兵如神，此武胜十也。

"十胜论"为曹操战胜袁绍，平定中原奠定了思想基础。曹操曾说，"使我成大业者，必此人也！"他视郭嘉为股肱，出则同车、入则同帐。曹操评价郭嘉忠诚善良，智慧渊深，品性美好，通达事理，"见时事兵事，过绝于人"。有人曾非议郭嘉"不治行检"，郭嘉泰然自若，曹操见其有大丈夫意气，愈发敬重他了。郭嘉智慧渊深，通达事理，十余年为曹操出谋划策，动无遗失，过绝于人。赤壁战败后，曹操又想起了郭嘉，叹息道："假如郭嘉健在，我不至于落得这等地步！"此是后话了。

建安五年（200年）二月，袁绍命大将颜良等人进兵白马（今河南滑县北），自率大军进屯黎阳（今河南浚县东），向曹操发动进攻。曹操自率军屯于官渡（今河南中牟北），准备迎击袁绍。著名的官渡之战正式打响。

四月，曹操亲自率兵北上解白马之围，斩颜良，诛文丑，袁军大震。曹操初战得胜,主动撤军,继续扼守官渡。

八月,袁绍大军连营而进,东西数十里,依沙堆为屯,进逼官渡。两军一攻一守,相持近二个月。久战之下,缺兵少粮的曹操处境极为困难。

十月,袁绍从河北运来粮草万余车,派大将淳于琼等带万余人看守,屯于离袁绍大营四十里的乌巢。恰好这时袁绍谋士许攸因内部倾轧来投奔曹操,献计让曹操偷袭乌巢。曹操大喜,亲率精锐步骑五千人,乘夜从小路偷袭乌巢,"尽燔其粮草"。当袁绍听说曹操袭击乌巢时,认为这正是攻破曹操大营的好机会,因此派重兵围攻曹操大营。但曹营既未攻破,乌巢败讯反而很快传来,袁军溃散,大将张郃等人投降曹操。袁绍弃军逃回黄河以北。

于是曹军大获全胜,斩首七万余级,尽获袁军辎重、图书珍宝。曹操清点袁绍书信时,得到自己一些部下写给袁绍的信,当有人主张追究时,曹操命令一把火烧掉,说:"当绍之强,孤犹不能自保,而况众人乎?"这一招安定了曹营人心。

官渡之战是中国历史上有名的以少胜多的战争范例。从客观条件上说,曹操本处于劣势,但由于他能正确分析客观条件,善于听取别人的正确意见,懂得利用天下的智力,和实质是一种精神、一种政治的称之为道的无形财富,所以能扬长避短,采用正确的战略战术,使战争向有利于自己的方面转化,终于赢得了胜利。

官渡之战初，袁绍派人与刘表联系，合攻曹操，刘表答应了，不过只是口头上答应，行动上却不见半分，他手下都劝说他，要不依照盟约攻打曹操，要不就干脆投降曹操得了，这样两不相帮，等一方平定北方，那荆州就危险了。但是刘表就是不见行动。

官渡一战后，曹操又借势击溃了袁绍及其儿子袁谭、袁尚，攻破乌桓，统一了北方。

刘备在新野获得了宝贵的休养生息的时机，他开始反思自己多年来漂泊不定、居无定所的现象，主要原因是缺少智谋之士，于是到处访贤，经徐庶等人推荐，他三顾茅庐，得到诸葛亮出山襄助。

《让县自明本志令》称心而道，直抒胸臆，无所顾忌，披肝沥胆，具有政治家雄伟的气魄和斗争的锋芒，体现了曹操敢作敢为的性格特点。文中说："设使国家无有孤，不知当几人称帝，几人称王"，这些话是非曹操不能道的。

刘备兵败后见北方曹操是敌人，袁绍已经靠不住了，江东太远，只有荆州离的近，就跑来投靠刘表。

　　到了荆州，刘备那超人气的魅力再次发挥了作用，外加刘备参加反曹操的密谋集团，在北方搞出了很多名堂，在荆州刘备已经成了超一流的明星了，众多的清流派向刘备示好，渐渐刘备取代了刘表的清流派领袖的地位。正如周瑜指出的："刘备以枭雄之姿，而有关羽、张飞熊虎之将，必非久屈为人用者。"

　　刘表见刘备人望日重，其仁义精神产生了较大的感召力和凝聚力，不敢重用他，就请刘备在新野驻扎，为自己抵挡曹军南下。

　　刘备在新野获得了宝贵的休养生息的时机，他开始反思自己多年来漂泊不定、居无定所的现象，主要原因是缺少智谋之士，于是到处访贤，经徐庶等人推荐，他三顾茅庐，得到诸葛亮出山襄助。诸葛亮分析了刘备当时所处的形势，认为曹操"已拥百万之众，挟天子以令诸侯。此诚不可与争锋。孙权据有江东，国险而民富，此可为援而不可图也"。刘备的优势是"帝室之胄，信义著于四海"，所以他的发展战略理当是"跨有荆、益，保其岩阻，西和诸戎，南抚彝、越，外结好孙权，内修政理，待天下有变，则命一上将将荆州之兵以向宛、洛，将军亲率益州之众以出秦川"，真能这样，"则大业可成，汉室可兴"。刘备闻言，觉茅塞顿开，力邀诸葛亮为辅助，并以"如鱼得水"来形容对诸葛亮的倚重。

　　建安十三年（208年）六月，曹操恢复丞相制度，并自任丞相。针对当时人们怀疑他会不会步董卓的后尘，"名为汉相，实为汉贼"，废掉献帝自立为王的议论，写了著名的自我解剖文章《让县自明本志令》（又名《述志令》），坦诚地提到这个问题："或者人见孤强盛，又性不信天命之事，恐私心相评，言有不逊之志，妄相忖度，每用耿耿。齐桓、晋文所以垂称至今日者，以其兵势广大，犹能奉事周室也。论语云'三分天下有其二，以服事殷，周之德可谓至德矣'，夫能以大事小也。昔乐毅走赵，赵王欲与之图燕，乐毅伏而垂泣，对曰：'臣事昭王，犹事大王；臣若获戾，放在他国，没世然后已，不忍谋赵之徒隶，况燕后嗣乎！'胡亥之杀蒙恬也，恬曰：'自吾先人及至子孙，积信於秦三世矣；今臣将兵三十馀万，其势足以背叛，然自知必死而守义者，不敢辱先人之教以忘先王也。'孤每读此二人书，未尝不怆然流涕也。孤祖父以至孤身，皆当亲重之任，可谓见信者矣，以及子植兄弟，过于三世矣。孤非徒对诸君说此也，常以语妻妾，皆令深知此意。孤谓之言：'顾我万年之后，汝曹皆当出嫁，欲令传道我心，使他人皆知之。'孤此言皆肝鬲之要也。"

在这篇令文中，曹操叙述了自己的思想发展历程，反复说明自己并无"不逊之志"，"身为宰相，人臣之贵已极，意望已过"，而"为万安计"，不能"便尔委捐所典兵众"，"不得慕虚名而取实祸"，"江湖未静、不可让位；至于邑土，可得而辞。"人们常说曹操有反心，可曹操始终未反，"欲为国家讨贼立功，欲望封侯作征西将军，然后题墓道言：'汉故征西将军曹侯之墓'"。这就是曹操的心声，并且的确一直坚持到死。

此文称心而道，直抒胸臆，无所顾忌，披肝沥胆，具有政治家雄伟的气魄和斗争的锋芒，体现了曹操敢作敢为的性格特点。文中说："设使国家无有孤，不知当几人称帝，几人称王"，这些话是非曹操不能道的。

老百姓愿意跟着刘备颠沛流离、辗转迁徙，需要作出巨大的牺牲，由此知道刘备确实很有人望。但人心向背是长时间发挥作用的东西，短时间内还是枪杆子解决问题。在曹操铁骑的碾压之下，刘备的军队被冲得七零八落。但曹操听说刘备成了荆州之主，惊得毛笔都掉落下来。

曹操基本平定北方后，兵锋转而南向。建安十三年（208 年）七月，南征荆州刘表。八月，刘表病死，其子刘琮接任荆州牧。九月，曹操大军进至新野，刘琮以为无法抵挡，举荆州之众投降曹操。

这时，刘备屯驻于樊城（今湖北襄樊），听说刘琮投降，诸葛亮劝说刘备攻打刘琮，这样可以得到襄阳，控制荆州大部，以便与曹操抗衡。但是刘备拒绝了，刘备考虑到曹操已经攻近，假如此时攻打刘琮，万一形成相持局面，曹操正好趁火打劫，而且就算控制襄阳，要统合荆州全境也要时间，对抗曹操大军怎么说都是不够的。便率军向江陵撤退。江陵为荆州重镇，存有大量军用物资。曹操闻知，怕江陵落入刘备之手，遂亲率五千骑兵从襄阳疾驰三百里，在当阳长坂（今湖北当阳东北）将刘备追上。

当时跟随刘备的人不少，"琮左右及荆州人多归先主，此到当阳，众十余万，辎重数千两，日行十余里，别遣关羽乘船数百艘，使会江陵。或谓先主曰：'宜速行保江陵，今虽拥大众，被甲者少，若曹公兵至，何以拒之？'先主曰：'夫济大事必以人为本，今人归吾，吾何忍弃去！'"不能说这完全是刘备的一种姿态，在当时险恶的环境下没有干大事的气魄、毅力和定性是难以决断的。而老百姓愿意跟着刘备颠沛流离、辗转迁徙，需要作出巨大的牺牲，由此知道刘备确实很有人望，"其得人心如此"。

但人心向背是长时间发挥作用的东西，短时间内还是枪杆子解决问题。在曹操铁骑的碾压之下，刘备的军队被冲得七零八落，在当阳长坂，刘备"使飞将二十骑拒后"。张飞是一员有名的猛将，"据水断桥，瞋目横矛曰：'身是张益德也，可来共决死！'敌皆无敢近者，故遂得免。"但张飞的英勇气概只挡得了一时，曹操的大军又逼上来了，并将其军击溃，随后进占江陵。刘备最终只能和张飞、赵云、诸葛亮几人逃到夏口，与关羽和刘琦的军队会合，这样才有了暂时喘息的机会。

　　刘备虽败，但是还拥有两万军队，曹操虽胜，但是长途远征，人马疲惫，荆州也需要安定，于是双方暂时休战，但是一场真正的大战就要开始了。

　　刘备虽拥有两万军队，但是以自己的力量要对抗曹操的大军无异于以卵击石，而当时唯一可以和刘备结盟的也就是东吴的孙权了。

　　孙权可说是与曹操、刘备并世而立的英雄人物。曹操文韬武略，征战天下，几无对手；刘备屡败屡战，甚得人心，由平民而成一代君王，可说是天下可数的英雄人物；孙权继承父兄祖业，"年少万兜鍪，坐断东南战未休"，善于识人用人，江南名士乐为之用，维系了江南的稳定，造成了"国险而民富"的局面。

　　曹操的进军威胁了孙权的统治，孙权不愿坐以待毙，命大将周瑜率军三万，与刘备联军抵抗曹操。

　　曹操自江陵东下，至赤壁（今湖北嘉鱼东北）与孙、刘联军接战不利，暂驻军于乌林（今湖北洪湖东北），与对方隔江对峙。

　　周瑜用诈降之计，命大将黄盖率小战船十艘，上装柴草，灌以膏油，假称投降，向北岸而进，至离曹营二里之处时，各船一齐点火，然后借助风势，直向曹军冲去，曹军大败，舟船被烧。曹操率军从华容道（今湖北监利西北）陆路撤回江陵。

　　关于赤壁之战，史书上的记述也不尽相同。《三国志》的《魏书·武帝纪》记载："公自江陵征备，至巴丘，遣张合肥。权闻张至，乃走。公至赤壁，与备战，不利。于是大疫，吏士多死者，乃引军还。备遂有荆州、江南诸郡。"

而《蜀书·先主传》是这样写的："先主遣诸葛亮自结于孙权，权遣周瑜、程普等水军数万，与先主并力，与曹公战于赤壁，大破之，焚其舟船。先主与吴军水陆并进，追至南郡，时又疾疫，北军多死，曹公引归。"

可见刘备和孙权联军一起在赤壁击败曹军，外加北方人不适应南方的气候而"大疫"，死者甚多，于是曹军北还。

再看《吴书·吴主传》的记载："备进住夏口，使诸葛亮诣权，权遣同瑜、程普等行。是时曹公新得表众，形势甚盛。诸议者皆望风畏惧，多劝权迎之。惟瑜、肃执拒之仪，意与权同。瑜、普为左右督，各领万人，与备俱近，遇于赤壁，大破曹公军。公烧其余船引退，士卒饥疫，死者大半。备、瑜等复追至南郡。曹公遂北还。"

这里也是说刘备周瑜合军在赤壁击败曹操，但是却成了曹操自己烧船退兵，外加疾病，曹军北还。

《吴书·周瑜传》又略有不同："时刘备为曹公所破，欲引南渡江。与鲁肃遇于当阳，遂共图计，因进住夏口，遣诸葛亮诣权。权遂遣瑜及程普等与备并力逆曹公，遇于赤壁。时曹公军众已有疾病，初一交战，公军败退，引次江北。瑜等在南岸。瑜部将黄盖曰：'今寇众我寡，难与持久。然观操军船舰，首尾相接，可烧而走也。'乃取蒙冲斗舰数十艘,实以薪草,膏油灌其中。裹以帷幕,上建牙旗,先书报曹公,欺以欲降。又豫备走舸,各系大船后,因引次俱前。曹公军吏士皆延颈观望,指言盖降。盖放诸船,同时发火。时风盛猛,悉延烧岸上营落。顷之。烟炎张天,人马烧溺死者甚众,军遂败退,还保南郡。备与瑜等复共追。曹公留曹仁等守江陵城。径自北归。"这段话被司马光采用,录于《资治通鉴》。

可见赤壁之战曹操输给刘备输得有些冤枉,因为首先是队伍中疾病流行,战斗力下降,估计非战斗减员也很严重。而刘备此前从未赢过曹操,这次借助天时、地利、人和终于打败曹操,既出了一口恶气,也打下了自己称王称帝的基业,那就是占领了荆州。怪不得曹操听说刘备成了荆州之主,惊得毛笔都掉落下来。

刘备得到了荆州,但是这荆州地方太小,南面是土著,北面是曹操,东面是孙权,不好腾挪。而且荆州被曹操一折腾,已经大伤元气,虽然有不少原住民深感刘备仁德想要回来,但还是要受到曹孙势力的阻拦,所以,刘备要发展壮大,就要再度开拓地盘。但刘备毕竟得到了梦寐以求的地盘,苍龙入海了。

随着依附曹操的人越来越多,朝廷公卿大臣多出其门,曹操已是颐指气使的决断人物了。与此同时,刘备也在按照诸葛亮的隆中战略一步步走下去,在荆州稳固下来后，他的眼睛已经盯上了益州。

赤壁大败后，曹操并没有消沉，在他看来，胜败乃兵家常事，他还有机会重新与孙刘对阵，统一中国，书名竹帛。挫折之后，首要的是采取措施，稳定内部，树立威信，重聚人心。曹操总结经验，发现自己的集团还是缺乏人才，特别是郭嘉那样的超级智囊。他深知，作为一个统帅，发现人才、善用人才是至为关键之事。选贤与能，擢用优良，恩威并施，赏罚分明，方能成就一番事业。

于是在建安十五年春，曹操再下《求贤令》，说："今天下尚未定，此特求贤之急时也……二三子其佐我明扬仄陋，唯才是举，吾得而用之。"曹操提出不拘品行、唯才是举的用人方针，目的是尽量把人才收罗到自己身边。曹操一生光求贤令就发了好几道，要求各部门不拘一格选拔人才，哪怕像陈平这样盗嫂受金、不干不净的人，像吴起这样杀妻求将、贪酷可疑的人，只要有治国用兵之道，也要予以量才使用。他的理论是"有行之士，未必能进取；进取之士，未必能有行也"，"士有偏短，庸可废乎"。

随着依附曹操的人越来越多，朝廷公卿大臣多出其门，曹操已是颐指气使的决断人物了。迫于压力，献帝封曹操为魏公，割冀州的河东、魏郡等十郡以为魏国封地。曹操封魏公后，所任丞相和冀州牧如故，权势愈来愈旺。不久，曹操建魏国社稷宗庙[11]，又在魏国内设置尚书、侍中。

曹操统一天下的大志没有消泯。建安十六年（211年），曹操开始对关中用兵。三月，曹操遣司隶校尉锺繇率大将夏侯渊以讨伐汉中张鲁为名进兵关中。关中马超、韩遂、杨秋等十部心生疑惧，一时俱反。曹操立即派大将曹仁进攻关中，马超等人屯据潼关。七月，曹操率大军亲征关中。九月，大破关中诸军，马超、韩遂逃至凉州，关中地区基本平定。

与此同时，刘备也在按照诸葛亮的隆中战略一步步走下去，在荆州稳固下来后，他的眼睛已经盯上了益州。

但益州与其说是刘备夺取的，不如说是别人送来的更准确。张松、法正这两位益州高级官员暗通刘备，劝说益州之主刘璋借刘备的实力抵御张鲁和正准备向汉中动手的曹操。这可正合了刘备的胃口，于是带兵进入益州。此时的入蜀部队并没有诸葛亮、关羽、张飞、赵云等人，他们都留守大本营荆州。而刘璋对刘备也不错，给刘备增兵增物，刘备的军队得以扩张。而且刘璋还亲自来迎接刘备，此时刘备的谋士庞统等人都劝说刘备将刘璋等荆州要员一网打尽。但是刘备没有同意。刘备的说法是："此大事也，不可仓卒。初入他国，恩信未著，此不可也"。刘备的打算是稳打稳扎，作长久计划。

在刘璋的支持下，刘备驻扎在葭萌关，一边防备张鲁，一边收买人心。本来一直这样下去，刘备或先攻打汉中，得益州人心取刘璋而代之也可，或先树威德，策反益州人士，再取刘璋而代之也可，但这样刘备要走的路会很长。不料此时却生变故，有消息说曹操发兵攻打江南，刘备借口支援荆州抗曹向刘璋要钱要人，引起刘璋不满，刘备要挟撤兵回去。张松信以为真，写信给刘备要其入成都："今大事垂可立，如何释此去乎！"没想到事情泄露，张松被杀，刘璋又派军防范刘备。

刘备此时才不得不发兵攻打刘璋，急切之下没有得手，又令诸葛亮率张飞、赵云等人带兵入川，留下关羽一人镇守荆州。在刘备和诸葛亮两面夹攻之下，刘璋失去了信心，选择了投降。刘备夺取成都后非常高兴，大肆封赏，"赐诸葛亮、法正、张飞及关羽金各五百斤，银千斤，钱五千万，锦千匹"。诸葛亮此时的地位已经确立为文臣第一；而法正为入川谋主，才智过人，不亚于诸葛亮；关羽虽然入川无功，但是作为守荆州的封疆大臣，封赏也是正常；张飞也因此次作战有功，成为川中第一武将。对于刘璋，刘备没有杀之而后快，而是遣送到荆州交给关羽软禁。

建安二十年（215 年）三月，曹操见刘备已取得益州，而汉中是益州门户，"若无汉中，则无蜀矣"，判断刘备必然要攻取汉中。于是曹操抢先一步，率十万大军亲征汉中张鲁。七月，曹操大军进至阳平关（今陕西勉县西北）。张鲁听说阳平关失守，马上逃往巴中。曹操进军南郑，尽得张鲁府库珍宝。十一月，张鲁出降曹操，汉中至此为曹操所有。

但曹操没有得陇望蜀，乘胜攻打益州，而是留下夏侯渊驻守，自己将主力退出汉中，仓促北还。刘备抓住良机，随后向汉中发动进攻。在夺取汉中的斗争中，法正起了关键作用。法正"著见成败，有奇画策算"。最初他投奔刘璋，久不任用，被人"谤无行"，志意不得，只与益州别驾张松友善。后密结刘备，成功实施了刘备集团西取益州的战略意图，被刘备任为蜀都太守，辅佐刘备经治巴蜀。汉中是益州的北部屏障，法正判断曹操此次出兵汉中，不是不想进军巴蜀，也不是力量不及，而是忧患所迫不得不还。"此盖天以予我，时不可失也。"他劝刘备出兵汉中，占据这块战略地域。刘备采纳其策进军汉中。

建安二十三年（218年），刘备亲率大军进至阳平关，夏侯渊等人与刘备夹关对峙。七月，曹操亲率大军赶往关中，坐镇长安，以便随时指挥汉中战局。第二年正月，刘备自阳平关南渡沔水（今汉水），依山而进，驻军于定军山（今陕西勉县东南），夏侯渊出兵与刘备争夺，被刘备杀掉，曹军大败。曹操不得不彻底放弃汉中，将军队全部撤回长安。刘备曾豪迈地说："曹公虽来，无能为也，我必有汉川矣。"果然，曹操自关中南征，屡屡不顺，终于退兵，汉中落入刘备之手。

曹操得到汉中战报，不无感慨地说，我本来料定玄德不会有此举动，必为人所教也。法正辅佐刘备西取巴蜀，北征汉中，为刘备建立帝业奠定了基础，这些功绩使他在蜀汉举足轻重，可惜死得较早。刘备称帝后，发兵东征为关羽雪耻，群臣莫能劝阻，大败而归。诸葛亮曾经叹息道，法正若在，定能制止主上东征，即使不能劝止也不至于落得如此惨败。

刘备是得到了汉中，但是汉中相对益州来说比较贫穷，一来益州本就远比汉中富裕，二来是曹操用兵，战事不利也不让你占便宜，之前的荆州，现在的汉中都是如此，一旦退兵就将民众和物资都带走。

汉中险要，这就需要一大将守卫，本来作为武将中的第二人，张飞是舍我其谁的，但是刘备出人意料任命了魏延做"镇远将军"、"汉中太守"，"一军皆惊"。刘备并问魏延有何拒敌之策，魏延颇有信心，说："若曹操举天下而来，请为大王拒之；偏将十万之众至，请为大王吞之。"

曹操刚刚从汉中撤出，刘备就命大将关羽从荆州向曹操的东南防线襄、樊一带发动了进攻。中原各地纷纷响应，曹操甚至预备迁都以避其锋。

刘备得到荆州一部和益州、汉中，已经基本实现了当年诸葛亮的隆中战略，接下来就要攻占天下了。诸葛亮提出"命一上将将荆州之军以向宛、洛，将军身率益州之众出于秦川"，所以荆州这点是不能少的，也就有了关羽这位上将的北进。

确实，以关羽的身份，是最适合做北伐名将的，关羽在荆州驻扎多年，根基深厚，不单在荆州，在中原也派了许多奸细，所以关羽北上，中原各地纷纷响应，曹操甚至预备迁都以避其锋。

建安二十四年（219 年）七月，曹操刚刚从汉中撤出，刘备就命大将关羽从荆州向曹操的东南防线襄、樊一带发动了进攻。曹操闻知，立刻派大将于禁率兵往救樊城。八月，关羽乘洪水泛滥之机，大破于禁所统七军，乘势进军，将樊城围住。当时樊城曹军只有数千人，城被水淹，水面离城楼仅有数尺，曹仁率军死守。

孙权因关羽处其上游，很不愿意让关羽势力继续发展，而且他早已有攻取荆州之心，于是联结曹操，准备以大将吕蒙偷袭荆州要地江陵。曹操接信后，将这一消息通知曹仁，命他继续坚守。十月，曹操从关中赶到洛阳，亲自指挥救援樊城。又派兵增援徐晃所部，命他反击关羽。不久，吕蒙偷袭江陵得手。关羽撤兵，在麦城被吕蒙所部擒杀。

曹操在孙权擒杀关羽、取得荆州后，上表献帝封孙权为骠骑将军、荆州牧。孙权遣使入贡，向曹操称臣，并劝曹操代汉称帝。曹操将孙权来书遍示内外群臣，说："是儿欲踞吾著炉火上耶！"曹操知道此时代汉条件尚不成熟，而孙权此举是让自己做"人民公敌"。

颇具讽刺意味的是，曹操虽然被时人和后人称为"欺君""汉贼"，但三国当中，他的对手刘备和孙权都做了皇帝，只有他没有做皇帝。直到曹操晚年，鼎足之势已久，汉王朝已经完全是个形式，别人反复劝进的时候，他仍然说："若天命在吾，吾其为文王矣。"侍中太史令王立多次对曹操说"承汉者魏也"，并且扯出汉代流行的那一套五行学说作证。固执的曹操回复他一句话："知公忠于朝廷，然天道深远，幸勿多言。"

建安二十五年正月（220年），曹操还军洛阳。当月，病死在洛阳，终年66岁。这年十月，曹丕代汉称帝，国号魏，追尊曹操为太祖武皇帝。

> 刘备和曹操两人，都为雄才大略、志存高远的非凡人物，他们有毅力、有决心、有办法，礼贤下士，吸纳人才，开疆拓土，拥有自己的一方天地，成就了一番大事业，但在建章立制方面都有不足，所以他们建立的王朝都是短命的。

建安年间，在曹操统治下的许都，文学活动相当热烈，他不仅支持，还亲自参与。刘勰在《文心雕龙》中记述："自献帝播迁，文学蓬转，建安之末，区宇方辑，魏武以相王之尊，雅爱诗章；文帝（曹丕）以副君之重，妙善辞赋；陈思（曹植）以公子之豪，下笔琳琅；并体貌英逸，故俊才云蒸。"文武双全的曹操，"御军卅余年，……登高必赋，及造新诗，被之管弦，皆成乐章"。这些乐府歌辞虽沿用汉乐府古题，却并不因袭古辞古意，而是继承了乐府民歌"缘事而发"的精神，"用乐府题目自作诗"（清方东树语），反映了新的现实，表现出新的面貌。其所作诗文，慷慨遒劲，精光腾越，充分体现了"建安风骨"的文学特点，如《观沧海》《蒿里行》《龟虽寿》皆为千古名篇。

曹操是极为重才和惜才的，在他的识拔和提携下，一大批人才脱颖而出。虽然他也曾杀人，但都是无可奈何的事。他杀北海孔融，因为孔融是一个狂生，丝毫不下于祢衡。历史记载，他不止一次地辱骂过曹操，但曹操皆怜其才，没有杀他，最后实在忍受不了了，将其贬官。谁知他又在孙权的使节到来时，当着满朝文武和异国使节，再次大骂曹操，曹操实在忍耐不下，才将其杀死。就肚量而言，曹操已是相当能容人的了。

曹操在后人眼中，是个争议较大的人物，但不是被目为英雄，就是被视为枭雄，或是奸雄，总之是个雄才大略的人。

诸葛亮也发出由衷赞叹："曹操智计，殊绝于人，其用兵也，仿佛孙吴。""先帝每称操为能"。司马光在《资治通鉴》中对曹操非常称道，认为他"知人善察，难眩以伪。识拔奇才，不拘微贱，随能任使，皆获其用。与敌对阵，意思安闲，如不欲战然，乃至决机乘胜，气势盈溢。勋劳宜赏，不吝千金；无功望施，分毫不与。用法峻急，有犯必戮，或对之流涕，然终无所赦。雅性节俭，不好华丽。故能芟刈群雄，几平海内。"

章太炎非常崇敬曹操，专门作《魏武帝颂》，称颂其"经纬万端，神谟天挺""信智计之绝人，故虽谲而近正"。陈寅恪评价说："夫曹孟德者，旷世之雄杰也。"。鲁迅也诚恳地说："曹操是一个很有本事的人，至少是一个英雄，我虽不是曹操一党，但无论如何，总是非常佩服他。"鲁迅肯定是佩服曹操在政治、军事、文化等多方面都卓有建树。

曹操虽然精明过人，但外没有击败刘备和孙权，内没有防范住司马懿。司马懿通权达变，战功卓著。当初曹操得知司马懿通谋略便推荐他做官，意图纳为己用，但司马懿不愿屈己附曹，称病推辞。曹操任丞相后，又派人召请司马懿，并说："若复盘桓，便收之。"司马懿惧怕曹操加害，不得不归附曹操。曹操察觉司马懿有雄才大略，又梦见"三马同食一槽"，因而对曹丕说："司马懿非人臣也，必预汝家事。"内心里戒备司马懿，但却没有采取有力的措施，结果放任司马氏坐大，终于灭曹。

当初失去荆州和关羽时，刘备曾气得咬牙切齿，但是顾忌曹操，隐忍未发。此时闻说曹操这个强劲对手死去，曹丕篡汉，内部要整顿，顾不上刘孙两家，刘备才整顿军马伐吴。虽然不少文武大臣谏阻，但刘备不听，加之张飞被刺，凶手又逃到东吴，更是怒火中烧，不可遏止。凡成大事者，无不是把感情因素压到最小的程度。刘备为了结义兄弟之死而兴兵，是极不负责的。而当孙权愿意奉还荆州之时仍不罢兵，也是极不明智的。

刘备率军沿江东进，把马超、赵云、诸葛亮、魏延都留在益州，为的是防止曹魏，所以猇亭兵败后蜀汉很快恢复了元气。

但此时刘备却到了最后时刻。因关羽、张飞两位同生共死的战友的惨死，在夷陵之战中久经战阵的他又惨败给无名小将陆逊，忧伤加上羞愤，使暂避居白帝城无颜回成都的刘备一病不起。临死前，刘备命人将诸葛亮召来，交代后事。诸葛亮表示将"鞠躬尽瘁，死而后已"，尽心辅助太子刘禅，继承遗志，北伐曹魏，兴复汉室。

刘备有高祖刘邦之风，才略也远高于高祖，但是运道较差。刘备有识人用人之才，战术征杀之策，有仁者之风，无奈出身受限，道路坎坷，一无资本，二无人望，三无奥援，而敌手曹操（另有孙权）为当世豪杰，非刘邦对手莽夫项羽可比，所以难求立基之地。他前半生漂泊失所，后半生寻得鼎足之势，但又没有把握机会，意气用事，自毁基业。

曹操御军30余年，手不舍书，昼则讲武，夜则诵经，登高必赋，才气绝人。所著《孙子略解》《兵法接要》，都是根据孙武的基本原则，结合自己的实战经验撰写，具有很高的军事艺术。明人李贽高度赞扬其军事才能，认为他"芟夷群丑，其行军用师，大较依孙武子兵法，而用事设奇，谲敌制胜，变化若神"。

观刘备和曹操两人，都为雄才大略、志存高远的非凡人物，曹操豁达豪放，胆识过人，刘备谦恭逊和，从善如流。他们有毅力、有决心、有办法，礼贤下士，吸纳人才，开疆拓土，拥有自己的一方天地，成就了一番大事业，但在建章立制方面都有不足，所以他们建立的王朝都是短命的，虽然曹魏势力最大，但亡国最早，子孙罹难，惨遭司马氏蹂躏，曹操地下有知一定捶胸顿足。刘备之子阿斗昏庸懦弱，被俘后乐不思蜀，"怕应羞见，刘郎才气"。

注释

〔1〕 乔玄（110 年—184 年，一作 183 年），字公祖，梁国睢阳县（今
河南省商丘市睢阳区）人，东汉时期名臣。乔玄年轻时曾任睢阳县
功曹，因不畏权臣梁冀、敢于追究陈国相羊昌的恶行而闻名。后
被举为孝廉，历任洛阳左尉、齐相及上谷、汉阳太守、司徒长史、
将作大匠。汉桓帝末年，出任度辽将军。在职三年，保境安民，
击败鲜卑、南匈奴、高句丽侵扰。汉灵帝初年，迁任河南尹、少
府、大鸿胪。建宁三年（170 年），迁司空。次年，拜司徒。光和
元年（178 年），升任太尉。乔玄看到国家日益衰弱，而自己无能
为力，于是托病被免职，改任太中大夫。光和七年（184 年），乔
玄去世，年七十五。乔玄性格刚强，不阿权贵，待人谦俭，尽管
屡历高官，但不因为自己处在高位而有所私请。他为官清廉，去
世后连下葬的钱都没有，被时人称为名臣。

〔2〕 许劭（150 年—195 年），东汉汝南平舆（今属河南）人，字子将。
少有重名，善知人，与郭泰并称"许郭"。又与从兄许靖评论人
物，每月更换，被称为"月旦评"。（《后汉书·许劭传》："初，劭
与靖俱有高名，好共覈论乡党人物，每月辄更其品题，故汝南俗
有'月旦评'焉。"）曾评曹操为"清平之奸贼，乱世之英雄"（一
作"治世之能臣，乱世之奸雄"）。后依扬州刺史刘繇，孙策平吴
时，与繇南奔豫章而卒。《辞海：1999 年缩印本（音序）4》第

2413 页。

〔3〕 刘胜（公元前 165 年—公元前 113 年），汉景帝刘启之子，汉武帝刘彻异母兄，母为贾夫人，西汉中山靖王。前元三年（公元前 154 年），受封中山王。后元三年（公元前 141 年），汉景帝去世，汉武帝即位。汉武帝即位之初，大臣们鉴于吴楚七国之乱的教训，对诸侯王进行百般挑剔，动不动就上告诸侯王的过失。刘胜便把官吏侵夺欺凌诸侯王之事，全部奏报汉武帝，汉武帝就增加诸侯的礼遇，废止官吏检举诸侯王之事，对诸侯王施行优侍亲属的恩惠。刘胜喜好酒色，生有一百二十多个儿子。并认为诸侯王应当日听音乐，玩赏歌舞美女。元鼎四年（公元前 113 年），刘胜去世，终年五十三岁，葬于保定市满城区陵山之上，谥号靖，史称中山靖王。

〔4〕 卢植（139 年—192 年），字子干。涿郡涿县（今河北涿州）人。东汉末年经学家、将领。卢植性格刚毅，师从太尉陈球、大儒马融等，为郑玄、管宁、华歆的同门师兄。曾先后担任九江、庐江太守，平定蛮族叛乱。后与马日䃅、蔡邕等一起在东观校勘儒学经典书籍，并参与续写《汉记》。黄巾起义时为北中郎将，率军与张角交战，后被诬陷下狱，皇甫嵩平定黄巾后力救卢植，于是复任为尚书。后因上谏激怒董卓被免官，隐居在上谷军都山，被袁绍请为军师。初平三年（192 年）去世。著有《尚书章句》《三礼解诂》等，今皆失佚。唐代时配享孔子，北宋时被追封为良乡伯。白马将军公孙瓒以及后来的蜀汉昭烈帝刘备皆为卢植门下弟子。

范阳卢氏后来也成为著名的家族。

〔5〕 公孙瓒（zàn）（？—199年），东汉末辽西令支（今河北迁安西）人，字伯珪。初为辽东属国长史，曾反击乌桓的攻挠，并大破青州黄巾军。后割据幽州（今河北北部），与袁绍连年作战。建安四年（公元199年），为袁绍所败，自焚死。《辞海：1999年缩印本（音序）1》第683页。

〔6〕 蹇硕（？—189年），东汉末宦官。中平五年（188年），蹇硕为上军校尉，汉灵帝以蹇硕壮健而有武略，对其特别信任，并以其为西园军元帅，领导袁绍、曹操等八校尉，以监督司隶校尉以下诸官。蹇硕虽然握有兵权，但对何进非常畏忌，曾和宦官们一起说服灵帝派遣何进西击边章、韩遂。中平六年（189年），灵帝在病重时将刘协托给蹇硕。灵帝去世后，蹇硕想先杀何进再立刘协为天子，但因手下司马潘隐与何进有旧对何进使眼色而失败。刘辩继承帝位后，蹇硕与中常侍赵忠、郭胜等写信欲合谋除去何进兄弟，因郭胜与何进为同郡且何进及何皇后发迹亦有其功劳，于是亲信何氏便怂恿赵忠等人不听蹇硕之计，且将蹇硕的书信告知何进，何进于是便派黄门将之诛杀，其部下士兵亦被何进所领。

〔7〕 窦武（？—168年），东汉扶风平陵（今陕西咸阳西北）人，字游平。女为桓帝皇后。任越骑校尉，封槐里侯。桓帝死，他迎立灵帝，任大将军，改封闻喜侯，掌握朝政。与太学生联结，并起用反对宦官的李膺等人。建宁元年（168年），与陈蕃谋诛宦官，事

泄，兵败自杀。《辞海：1999 年缩印本（音序）1》第 469 页。

〔8〕 陈蕃（？—168 年），东汉大臣。字仲举，汝南平舆（今属河南）人。历任乐安、豫章太守，尚书令，光禄勋等。桓帝时，任太尉，与李膺等反对宦官专权，为太学生所敬重，被称为"不畏强御陈仲举"，被诬免官。灵帝立，他为太傅，与大将军窦武谋诛宦官，事泄，率官属及太学生八十余人，攻入宫门，兵败入狱被害，年七十余。《辞海：1999 年缩印本（音序）1》第 257 页。

〔9〕 永康元年（167 年），汉桓帝死后，窦太后及其父窦武迎立汉灵帝即位。当时灵帝年仅 13 岁，窦太后临朝称制，大将军窦武与太傅陈蕃扶持左右。窦武与陈蕃都对宦官专权深恶痛绝，因而密谋铲除宦官。在窦太后的支持下，他们杀死了在朝中专权宦官管霸、苏康二人。窦武还曾计划除掉大宦官曹节等人，但因事机不密被宦官们知悉。曹节等人见势不妙，急忙率人入宫劫持汉灵帝和窦太后，并假传圣旨，派兵捉拿窦武。窦武慌忙避入军营。宦官曹节、王甫等人纠集千余兵马围攻窦武，最终斩杀窦武及其宗亲、宾客，窦太后随之被囚禁。陈蕃得知曹节等宦官矫诏捕杀窦武的消息后，不顾年老体弱，召集属吏和学生八十余人持刀冲入承明门，正被捕杀窦武回宫的宦官王甫遇到。陈蕃因寡不敌众而遭杀害。窦武、陈蕃被害后，宦官自行封赏、加官晋爵，完全控制了东汉的朝政。

〔10〕 毛玠（？—216 年），字孝先，陈留平丘（今河南封丘）人。东

汉末年大臣。年少时为县吏，以清廉公正著称。因战乱而打算到
荆州避乱，但中途知道刘表政令不严明，因而改往鲁阳。后来投
靠曹操，提出"奉天子以令不臣，脩耕植，畜军资"的战略规划，
得到曹操的欣赏。毛玠与崔琰主持选举，所举用的都是清廉正直
之士。而毛玠为人廉洁，激起天下廉洁之风，一改朝中奢华风
气。曹操大为赞赏，曹丕也亲自去拜访他。曹操获封魏公后，毛
玠改任尚书仆射，再典选举。又密谏曹操应该立嫡长子曹丕为魏
国太子。崔琰被杀后，毛玠十分不快。后来有人诬告毛玠，曹操
大怒，将毛玠收于狱中。及后在桓阶、和洽营救下，只被免职，
不久逝世于家中。曹操在他死后赐他棺材和钱帛。

〔11〕 社稷：古代帝王、诸侯所祭的土神和谷神。宗庙：古代帝王、诸
　　　侯祭祀祖宗的地方。代表封建统治者掌握的最高权力，也借指
　　　国家。

诸葛亮与司马懿

夫君子之行，静以修身，俭以养德。非澹泊无以明志，非宁静无以致远。夫学须静也，才须学也，非学无以广才，非志无以成学。淫慢则不能励精，险躁则不能冶性。年与时驰，意与日去，遂成枯落，多不接世，悲守穷庐，将复何及！

——诸葛亮《诫子书》

在中国，诸葛亮已成了智慧的化身。有了诸葛亮，刘备可以三分天下，成就霸业；遇到诸葛亮，曹操便有退无进，而孙权、周瑜、鲁肃这些人似乎都没了主张，一切都得听诸葛亮的摆布。但诸葛亮也有不如意的时候，那就是遇上了司马懿。司马懿不但在军事上是诸葛亮难以对付的对手，在政治上，也表现不俗，不亚于诸葛亮。

诸葛亮读书不似那些腐儒寻章摘句，沉迷于子曰诗云，皓首穷经，而是观其大略，得其精华。他不但熟知天文地理，历史掌故，风土民情，而且精通战术兵法。30 年后的司马懿翻手为云，覆手为雨，玩曹氏于其股掌之中，但在一代枭雄曹操面前当差却谨小慎微，勤勤恳恳，不敢稍越雷池一步。

诸葛亮（181 年—234 年），字孔明，出生于琅邪阳都[1]的一个官吏之家。诸葛氏是琅邪的望族，先祖诸葛丰曾在西汉元帝时做过司隶校尉（卫戍京师的长官），见"不奉法度"者，即严惩不贷，这种人品和气质，对诸葛氏家族影响很大。兴平元年（194 年），诸葛亮与弟诸葛均及妹妹由叔父诸葛玄收养，而其兄诸葛瑾则同继母赴江东。几年后，因诸葛玄病逝，失去了生活依靠的诸葛亮领着弟妹移居隆中（今湖北襄阳市襄州区之西二十里），耕田种地，维持生计。

诸葛亮仪表非常出众，《三国志·诸葛亮传》中说他"身长八尺"。而《三国演义》描述诸葛亮说："面如冠玉，头戴纶巾，身披鹤氅，眉聚江山之秀，胸藏天地之机，飘飘然当世之神仙也"。虽为小说家言，但已被普遍接受。不过相传他的夫人黄氏相貌极丑，别号阿丑，却非常有才。据《襄阳记》记载，沔南名士黄承彦[2]对诸葛亮说："闻君择妇，身有丑女，黄头黑色，而才堪相配。"诸葛亮当即表示同意，不久迎娶回家。时人以此为笑，说："莫作孔明择妇，正得阿承丑女。"

建安四年（199年），19岁的诸葛亮与友人徐庶[3]等从师于水镜先生司马徽[4]。诸葛亮读书不似那些腐儒寻章摘句，沉迷于子曰诗云，皓首穷经，而是观其大略，得其精华。他不但熟知天文地理、历史掌故、风土民情，而且精通战术兵法。他还十分注意观察和分析当时的社会，积累了丰富的治国用兵的知识。他志向远大，以天下为己任，并常将自己比做管仲[5]、乐毅[6]二人，很想干一番大事业。旁人听后，都不以为然，唯独博陵崔州平[7]、颍川徐庶与诸葛亮交情甚好，知其所言不虚。

建安十二年（207年），寄居荆州的刘备在徐庶等人的大力推荐下，"三顾茅庐"请得诸葛亮出山，这年他只有27岁。

司马懿（179年—251年），字仲达，河内温县孝敬里（今河南温县招贤镇）人。司马懿在某些方面与诸葛亮相似，年少聪明不用说了，所有成大功者没有蠢材。他侍奉曹魏政权后，成为几朝重臣，最后和诸葛亮一样为托孤大臣，是三国时期的风云人物。

史称司马懿"少有奇节，聪明多大略，博学洽闻，伏膺儒教"，时逢乱世，"常慨然有忧天下心"。南阳太守杨俊素以知人善任著称，司马懿20岁前，杨俊曾见过他，说他绝非寻常之人；尚书崔琰也称许他，对司马懿的兄长司马朗说："君弟聪亮明允，刚断英特，非子所及也"。建安六年（201年），司空[8]曹操听到他的名声后，派人召他到府中任职。司马懿不想在曹操手下为官，便借口自己有风痹病，以身体不能起居为由予以拒绝。猜忌心甚重的曹操表示怀疑，派人夜间去偷窥，发现司马懿躺在那里，一动不动，真像染上风痹一般，也就作罢。司马懿诈病骗了曹家几代人，以后骗曹爽的故事非常经典，人所共知。

建安十三年（208年），曹操担任丞相，强征司马懿为文学掾。曹操对使者说，"若复盘桓，便收之"。意思是说若司马懿还犹疑不决，扭扭捏捏，就把他抓起来。司马懿害怕了，跟着使者来到许昌。曹操让他辅助太子曹丕，历任黄门侍郎、议郎、丞相东曹属、丞相主簿等职。

30年后的司马懿翻手为云，覆手为雨，玩曹氏于其股掌之中，但此时他厕身[9]曹府，在一代枭雄曹操面前当差却谨小慎微，勤勤恳恳，不敢稍越雷池一步，"至于刍牧之间，悉皆临履"。

　　应该说作为谋士，司马懿的建言献策还是颇有见地的。建安二十年（215年），曹操征讨张鲁，司马懿随军。他对曹操说："刘备以诈力虏刘璋，蜀人未附而远争江陵，此机不可失也。今若曜威汉中，益州震动，进兵临之，势必瓦解。因此之势，易为功力。圣人不能违时，亦不失时矣。"建议曹操在夺得张鲁的汉中后乘势进攻益州，但曹操却认为"人苦无足，既得陇右，复欲得蜀"，没有采纳他的建议。几年后，稳住了阵脚的刘备进兵汉中，虽曹操亲自督阵也不能抗衡，终于不得已退兵，付出了惨重代价。此事足见司马懿谋深虑远。

　　曹操进封为魏王后，司马懿升为太子中庶子，继续佐助曹丕。司马懿"每与大谋，辄有奇策"，为曹丕所信任和重用，所以关系一直很好。由于司马懿为人"内忌而外宽，猜忌多权变"，曹操知其"有雄豪志"，闻他有狼顾（身不动而回头看）之相，把他召来，先让他朝前走，然后让他回头看。司马懿居然能脸正朝后而身子不动。曹操又曾梦见三马同食一槽，醒后很不高兴，对曹丕说："司马懿非人臣也，必预汝家事"。于是便设计为难司马懿，亏得曹丕跟司马懿关系好，常常保护他，才得以幸免。从此，司马懿常常做一些养牛喂马的小事，兢兢业业，夜以忘寝，使曹氏父子放过他。正是这段经历使司马懿形成韬光养晦、胆大心细的禀性，辅佐曹氏四代，为曹魏屡建奇功。

　　此后，司马懿更是常谋国事，多出奇策。关羽从荆州北上攻襄樊，围魏将曹仁，水淹于禁七军，斩庞德，"威震华夏"。当时魏国都城在许昌，距樊城很近，曹操感到威胁，一度准备迁都以避关羽锋芒。司马懿及时劝阻说："（于）禁等为水所没，非战守之所失，于国家大计未有所损，而便迁都，既示敌以弱，又淮沔[10]之人大不安矣。孙权、刘备，外亲内疏，羽之得意，权所不愿也。可喻权所，令掎其后，则樊围自解。"曹操这次采纳了他的计策，劝孙权出兵袭击关羽后方，约定事成之后平分荆州，而自己派徐晃支援曹仁。又将这一消息告诉曹仁和关羽，一方面坚定曹仁守城的决心，一方面促关羽顾虑后方而退兵，达到了一石两鸟的目的。孙权果然派吕蒙袭取江陵，在麦城将关羽俘杀。

此战的胜利，曹操利用孙、刘争夺荆州的矛盾，充分运用外交谋略，坐收渔利，不仅挫败关羽的强大攻势，解除了樊城之围，而且也使诸葛亮原定的一路向宛洛、一路出秦川的两面钳击中原的计划无法实现。更重要的是破坏孙、刘联盟，改变了当时的战略格局，掌握了主动权。而献计者正是司马懿。

建安二十四年（219 年），孙权向曹操上表称臣、怂恿曹操自立为帝。曹操说："此儿欲踞吾著炉炭上邪！"司马懿大拍曹操的马屁，说："汉运垂终，殿下十分天下而有其九，以服事之。权之称臣，天人之意也。"当时曹操手下的文臣武将支持汉朝皇帝者不少，为曹操所深忌，大概因为司马懿在这个关键问题上早早表示支持曹操，曹操才对他由猜忌逐渐转为信任。

延康元年（220 年），曹操去世，朝野担心吴蜀两国利用丧乱夹攻，非常恐惧，唯独司马懿管理丧葬诸事，有条不紊，内外肃然。同年，曹丕即魏王位，司马懿受封河津亭侯，转丞相长史。孙权率军攻打襄樊，朝臣认为樊城、襄阳缺粮，不能抵御吴军，建议召守将曹仁回驻宛城。司马懿则认为不该放弃二城，曹丕不听，命曹仁放火烧毁二城。后来孙权果然没有入侵。曹丕悔之不及。

同年，曹丕登皇帝位，史称魏文帝。由于司马懿为曹丕"篡汉"出了大力，所以登基后，曹丕任命司马懿为尚书，不久转督军、御史中丞。曹丕又大兴水军攻吴，下诏司马懿说："吾东，抚军当总西事；吾西，抚军当总东事。"于是司马懿留镇许昌，"内镇百姓，外供军资"。黄初七年（226 年）五月，曹丕去世。临终时，令司马懿与中军大将军曹真、镇军大将军陈群、征东大将军曹休为辅政大臣。曹丕对太子说："有间此三公者，慎勿疑之"。

北伐曹魏，统一中国，是诸葛亮《隆中对》中的既定目标。关羽大意失荆州后，两路出兵北伐的条件已不具备，但诸葛亮并没放弃北伐的计划。

应该说诸葛亮和司马懿在立主子取代汉朝一事上惊人的一致。曹丕代汉称帝，建立魏国，司马懿在其中发挥了重要作用。

建安二十六年（221年），群臣劝刘备称帝，继承汉统，刘备不同意。这时诸葛亮规劝他说："今曹氏篡汉，天下无主，大王刘氏苗族，绍世而起，今即帝位，乃其宜也。士大夫随大王久勤苦者，亦欲望尺寸之功"。刘备于是在这年四月改元称帝，国号汉，也叫蜀或蜀汉，定年号为"章武"。任命诸葛亮为丞相兼管尚书诸政务，主持蜀国军政大计。

此后诸葛亮协助刘备处理荆州丢失后的危局，但刘备执意伐吴，在夷陵惨败，蜀汉遭沉重打击。刘备羞愤交加，病逝白帝城，托孤于诸葛亮。诸葛亮竭尽全力，辅助后主刘禅，东和孙吴，南抚夷越，内修政理，伺机北伐。

北伐曹魏，统一中国，是诸葛亮《隆中对》中的既定目标。关羽大意失荆州后，两路出兵北伐的条件已不具备，但诸葛亮并没放弃北伐的计划。

魏文帝曹丕病死，其子曹叡即位的消息传入蜀中，诸葛亮认为这是进攻曹魏的一个好时机。于是建兴五年（227年）春，领兵20万进驻汉中，准备攻魏。临行前，诸葛亮对政府人员作了细致的调整安排，又给刘禅上了一个奏章，这就流传千古的名篇——《出师表》。

《出师表》这篇文章在历史上非常有名，以致有"读《出师表》不掉泪非忠臣"一说，因为这篇文章追忆了诸葛亮与先主刘备共创基业的艰辛，提出了对后主刘禅的忠戒劝勉，阐述了北伐曹魏的理由，表达了一统天下的雄心壮志，非常经典。全文照录如下：

> 臣亮言：先帝创业未半，而中道崩殂。今天下三分，益州疲弊，此诚危急存亡之秋也。然侍卫之臣不懈于内、忠志之士忘身于外者，盖追先帝之殊遇，欲报之于陛下也。诚宜开张圣听，以光先帝遗德，恢弘志士之气；不宜妄自菲薄，引喻失义，以塞忠谏之路也。宫中府中，俱为一体；陟罚臧否，不宜异同。若有作奸犯科，及为忠善者，宜付有司，论其刑赏，以昭陛下平明之治，不宜偏私，使内外异法也。侍中、侍郎郭攸之、费祎、董允等，此皆良实，志虑忠纯，是以先帝简拔以遗陛下。愚以为宫中之事，事无大小，悉以咨之，然后施行，必得裨补阙漏，有所广益。将军向宠，性行淑均，晓畅军事，试用之于昔日，先帝称之曰"能"，是以众议举宠为督。愚以为营中之事，事无大小，悉以咨之，必能使行阵和穆，优劣得所也。
>
> 亲贤臣，远小人，此先汉所以兴隆也；亲小人，远贤臣，此后汉所以倾颓也。先帝在时，每与臣论此事，未尝不叹息痛恨于桓、灵也。侍中、尚书、长史、参军，此悉贞亮死节之臣也，愿陛下亲之、信之，则汉室之隆，

可计日而待也。

臣本布衣，躬耕南阳，苟全性命于乱世，不求闻达于诸侯。先帝不以臣卑鄙，猥自枉屈，三顾臣于草庐之中，谘臣以当世之事，由是感激，遂许先帝以驱驰。后值倾覆，受任于败军之际，奉命于危难之间，尔来二十有一年矣。先帝知臣谨慎，故临崩寄臣以大事也。受命以来，夙夜忧虑，恐付托不效，以伤先帝之明。故五月渡泸，深入不毛。今南方已定，甲兵已足，当奖帅三军，北定中原，庶竭驽钝，攘除奸凶，兴复汉室，还于旧都。此臣所以报先帝而忠陛下之职分也。至于斟酌损益，进尽忠言，则攸之、祎、允等之任也。愿陛下托臣以讨贼兴复之效，不效则治臣之罪，以告先帝之灵。若无兴复之言，则责攸之、祎、允等之咎，以彰其慢。陛下亦宜自谋，以谘诹善道，察纳雅言，深追先帝遗诏。臣不胜受恩感激！

今当远离，临表涕零，不知所云。

在此"千古一表"中，诸葛亮解释说，他之所以无岁不征、北伐曹魏，是为了"北定中原"、"攘除奸凶"、"兴复汉室，还于旧都"，这是他"所以报先帝而忠陛下之职分也"。

于是诸葛亮率领军队离开汉中北进，驻军于沔阳。建兴六年

（228年）春，诸葛亮第一次北伐。派镇东将军赵云、扬武将军邓芝占据箕谷（今陕西宝鸡南），佯从斜谷道（今陕西眉县西南）攻郿（今陕西眉县北），以牵制魏军主力。魏明帝曹叡派曹真率关右诸军，在郿重兵设防。而诸葛亮亲自率领诸军攻打祁山（今甘肃东南部山地）。蜀军队伍整齐，赏罚严格，号令分明。南安（今甘肃陇西）、天水（今甘肃甘谷）、安定（今甘肃镇原）三郡相继降蜀，天水将领姜维也向诸葛亮投降。诸葛亮的进攻，使魏国朝野震恐。

> 孟达被斩，使诸葛亮失去了一枚重要的棋子，而司马懿足智多谋，用兵神速也使诸葛亮领教了此人的难以对付，预示着北伐之路坎坷不平。

此时的司马懿并不在前线抗蜀，而是在后方除奸。原来蜀将孟达降魏后又准备复归蜀汉。当初蜀将孟达在荆州丢失后畏惧刘备怪罪他救援关羽不力而降魏，魏朝待其甚厚，司马懿认为他言行滑巧，不可信任。但皇帝不听，任命孟达领新城太守，并封侯。魏文帝死后，孟达失宠，诸葛亮即行策反，暗中与之通信，图谋叛魏。诸葛亮担心孟达言行反复无常，想促他速叛，知魏兴太守申仪和他有矛盾，便派人到申仪处诈降，有意泄露其事。孟达闻此泄露，准备马上起兵。

司马懿得到消息后，亲自率军日夜兼程前去讨伐孟达，八天后抵达新城城下。吴、蜀派出援兵解救孟达，被司马懿部拦阻于西城的安桥、木兰塞等地。此前，诸葛亮曾告诫孟达加紧防范，不要上当，但孟达不以为意，认为："宛去洛八百里，去吾一千二百里，闻吾举事，当表上天子，比相反覆，一月间也，则吾城已固，诸军足办。则吾所在深险，司马公必不自来；诸将来，吾无患矣"。司马懿兵分八路攻城，孟达的外甥邓贤、部将李辅开城投降。魏军入城，擒斩孟达，传首京师，俘获万余人。

孟达被斩，使诸葛亮失去了一枚重要的棋子，而司马懿足智多谋、用兵神速也使诸葛亮领教了此人的难以对付，预示着北伐之路坎坷不平。

司马懿平定孟达后，回军宛城，乘机又将申仪收捕，送往京师。司马懿一举消灭了两大隐患，有大功于曹魏政权。

而在祁山前线，魏明帝曹叡集合步骑数万，亲自督师长安，并派左将军张郃领兵迎战蜀军。诸葛亮闻张郃率大军西来，即派参军马谡为先锋，扼守咽喉要地街亭（今甘肃庄浪东南陇城镇，一说今天水东南）。

马谡是个类似纸上谈兵的赵括一样的人，赵括当年论兵连他的父亲赵奢都不是对手，而马谡谈起兵法理论来"才器过人"，颇得诸葛亮赏识。对于这些夸夸其谈之辈，自然有人识其弱点，赵括的母亲就劝赵王不要用赵括为将。而刘备觉得马谡言过其实，临终时曾告诫诸葛亮：马谡"言过其实，不可大用"。但诸葛亮不以为然，终于付出代价。

马谡到街亭后，既不遵守诸葛亮对整个战役的作战部署，又不听裨将军王平的劝阻，擅自放弃街亭，依山立寨，以为据高临下攻击魏军必会势如破竹。张郃乘机猛攻蜀寨，断绝其水源。蜀军因为缺水，军心离散，被魏军杀得大败。马谡丢失街亭，使诸葛亮的主力侧翼受到威胁，整个作战计划遭到破坏。

与此同时，赵云、邓芝也出师不利。诸葛亮见整个战略部署被打乱，不宜再战，只好放弃到手的陇西三郡，撤军回到汉中。

诸葛亮回到汉中，挥泪斩杀马谡，认为自己错用马谡也有责任，于是给后主上书说："臣明不知人，恤事多闇，春秋责帅，臣职是当。请自贬三等，以督厥咎"。于是后主把诸葛亮贬为右将军、仍行丞相职权，原来的所有兼职一律不变。

魏明帝见武都、阴平二郡为蜀军所占，决定兴师伐蜀。命大司马曹真率主力由长安入子午谷，左将军张郃出斜谷，大将军司马懿自荆州溯汉水出西城（今陕西安康西北），将兵分三路会攻汉中。这样司马懿便调到了对付蜀国的最前线。

诸葛亮并不甘心这次北伐的失败，而是抓紧整军经武，准备新一轮北伐。同年十二月，诸葛亮乘吴、魏交战，魏军主力东调，关中兵力薄弱之机，第二次出兵北伐，出散关（今陕西宝鸡西南）围陈仓（今陕西宝鸡东）。陈仓地势险要，易守难攻，魏守将郝昭也已有准备，蜀军攻城不克，双方昼夜攻守相拒20余日。魏大将军曹真遣部将费耀救援陈仓。魏明帝也遣左将军张郃前往阻击蜀军。张郃日夜兼程，未到陈仓时，诸葛亮已因粮尽撤退。魏将王双率骑兵追击，诸葛亮回军与之交战，大败魏军，阵斩王双。

建兴七年（229年），诸葛亮第三次北伐。诸葛亮为巩固汉中，开拓疆域，充实军资来源，遣陈式进攻祁山以南前已归蜀、街亭战后又被魏军收复的武都（今甘肃成县西）、阴平（今甘肃文县西北）二郡。魏雍州刺史郭淮率兵救援，诸葛亮自率主力至建威（今甘肃成县西）阻击，郭淮被迫退走。蜀军攻占武都、阴平二郡。诸葛亮留兵据守，自己返回汉中。

建兴八年（230年），魏明帝见武都、阴平二郡为蜀军所占，决定兴师伐蜀。八月，命大司马曹真率主力由长安入子午谷，左将军张郃出斜谷，大将军司马懿自荆州溯汉水出西城（今陕西安康西北），将兵分三路会攻汉中。这样司马懿便调到了对付蜀国的最前线。

诸葛亮率军至城固（今陕西城固）赤坂（今陕西洋县东），令骠骑将军李严率军2万增援汉中，镇北将军魏延及关中都督吴懿率轻骑兵出祁山（今甘肃东南部山地），西入羌（今甘肃临夏及青海循化、贵德一带），连结诸戎，扰魏后方，牵制魏军。蜀军在阳溪（今甘肃渭源东北）击败魏后将军费曜及雍州刺史郭淮部。

此时，司马懿从西城开拓道路，水陆并进，沿着沔水逆流而上，直达胸臆，攻克新丰县，驻军丹口。进军途中，天降大雨，持续 30 多天，各处山洪暴发，道路阻绝，兵士死亡甚重，军资大量损失，诸军前进受阻。谋臣华歆等人向魏明帝上书，建议知难而退，以图再举。九月，魏明帝下诏令诸军还师，伐蜀之役遂告中止。

回到许昌后，魏明帝召集司马懿等商议，认为吴蜀都该讨伐，问应该先从何处着手？司马懿回答说："吴以中国不习水战，故敢散居东关。凡攻敌，必扼其喉而捣其心。夏口、东关，贼之心喉。若为陆军以向皖城，引权东下，为水战军向夏口，乘其虚而击之，此神兵从天而坠，破之必矣"。明帝同意他的看法，命他仍旧驻扎宛城。

建兴九年（231 年）二月，诸葛亮经过两年准备，第四次北伐，包围了祁山。诸葛亮为解决粮食运输问题，用木牛作为运输军事物资的工具，准备与魏军进行长期作战。明帝对司马懿说："西方有事，非君莫可付者"，派他西驻长安，都督左将军张郃、雍州刺史郭淮等防御蜀军。司马懿留部将费曜、戴陵率 4000 人守邽（今甘肃天水），自率主力西救祁山。张郃劝司马懿分兵驻扎雍、郿两地，以作大军后镇。司马懿不同意，他说："料前军独能当之者，将军言是也。若不能当，而分为前后，此楚之三军所以为黥布禽也。"于是挺进喻麋。

诸葛亮闻魏大军将至，亦分兵一部继攻祁山，自率主力迎击司马懿。郭淮及费曜等部袭击蜀军，被诸葛亮击破。随后诸葛亮亲率蜀军乘势抢先收割熟麦，获得军粮。据《资治通鉴》记载，张郃认为："彼远来逆我，请战不得，谓我利不在战，欲以长计制之也。"他请求与蜀军一战，司马懿不允。贾诩、魏平等人又数次请战，还说："公畏蜀如虎，奈天下笑何！"司马懿无奈，只好命张郃出战。诸葛亮派魏延、高翔、吴班逆战，魏兵大败。到六月，诸葛亮因为粮尽退军，司马懿遣张郃追击。张郃追到木门（今甘肃天水西南），诸葛亮早有防范，伏兵齐出，弓弩乱发，张郃被射死。

　　司马懿遵照明帝"坚壁拒守，以逸待劳"的指示，与诸葛亮相持不战。诸葛亮数次挑战，司马懿均坚壁不出，欲待蜀军粮尽，相机反攻。

诸葛亮第四次攻魏因军粮不继撤军后，在斜谷口设置粮站，积极进行战备。经三年整训，建兴十二年（234年）二月，诸葛亮率军10万出斜谷，开始第五次，也是最后一次北伐。同时遣使约吴协同攻魏。并以流马装运军事物资。四月，诸葛亮至郿，进驻渭水之南。

诸葛亮预料司马懿仍会采取上次避而不战的策略，乃作了两手准备，一方面积极进取，一方面占领五丈原（今陕西武功西），攻下陈仓和雍城，随即派兵攻天水，意在使渭水成为蜀军粮草及其他战略物资的供给线。

魏国诸将得知诸葛亮驻军五丈原，都不以为然，唯独扬武将军郭淮深以为忧。他认为，诸葛亮此次若与魏军速战不成，将以五丈原以西为根据地，与魏国展开持久战。因此，他向司马懿建议先占领北原（在渭水北岸，距五丈原约二十五里），以侧护魏军右翼，使诸葛亮"跨渭登原、连兵北山"的图谋无法实现。司马懿初时没有意识到先占北原的重要性，经郭淮一再提醒，觉得有理，遂派郭淮率重兵占据北原。果不出郭淮所料，郭淮的部队刚到北原，蜀军亦至。蜀军毕竟晚了一步，遂被击退。两军于是成对峙状态。

五月，吴军发兵10万分三路攻魏，以配合蜀军作战。魏明帝派秦郎率2万人援司马懿，自率主力反攻吴军。七月，吴军撤走。

诸葛亮东进的道路受阻于司马懿，从渭水前进，又有郭淮阻挡，乃移军攻取散关，陇城等地，然后回师进攻司马懿。八月，司马懿遵照明帝"坚壁拒守，以逸待劳"的指示，与诸葛亮相持不战。诸葛亮数次挑战，司马懿均坚壁不出，欲待蜀军粮尽，相机反攻。

司马懿不战，但部下都想与蜀军决一高下。为平息部属不满情绪，司马懿故意上表请战。明帝不许，并派辛毗〔11〕杖节〔12〕来做司马懿的军师，以节制他的行动。此后诸葛亮一来挑战，司马懿装作要带兵出击，辛毗杖节立于军门，司马懿便不出兵。司马懿心中早有破蜀之策，所以当弟弟司马孚来信问前线军情，司马懿回信说："亮志大而不见机，多谋而少决，好兵而无权，虽提卒十万，已堕吾画中，破之必矣"。可见他的自信。但当时吴国的大鸿胪张俨却认为"仲达之才，减于孔明"。

辛毗到时，蜀将姜维就对诸葛亮说："辛毗杖节而至，贼不复出矣。"诸葛亮则说："彼本无战心，所以固请者，以示武于其众耳。将在军，君命有所不受，苟能制吾，岂千里而请战邪"！并说司马懿"深知我也"。诸葛亮遂分兵屯田，做长久屯驻之准备。

不久，诸葛亮遣使求战，派人送来女人服饰，但司马懿不仅不生气，还热情地招待被派来送女人衣服的汉使，避而不谈两军交战之事，而是和颜悦色地询问诸葛亮的饮食及军务的繁简情况，那位汉使倒也诚实，说诸葛亮每天食"三四升""二十罚已上皆自省览"。经过一番不经意的询问，司马懿对人说："食少而事烦，诸葛孔明其能久乎"！

当月，诸葛亮果然一病不起。

孔明之病，完全是忧劳所致。十余年来，诸葛亮集军政大权于一身，太过自信，对谁都不放心，夙兴夜寐，事必躬亲，终于积劳成疾。甚至，他还不辞辛苦亲自核对有关部门的账本。主簿杨颙曾劝道："为治有体，上下不可相侵。譬如一个家庭，主人令奴仆负责耕种，令婢女负责做饭，所养的鸡管着早晨打鸣，狗负责监视有无盗贼，马的任务是充当交通工具。这样一来，家中百事俱兴，主人所求皆足，可以高枕无忧。如果主人什么事也去干，为了些小事劳累不堪，结果却什么也做不好。这难道是其智力不如奴婢鸡狗吗？他是不会当家做主啊。所以，古人称坐而论道者为'三公'，作而行之者为'士大夫'。当年丙吉（西汉宣帝时的丞相）不问横道死人而忧牛喘；陈平不知道府库中的钱粮数目，说此等事他不需要知道，自有主管此事的官员。他们都是达于位份之体的人。您治理国家，竟亲自核对簿书，汗流浃背，不是太辛苦了吗？"诸葛亮听了杨颙的劝告，虽也认为言之有理，但还是事必躬亲。他认为，刘备死前，将国事托付于他，他只有兢兢业业，尽心尽力，鞠躬尽瘁，死而后已，才能报答刘备对他的知遇之恩。

后主刘禅派尚书仆射李福省前来探望诸葛亮的病情，并询问了许多军国大事。几天后，李福去而又返，此时诸葛亮病情已经恶化。诸葛亮对李福说："孤知君还意，近日言语虽弥日，有所不尽，更来亦决耳。公所问者，公琰（蒋琬）其宜也。"李福又问："前实失不咨请，如公百年后谁可任大事者，故辄还耳。乞复请蒋琬之后，谁可任者？"诸葛亮说："文伟（费祎）可以继之"。李福再问后面的接替者，诸葛亮不再回答。

临死前，诸葛亮给后主刘禅上了最后一表。劝告刘禅今后要"清心寡欲，约己爱民，达孝道于先皇，布仁恩于宇下；提拔幽隐，以进贤良；屏斥奸邪，以厚风俗"，然后再说自己身后的家事："成都有桑八百株，薄田十五顷，子弟衣食，自有余饶。至于臣在外任，无别调度，随身衣食，悉仰于官，不别治生，以长尺寸。若臣死之日，不使内有余帛，外有赢财，以负陛下。"诸葛亮死后，果如其所言。足见诸葛亮身居相位，却能廉洁自律，严格要求自己。

　　诸葛亮的北伐，是蜀汉为维护鼎立局面、扩大统治势力而进行的兼并战争，诸葛亮以益州与土地四倍于己、人口五倍于己的曹魏抗衡，又遇到司马懿这样的名将，其北伐无功，也属情理之中。诸葛亮的老对手司马懿在政治上富有权谋，在军事上也颇有一套。导致诸葛亮第五次北伐无功而返的便是此人，所以诸葛亮对司马懿颇为忌惮。

蜀汉建兴十二年八月二十三日，身心交瘁的诸葛亮溘然长逝于五丈原军营之中，享年54岁。裴松之《三国志注》引《晋阳秋》的记载说，就在诸葛亮去世的当天夜里，一颗赤色大星，光亮有角，自东北方向西南方陨落，坠入五丈原的蜀军营地。对于此事，诗圣杜甫赋诗道："长星昨夜坠前营，讣报先生此日倾。虎帐不闻施号令，麟台惟显著勋名。空余门下三千客，辜负胸中十万兵。好看绿阴清昼里，于今无复雅歌声。"

诸葛亮死后，军中大将姜维和杨仪依诸葛亮生前部署，秘不发丧，整军从容撤退。当地百姓见蜀军撤走，向司马懿报告，司马懿闻讯来追，姜维令杨仪返旗鸣鼓，做出回击的样子，司马懿以为中计，急忙收军退回，不敢逼近。于是蜀军安全而撤。

第二天，司马懿到诸葛亮营垒巡视，"观其遗事，获其图书、粮谷甚众"。司马懿据此断定诸葛亮已死，并赞诸葛亮为"天下奇才"。当时人有谚语说："死诸葛走生仲达"，司马懿笑着说："吾便料生，不便料死故也"。

蜀军从容进入斜谷后，才下令发丧。诸葛亮遗命将自己葬于定军山（今陕西勉县东南）。"因山为坟，冢足容棺，敛以时服，不须器物。"按照惯例，朝廷重臣去世后，皇帝应该为之赠谥号。在群臣的要求下，刘禅赠诸葛亮"忠武侯"谥号。29年后，魏将钟会征蜀，军至汉川，曾亲至诸葛亮庙祭奠，并对诸葛亮墓予以重点保护，命军士不得在附近放牧樵采。对敌国的已故统帅如此尊敬，在中国历史上尚不多见。

历时七年的诸葛亮攻魏之战至此结束。

诸葛亮的北伐，是蜀汉为维护鼎立局面、扩大统治势力而进行的兼并战争，从当时蜀汉偏居益州一隅的情势看，诸葛亮的北伐却又是必要的。诸葛亮以益州与土地四倍于己、人口五倍于己的曹魏抗衡，又遇到司马懿这样的名将，其北伐无功，也属情理之中。

诸葛亮的老对手司马懿在政治上富有权谋，在军事上也颇有一套。导致诸葛亮第五次北伐无功而返的便是此人，所以诸葛亮对司马懿颇为忌惮。

有人认为，司马懿是个大权谋家，但算不上是个大军事家。因为他对付诸葛亮只有一个办法：避而不战。其实不然。司马懿对远道而来的蜀汉大军采取"拖"的战术，是非常正确的。因为蜀汉军队千里北征，粮草补给成了影响其战力的关键因素。而蜀道艰难，要使可以供给十余万大军的粮草及战略物资源源不断运到前线，谈何容易！诸葛亮前五次出征无果而还，失利的原因都与粮草供给有关。所以说，用兵者千里远征，旨在速战速决。一旦粮运不继，则后果不堪设想。诸葛亮想速决战，司马懿偏偏不战，貌似消极防御，实是对付蜀军的最佳战略。

当时蜀汉政权仅剩益州一地，人口约有 94 万。而魏国有九州，人口 443 万；吴国有四州，人口 230 万。仅就人口来看，蜀汉才是魏国的五分之一，还不到吴国的二分之一。况且，当时蜀汉还是尚待开发的偏远落后地区，不仅地广人稀、生产力落后（仅有蜀锦，算是其支柱产业），而且文化也不发达，人才资源奇缺。蜀汉要想在强魏的虎视下图生存，除了联合吴国，别无他策。

诸葛亮迫不及待地北伐曹魏，就是怕曹魏、孙吴随着时间的推移政权日益稳固，而成尾大不掉之势。

对于弱小的蜀汉来说，最令诸葛亮担忧的是国人被一时的和平假象所迷惑，沉湎于苟安环境中而不思振作。苟安的结果，自然是兵不习战阵，民不识干戈，到头来，一旦敌军临境，也就只有纳款投降的份儿了。

诸葛亮在世之时，虽然无岁不征，但蜀汉国力颇强，蜀兵能征善战，令魏、吴不敢西顾。由此可见，诸葛丞相北伐乃深谋远虑之举，当然也为一般人所难以理解了。

陈寿作《诸葛亮传》，虽然对诸葛亮充满了崇敬之情，但对诸葛亮的军事才能却有这么两句评论："然亮才，于治戎为长，奇谋为短，理民之干，优于将略。""然连年动众，未能成功，盖应变将略，非其所长与？"还为诸葛亮北伐无功作了一番辩护："而所与对敌，或值人杰，加众寡不侔，攻守异体，故虽连年动众，未能有克。昔萧何荐韩信，管仲举王子成父[13]，皆忖己之长，未能兼有故也。亮之器能政理，抑管、萧之亚匹也。而时之名将无城父、韩信，故使功业陵迟，大义不及耶？盖天命有归，不可以智力争也。"

陈寿将诸葛亮北伐无功的原因归纳为四点：一是与诸葛亮对阵的，偏偏是"人杰"司马懿；二是寡不敌众；三是诸葛亮手下没有韩信、王子城父那样的名将；四是诸葛亮的长处在于处理政事，而不在于用兵打仗。最后，陈寿颇为遗憾地说诸葛亮北伐没有成功是"天命有归"。

应当说，陈寿的总结与对诸葛亮的评价是颇为中肯的，多方面的原因造成了他北伐的失败。

当时人对诸葛亮有肯定，也有异议。《蜀记》就说诸葛亮"托身非所，老困蜀民，力小谋大，不能度德量力"，张俨则认为"诸葛丞相有匡佐之才，然处孤绝之地，战士不满五万，自可闭关守险，君臣无事。空劳师旅，无岁不征，未能进咫尺之地，开帝王之基，而使国内受其荒残，西土苦其役调"。

尽管诸葛亮北伐无功，但后人对此评价颇高，并没有"以成败论英雄"。如裴松之《三国志注》引张俨《默记》云："孔明起巴、蜀之地，蹈一州之土，方之大国，其战士人民，盖有九分之一也，而以贡赋大吴，抗对北敌，至使耕战有伍，刑法整齐，提步卒数万，长驱祁山，慨然有饮马河、洛之志。仲达据天下十倍之地，仗兼并之众，据牢城，拥精锐，无擒敌之意，务自保全而已，使彼孔明自来自去。若此人不亡，终其志意，连年运思，刻日兴谋，则凉、雍不解甲，中国不释鞍，胜负之势，亦已决矣。"张俨是三国时吴国人，在当时，吴国也算是蜀汉的敌国。敌国之人评论诸葛亮，尤如此崇敬，亦可见诸葛亮之才高德劭了。

裴注又引《袁子》云：诸葛亮"专权而不失礼，行君事而国人不疑，如此即以为君臣百姓之心欣戴之矣。行法严而国人悦服，用兵尽其力而下不怨"，"其用兵也，止如山，进退如风，兵出之日，天下震动，而人心不忧。亮死至今数十年，国人歌思，如周人之思召公也……"

诸葛亮去世后，司马懿称赞其"天下奇才"，南宋思想家陈亮曾说司马懿此叹乃"恍然自失，不觉其言之发也。可以观其真情矣"。

唐太宗李世民与李靖经常在一起探讨军事理论，他们的谈话后来被编辑成《唐太宗李卫公问对》一书，成为备受兵家推崇的"武经七书"之一。二李谈话中涉及的军事家有17人，多次被提到的军事家有8人，他们被问及的次数如下：孙武21问；诸葛亮13问；姜太公9问；曹操6问；司马穰苴5问；管仲3问；吴起3问；韩信3问。由此可见，诸葛亮在军事家李世民和李靖心目中的地位仅次于"兵圣"孙武。

《四库全书总目提要》说："盖宋以来兵家之书，多托于亮。"这个现象也说明，诸葛亮的军事才能征服了一代又一代的军事理论家，以至于他们宣扬自己的学说和见解，不得不借助于诸葛亮的大名。

诸葛亮对军事理论的贡献，还有众所周知的"八阵图"。《三国志·诸葛亮传》说他"推演兵法，作八阵图"。西晋永兴年间，镇南将军刘弘至诸葛亮曾隐居过的隆中，瞻仰诸葛亮故居，恭恭敬敬地为诸葛亮立碑，碑文中云："异世通梦，恨不同生。推子八阵，不亚孙吴；木牛之奇，则非般模……"认为就诸葛亮所创的"八阵图"来说，其军事才华不亚于孙武、吴起。杜甫在瞻仰四川奉节长江边上的"八阵图"遗址时曾写诗赞颂诸葛亮："功盖三分国，名成八阵图。"

诸葛亮早年无子，其兄诸葛瑾将儿子诸葛乔过继给他。诸葛乔后来虽然做了驸马都尉，诸葛亮对他依然管教很严，外出打仗时，常让他承担艰苦的运输任务，可惜诸葛乔25岁时就死了。诸葛亮晚年又得一子诸葛瞻。诸葛亮死时，诸葛瞻才8岁。后来，魏灭蜀时，诸葛瞻驻守涪城（今四川绵阳），与邓艾作战，以身殉职。其子诸葛尚，当时年仅10岁，闻父亲阵亡，也冲入敌阵战死。所以后人称赞诸葛亮祖孙三代是"三世忠贞"。

取得御蜀战争胜利的第二年（235年），司马懿升任太尉。接着他又率军平定公孙渊之乱。当初公孙渊闻魏军来攻，求救于孙权，孙权也出兵为其声援，并给公孙渊写信："司马公善用兵，变化若神，所向无前，深为弟忧之"。足见司马懿声望极高，名震异国。

明帝去世后，齐王曹芳即位，年仅八岁，司马懿乃与大将军曹爽一起接受遗诏辅佐少主。曹爽极力排挤司马懿，任命他为没有实权的太傅，司马懿隐忍未发。

正始二年（241年）四月，吴帝孙权分兵四路攻魏，司马懿自请出兵往讨。六月，司马懿抵达前线，检选精锐，招募勇士，发布号令，摆出攻城的架势。吴军惊惧，连夜撤退。正始四年

（243 年）九月，司马懿再次率军出征宛城，赶走了驻扎于此的吴将诸葛恪。

正始八年（247 年），曹爽用心腹何晏、邓扬、丁谧之谋，把太后迁到永宁宫，排挤司马氏的势力。司马懿从此与曹爽矛盾渐深。五月，司马懿伪装生病，不问政事。曹爽等人加紧了篡权的步伐。司马懿表面装病，实际上也在暗中布置，准备消灭曹爽势力。不久，司马懿以谋反的罪名，杀曹爽及其党羽何晏、丁谧、邓扬、毕轨、李胜、桓范等，并灭三族。从此曹魏的军政大权完全落入司马懿的手中，为司马氏取代曹魏奠定了基础。

除军事方面外，司马懿在经济上也为魏国做出了重大贡献。当时曹魏政权为了恢复北方经济，解决军粮问题，曾经推行包括民屯、军屯两类的屯田制度。司马懿在推广军屯事业上有很大的建树。他所进行的大规模的屯垦，对促进北方经济的恢复和发展，特别是对增加曹魏的财力、支持与东吴的战争，起了重要的作用。

嘉平三年（251 年）八月，司马懿去世，享年 72 岁。这个三国时期最能隐忍不发、最能韬晦不露、最能忍辱负重之人终于没能熬过真正的疾病的摧残。

当年九月，司马懿被葬于河阴，谥文贞，后改为文宣。他的孙子司马炎受魏禅为晋武帝，给司马懿上尊号为宣皇帝，称其陵墓为高原，庙号高祖。

晋明帝时，王导侍坐，晋明帝问起晋前世得天下的具体情形，王导不加掩饰地叙述了司马懿创业时的业绩和种种猜忌手段，又说起司马昭在高贵乡公[14]时的所作所为，晋明帝大惭，把脸埋覆在床上说："若如公言，晋祚复安得长远！"可见当时司马懿大搞权谋的名声不太好。

唐太宗李世民曾为《晋书·宣帝纪》作史论，对司马懿作出了全面评价，认为他"用人如在己，求贤若不及；情深阻而莫测，性宽绰而能容""雄略内断，英猷外决""兵动若神，谋无再计"。这是对于司马懿较为恰当的评价。

注释

〔1〕 琅琊：山东省临沂市旧称。阳都：山东省临沂市沂南县的古名。

〔2〕 黄承彦，汉末三国时期襄阳名士，诸葛亮岳父，黄月英之父。南郡大士蔡讽的女婿，与襄阳名士上层社会圈子——庞统（凤雏）、庞德公、司马徽、徐庶等人交好。

〔3〕 徐庶（生卒年不详），字元直。颍川郡长社县（今河南许昌长葛东）人。东汉末年刘备帐下谋士，后归曹操，并仕于曹魏。

〔4〕 司马徽（？—208 年），字德操，颍川阳翟（今河南禹州）人。东汉末年名士，精通道学、奇门、兵法、经学。有"水镜先生"之称。司马徽为人清雅，学识广博，有知人之明，并向刘备推荐了诸葛亮、庞统等人，受到世人的敬重。

〔5〕 管仲（？—公元前 645 年）：春秋初期齐国政治家。名夷吾，字仲，颍上（颍水之滨）人。齐桓公即位后，由鲍叔牙推荐，被任命为相。在齐国改革内政，整顿军队，确立选拔人才制度，主张按土地好坏分等征税。使齐国力大振。又提出"尊王攘夷"的策略，终使齐桓公成就霸业。

〔6〕 乐毅：战国时燕将。中山国灵寿（今河北灵西北）人。乐羊后裔。燕昭王时，任亚卿。燕昭王二十八年（公元前 284 年），率军击破齐国，先后攻下七十余城，因功封于昌国（今山东淄博东南），号昌国君。燕惠王即位，中齐反间计，改用骑劫为将，他出奔赵国，

被封于观津（今河北武邑东南），号望诸君。后死于赵国。

〔7〕 崔钧，字州平，即崔州平，博陵安平人。太尉崔烈（字威考）之子，议郎崔均（字元平）之弟。钧少交结英豪，有名称，历任虎贲中郎将、西河太守。献帝初，钧与袁绍俱起兵山东，讨董卓。后与诸葛亮、徐庶等人相善，与石广元（名韬）、孟公威（名建）、徐元直（名庶）为"诸葛四友"（但从史书记载崔钧并未与孟建、石韬有所交集）。当时诸葛亮自比管仲、乐毅，时人大都不认同，只有崔钧与徐庶认为诸葛亮确实可比。之后徐庶、石韬、孟建三人均在魏国为官，诸葛亮则为蜀汉丞相，而崔钧本人则下落不明。

〔8〕 官名。相传少昊时所置，周为六卿之一，即冬官大司空，掌管工程。汉改御史大夫为大司空，与大司马、大司徒并列为三公，后去大字为司空，历代因之，明废。清时别称工部尚书为大司空，侍郎为少司空。

〔9〕 厕身：置身。

〔10〕 沔：miǎn，~水，水名，在中国陕西省，是汉水的上流。

〔11〕 辛毗（生卒年不详），字佐治，颍川阳翟人。三国时期曹魏大臣。原居陇西（郡治在今甘肃临洮县），东汉光武帝建武年间，其先人东迁。当初，辛毗跟随其兄事袁绍。曹操任司空时，征召辛毗，他不受命。官渡战后，辛毗事袁绍的儿子袁谭。公元204年，曹操攻下邺城，上表推荐辛毗任议郎，后为丞相长史。公元220年，曹丕即皇帝位，以辛毗为侍中，赐爵关内侯，后赐广平

亭侯。魏明帝即位，封辛毗颍乡侯，食邑三百户，后为卫尉。公元 234 年，诸葛亮屯兵渭南，司马懿上表魏明帝。魏明帝任辛毗为大将军军师，加使持节号。诸葛亮病逝后，辛毗返回，仍任卫尉。不久，逝世，谥肃侯。

〔12〕杖节：执持旄节；古代帝王授予将帅兵权或遣使四方，给旄节以为凭信。

〔13〕王子成父（公元前 717 年—？），又称姬成父，周桓王（姬林）第二子，原为东周都城洛邑王城的城父（古文通假称为"成父"），故尊称为"王子成父"，避"子克之乱"奔齐，成为齐桓公手下第一大将，他为琅琊王氏开族始祖。

〔14〕曹髦即位前为高贵乡公，司马师废齐王曹芳后，身为宗室的曹髦被立为新君，但曹髦对司马氏兄弟的专横跋扈十分不满，于公元 260 年召见王经等人，对他们说"司马昭之心，路人所知也"，带领冗从仆射李昭、黄门从官焦伯等，授予铠甲兵器，率领僮仆数百余人讨伐，然此此次行动却被司马昭知晓，在司马昭心腹贾充的指使下，曹髦被武士成济所弑，年仅 20 岁。

岳飞与金兀术

怒发冲冠，凭栏处、潇潇雨歇。抬望眼，仰天长啸，壮怀激烈。三十功名尘与土，八千里路云和月。莫等闲，白了少年头，空悲切！

靖康耻，犹未雪。臣子恨，何时灭！驾长车，踏破贺兰山缺。壮志饥餐胡虏肉，笑谈渴饮匈奴血。待从头、收拾旧山河，朝天阙。

——岳飞《满江红·写怀》

南宋流传一句这样的话："金国有金兀术，我们有岳鹏举；金国有拐子马[1]，我们有钩镰枪[2]；金国有狼牙棒，我们有天灵盖。"话说得辛酸难堪，但也说明了岳飞和金兀术曾进行了激烈对抗，在金兀术大举进攻的时候，岳飞被南宋倚为"万里长城"。

面对金兵铁骑的蹂躏，面对大好河山的沦陷，面对父老乡亲的痛苦，岳飞坐不住了，他决心舍生忘死，勇赴国难。老母在岳飞背上刻了"尽忠报国"四个大字，成了岳飞一生的行动准则。

岳飞（1103年—1142年），相州汤阴（今属河南）人。据说岳飞出生时，有一只鲲鹏似的大鸟恰巧从他家的屋顶飞过，父亲便给他取名岳飞，字鹏举。岳飞父岳和，母姚氏，世代务农。岳飞青少年时先后向周同等人学习射箭、枪技，会"技击"，能挽三百斤硬弓左右射击，成为全县武艺最高强的人。史书称他有志气，好学，尤其喜爱《孙子兵法》。但因家境贫困，后到相州（今安阳），"为韩魏公（韩琦）家庄客，耕种为生"。宣和四年（1122年）初，岳飞初次从军。同年十月，在北宋攻辽战争中，曾到达辽燕京（今北京）城下，见到高大的城墙后留下了深刻的印象，但误认为这是金初起时的著名战略要地黄龙府（今吉林农安）。这也是当时不少人的误解，以至于十多年后已是大将的岳飞，还对部属说要"直捣黄龙府，与诸君痛饮耳"。[3] 宋军攻辽因战败而退军，退军途中父亲岳和病死，岳飞随即回到家乡守丧。

金兀术（？—1148 年），是随着岳飞而知名的，但他的金国宗室姓名完颜宗弼却很少有人知晓。金兀术是金太祖完颜阿骨打的第四个儿子，富有胆略，善于骑射。金兀术领兵时期，正值金国势力上升，对外扩张欲望强烈，宋金之间战事最为激烈。

天会三年（1125 年），金兀术跟从南京路都统完颜宗望[4] 大举伐宋，攻取了中原大片土地，包括岳飞的老家汤阴，进逼北宋首都汴京（今河南开封）。在其威逼之下，宋徽宗狼狈出逃。金兀术率领数百骑兵追击，缴获了大量辎重和马匹。

面对金兵铁骑的蹂躏，面对大好河山的沦陷，面对父老乡亲的痛苦，岳飞坐不住了，他决心舍生忘死，勇赴国难。靖康元年（1126 年）冬，岳飞到相州再次应募从军，成为刘浩部属，并在军袍上绣着"誓作中兴臣，必殄[5]金贼主"之文。老母姚氏理解儿子的报国心志，临行时在岳飞背上刻了"尽忠报国"四个大字，"深入肤理"。从此，"尽忠报国"成了岳飞一生的行动准则，也成了他英勇抗金的内在动力。

同年十二月，宋徽宗的儿子康王赵构在相州建立大元帅府，宗泽为副元帅，统制官刘浩所部成为大元帅府最早的基本部队之一。经刘浩引荐，岳飞在大元帅府当了一名"承信郎[6]"（小军官）。可以说，从这时起，岳飞就跟从赵构了。

有一次岳飞带了一百多名骑兵，在黄河边练兵，忽然对面大股金兵来犯，兵士们都吓呆了，岳飞却不慌不忙地说："敌人虽然多，但他们不知道我们的兵力多少。我们可以趁他们没准备的时候击败他们。"说着，就带头冲向敌阵，斩了金军一名将领。兵士们受到岳飞的鼓励，也冲上去，果然把金军杀得七零八落。这一战，岳飞的勇敢出了名，被升为"秉义郎[7]"（从八品的武官）。

次年，金兵攻入汴京，劫掠太上皇宋徽宗、皇帝宋钦宗及大量金银珠宝、文物图册北返。

国不可一日无主。北宋灭亡以后，原来留在相州的康王赵构逃到南京（今河南商丘），五月，赵构在南京即位，填补了权力真空。这就是宋高宗。这个偏安的宋王朝，后来定都临安（今浙江杭州），历史上称为南宋。

宋高宗即位以后，在舆论的压力下，不得不把力主抗金的李纲[8]召回朝廷，担任宰相。但是实际上他信任的却是黄潜善[9]和汪伯彦[10]两个亲信。

李纲提出了许多抗金的主张，特别提出要重用宗泽。他对宋高宗说："要收复东京，非用宗泽不可。"

宗泽是一位坚决抗金的将领，岳飞这时属宗泽[11]领导。1128 年春，岳飞奉宗泽之命，带兵渡河，接连同金兵打了几仗，都获得了胜利。

岳飞把抗金作为自己的职责。宋高宗即位以后，他马上写了一份奏章，希望高宗能亲自率领宋军北伐，激励士气，恢复中原。他还批评了黄潜善、汪伯彦一伙投降派的主张。奏章一上去，宋高宗不但不听，反而嫌岳飞小小将官，多管闲事，以越职上奏罪名夺其军职。

宗泽在军民中有很大的威望。他受命到开封抗金后，先下了一道命令："凡是抢劫居民财物的，一律按军法严办。"宗泽杀了几个抢劫犯，开封的秩序就渐渐安定了下来。

河北人民忍受不了金兵的掠夺烧杀，纷纷组织义军，打击金军。宗泽积极联络，河北各地义军听到宗泽的威名，自愿接受他的指挥。王善、杨进、王再兴、李贵、王大郎等几路义军，都有人马几万到几十万。宗泽也派人去联络，说服他们团结一致，共同抗金。这样一来，开封城的外围防御巩固了，城里人心安定，存粮充足，物价稳定，恢复了大乱前的局面。

但是，就在宗泽准备北上恢复中原的时刻，宋高宗和黄潜善、汪伯彦却嫌南京不安全，逃到扬州去了。

不久，金兵果然又分路大举进攻。金太宗派大将兀术进攻开封，宗泽事先派部将分别驻守洛阳和郑州。兀术带兵接近开封的时候，宗泽派出几千精兵，绕到敌人后方，截断敌人退路，然后又和伏兵前后夹击，把兀术打得狼狈逃走。

岳飞跟宗泽一样，把抗金作为自己的天职。宋高宗即位以后，他就马上写了一份奏章，希望高宗能亲自率领宋军北伐，激励士气，恢复中原。他还批评了黄潜善、汪伯彦一伙投降派的主张。奏章一上去，宋高宗不但不听，反而嫌岳飞小小将官，多管闲事，以越职上奏罪名夺其军职。

不久，岳飞到河北招讨使张所部下从军。张所待以国士之礼，并说："君殆非行伍中人！"而据岳飞自称，张所"一见，与臣（岳飞）言两河、燕、云利害，适偶契合。臣自白身借补修武郎、阁门宣赞舍人，充中军统领，寻又升统制"。之后，岳飞隶属于都统制王彦。九月，王彦所部攻占新乡（今属河南）县城，但随即遭金军围攻，王彦兵溃突围后，组织义军（八字军）抗金。岳飞则率所部独立行动，后虽向王彦谢罪，但未再被接纳。岳飞遂投东京留守宗泽，由于岳飞曾擅自脱离主将王彦管辖，按照宋朝法律，"犯法将刑"，但宗泽"一见奇之，曰：此将材也"。"会金人攻汜水，泽以五百骑授飞，使立功赎罪。飞大败金而还，遂升飞为统制，飞由是知名"。

由于岳飞在开德、曹州战役中立下大功，宗泽更加欣赏他，称赞他"智勇才艺，古良将不能过"，认为他的勇敢和才智比得上古之良将，但又不无遗憾地指出，"好野战，非万全之策"。但岳飞认为，兵无常势，水无常行，"阵而后战，兵法之常，运用之妙，存乎一心"。宗泽点头称许，从此对这个年轻人青眼[12]有加。

　　1128 年六月，曾 24 次上书高宗请求还都的抗金名将宗泽，忧愤成疾，终于不治。临终前，部下去问候他，他张开眼睛激动地说："我因为国仇不能报，心里忧愤，才得了这个病。只要你们努力杀敌，我死了也没有遗憾了。"宗泽念着唐朝诗人杜甫的两句诗："出师未捷身先死，长使英雄泪满襟！"接着，又用足力气，呼喊："过河！过河！过河！"才阖上眼睛。

　　　　岳飞率军与金军在南京激战，这是岳飞，也是南宋
　　　　军队首次正面与金兀术统率的金军主力作战。此战为
　　　　"建炎三大战"的首次重大战役，在宋金战争史上具有独
　　　　特的意义，那就是宋军终于敢与金军主力正面作战。

　　完颜宗望死后，金兀术成为金兵主将，这年他率军再度南下，击败南宋郑宗孟的数万人马，继而攻克青州临朐，南宋三万军马一触即溃，金兀术相继夺下濮州、开德府，平定河北。各路宋军虽经抗击，但纷纷败北，金军轻骑攻陷扬州，追高宗至瓜州渡，因缺少水军，只好望江兴叹。宋高宗逃亡杭州。一时南宋莫之能当，金兀术得意非凡。

　　宗泽病死后，杜充继任东京留守，岳飞便成为杜充的部属。岳飞的部队战斗能力极强，先在胙城（今延津东北）、汜水关等

地战胜金兵，接着又在开封、陈州（今淮阳）等地击败曾成、孔彦舟等部。

建炎三年（1129年），岳飞以战功授"真刺史"，成为中级武官。宋高宗建都临安（杭州）后，南宋的一些主战的文臣武将提出不少抗金主张，但宋高宗的基本方针是谋求和议，偏安江南，后来又决定放弃淮河一线，退守长江。八月，杜充任右相兼江淮宣抚使守建康，岳飞在杜充军中任统制官。

与此同时，金兵的南下步伐始终未停。金太宗一面任命降将刘豫为京东、京西、淮南等路安抚使，以控制河南，一面积极作渡江准备。十月，金兀术率领金军乘南宋江防尚未巩固之际，分东西两路渡江南下。

金兀术直接指挥的东路军先后攻陷寿春（今安徽寿县）、庐州（今安徽合肥）与和州（今安徽和县）。杜充在建康得知金兵进攻事宜，但并不积极出战。岳飞心急如焚，对杜充说："勍虏大敌，近在淮南，睥睨长江，包藏不浅。卧薪之势，莫甚于此时。"说到激动处岳飞泪流满面，请求出兵。杜充一味敷衍，就是不听。

金兀术企图在采石矶、芜湖渡江，遇到宋郭伟军的阻击未能得逞。十二月，金军于马家渡（今南京西南）渡江南下，杜充才急忙派都统制陈淬率统制岳飞等将士2万抗击金军。陈淬、岳飞与金军激战十余合，直战到天黑胜负未分，但因友邻部队首先率部逃跑，陈淬、岳飞抵敌不住，随即溃散，都统制陈淬战死，岳飞率部退驻钟山（今南京紫金山）。次日天明岳飞率军再战，此时军心不稳，将士中有人甚至想投降，岳飞"洒血厉众"，劝以"忠义报国"，"音容慷慨，士为感泣"。这是岳飞，也是南宋军队首次正面与金兀术统率的金军主力作战。此战为"建炎三大战"的首次重大战役。虽然由于友邻部队在胜负未分之际率先逃遁，导致整个战役的失败，但在宋金战争史上具有独特的意义，那就是宋军终于敢与金军主力正面作战，因为"建炎、绍兴初，诸将未尝敢与虏（金军）战也"。除此次建康之战及次年的白原、富平两次战役，"其它率望风奔溃，盖未尝接战也"。

金兵南下，一直赶到明州海边，一路上不断遭到百姓组织起来的义军的袭击。金将兀术想到长江沿岸还留着宋军的大批人马，不敢多留，带领金兵抢掠了一阵以后，向北方退兵。

这年底，岳飞乘金兀术主力屯驻临安，率军在广銮（治所在安徽广德）境内六战皆捷，斩敌首1200余级，擒女真汉儿王权等24人，俘虏各路金军首领48人，并把降伏金兵派回金营，烧毁炮车等辎重，然后纵兵出击，大败金兵。因此，金兵称岳飞军队为岳爷爷军，前后有万余人争相投奔过来。

建炎四年（公元1130年）三月，兀术带了十万金兵北撤，到了镇江附近，遇到宋军大将韩世忠的拦击。韩世忠是主张抗金的将领，他对金兵的侵略暴行十分气愤，决心趁金兵北撤的时候，狠狠阻击。双方在江边摆开阵势，展开了一场血战。

兀术没法过江，只好带着金兵乘船退到黄天荡（今江苏南京市东北）。哪里知道黄天荡是一条死港，船驶进那里，找不到出路。正在进退两难的时候，有人献计说："这里原来有一条河道，可以直达建康，只是现在堵塞不通，如果叫兵士开凿出来，就可以逃过宋军的追击了。"

兀术立刻命令金兵开挖河道，指挥金兵沿水道逃到建康，不料半路上又遇到宋将岳飞的堵击，只好退回到黄天荡。

金兵在黄天荡被宋军围困 48 天，将士们叫苦连天。这时候，江北的金军也派兵来接应。兀术趁韩世忠疏忽懈怠之机，侥幸逃出，回到建康，抢掠了一阵，准备撤回北方。建炎四年（1130年）五月，金军渡江北撤，岳飞邀击后撤的金军于静安镇（今江苏南京西北）渡口，前建康府通判钱需也率乡兵从侧面袭击金军，岳飞、钱需协同作战，密切配合，与金兵大战四场，四战四胜，大败金兵，收复建康城。

岳飞在宋军主力的溃败投降危乱之中，以忠义智勇团结部众，激励将士，抓住战机，一举收复建康，使抗金战争有了新的转机，而且稳住了江南的局势。岳飞的名字从此传遍大江南北，声震北方，引起了朝野的普遍重视。江东士人邵缉上书建议重用岳飞，"假以事权"。宰相范宗尹、大将张俊等也举荐岳飞，于是，岳飞成为全国知名的年轻将领。

此役过后，岳飞再次率部回到宜兴休整，不久即归属张俊节制。

> 宋高宗在临安（今浙江杭州）他的"寝阁"（就是卧室）里单独召见岳飞。高宗对岳飞说："光复国土，中兴大宋这项事业，我就托付给你了。从今以后，除了韩世忠、张俊之外，其余的军队都交给你节制。"并亲自书写"精忠岳飞"四个大字，制成锦旗赏赐给他。

金兵北撤以后，宋高宗从温州回到临安。金朝在中原地区立了一个傀儡皇帝刘豫，国号大齐，充当金国的帮凶，骚扰南宋地界。

与此同时，为加强边备，南宋在与金军接战的江淮、江汉地区普遍设置镇抚使，使之成为守土抗金的地方军区。

不久，南宋又将实力较小的地方军政长官也改任为镇抚使，不过张俊没有将岳飞所部归并入神武右军，而是推荐岳飞出任通泰镇抚使兼泰州知州。岳飞率部赴泰州，奉命出援楚州时，于承州（今高邮）击败金军，岳飞本拟乘胜前进，但大将张俊、刘光世没有出兵以为后援，岳飞势单力薄，为避免全军覆没，只得退守泰州。十一月，再次渡江退往江阴，防卫长江。

十二月，朝廷命令张俊讨伐李成、张用等"军贼游寇"，岳飞率所部出击。绍兴元年（1131 年），李成在岳飞等军追击下归附伪齐[13]。张用也在岳飞招降后，向张俊投降。此次平寇，朝廷论功行赏以岳飞为第一。

七月，岳飞改任神武右副军统制，所部也由杂牌军成为南宋朝廷直系部队，但岳飞的地位仍然不高，当时东南大将号称"刘（光世）、韩（世忠）、张（俊）、辛（企忠）"，还没有岳飞的名字。不过岳飞离成为大将也不远了。

同年十二月，神武副军都统制辛企忠罢职，由岳飞取代辛企忠，时年29岁的岳飞开始成为独当一面的大将。

绍兴二年（1132年），岳飞任权知潭州兼权荆湖东路安抚使、马步军总管，奉命讨伐曹成，曹成走投无路，向韩世忠投降。七月，岳飞驻防江州（今江西九江），其时刘光世、韩世忠所部各有4万人，张俊有3万人，岳飞所部也已达2万多人，成为南宋第四支重要军事力量。

绍兴三年（1133年），岳飞因镇压吉州（今吉安）、虔州（今赣州）地区的农民起义而受到朝廷褒奖，宋高宗在临安（今浙江杭州）他的"寝阁"（就是卧室里）单独召见了岳飞。高宗对岳飞说："光复国土，中兴大宋这项事业，我就托付给你了。从今以后，除了韩世忠、张俊之外，其余的军队都交给你节制。"并亲自书写"精忠岳飞"四个大字，制成锦旗赏赐给他。同时，高宗还表示要在京城为他建造府第。岳飞辞谢说："敌未灭，何以家为？"为此，赵构相当喜悦，很亲切地征求岳飞的意见："你觉得天下什么时候可以太平？"岳飞回答道："文臣不爱钱，武将不怕死，就可以天下太平。"据说，赵构很吃惊，他没想到一介武夫能说出这么有水平的话。

岳飞一心恢复中原，对所部要求十分严格，平时非常注意练兵。部队休整的时候，他也带领将士穿着铁甲冲山坡，跳壕沟，要求像打仗时一样严格。岳家军行军经过村子，夜里都露宿在路旁。老百姓请他们进屋，没有人肯进去。岳家军中有一个口号，叫作："冻死不拆屋，饿死不掳掠。"

岳飞对待将士要求十分严格，又关心爱护。兵士生病，他常常亲自替他们调药；部下将领出征的时候，他就叫妻子慰问他们的家属；将士在战争中阵亡，就抚育他们的子女；上级赏给他的财物，一概分配给将士，自己家里丝毫不留。

正是这种恩威并施，使岳家军将士士气旺盛，作战勇猛。每次作战之前，岳飞总是先召集将领，一起商量作战方案，然后才出战。所以打起仗来，每战必胜，从没有打过败仗。

岳飞在行营五护军统帅中不仅是最年轻、资历最浅、最晚建节的高级将领，也是最后一个刀任宣抚副使的人，但他已确立了自己作为"中兴四将"之一及在南宋诸将中的应有地位。岳飞所部扼守长江中游及汉水流域，成为金军、伪齐军南犯时难以逾越的钢铁长城。

　　为了让岳飞发挥更大的作用，宋高宗任岳飞为江西沿江制置使，置司江州，不久改任为江南西路、舒（今安徽潜山）、蕲（今湖北蕲春东北）州制置使，与刘光世、韩世忠等共同负责长江中下游的防务。岳飞认为襄阳六郡，位居要冲，恢复中原，此为基本，建议加强攻守。高宗虽然采纳了岳飞的建议，但规定襄阳六郡收复后，不得越界进兵，以便与金通使议和。

　　绍兴四年（1134 年）五月，因金与伪齐南犯，岳飞兼任黄州、复（今天门）州、汉阳军、德安府（今安陆）制置使，随即收复被伪齐占领的郢州（今钟祥）、襄阳（今襄樊襄阳区）、唐州（今河南唐河），又乘胜攻克随州（今属湖北）、邓州（今属河南），这是南宋少有的大胜利，令沦陷地区的人民深受鼓舞。岳飞以功建节，升为清远军节度使，时年 32 岁。

　　在两个多月的时间里，岳飞连克六郡。岳飞估计，照这样发展下去，以 20 万精兵直捣中原，完全可以恢复故疆，把金兵赶回老家去。他还根据襄阳、随州、郢州土地肥沃，劳力不足，受战争破坏较大，民户流徙，难以发挥在经济军事上的作用的状况，提出了"营田之法"，使之成为稳固的经济、军事基地。但是，畏敌如虎的宋高宗却无意北进，只求议和，偏安江南，所以不同意岳飞提出的"直捣中原"之策，仅同意"营田之法"。

　　九月，金和伪齐联军大举南下，直扑两淮，接着又进攻庐州。高宗诏令岳飞驰援，时任湖北路、荆（今江陵）、襄、潭州制置使的岳飞派部将张宪、牛皋率兵两千救援庐州，"岳家军"勇猛杀敌，联军狼狈逃窜。

绍兴五年（1135年）二月，岳飞升领镇宁军、崇信军两镇节度使，声望地位已与韩世忠、刘光世、张俊等老将相近。岳飞的神武后军长官官衔也由统制升为都统制，并被任命为荆湖南北、襄阳府路制置使。

在岳飞的辖区内，钟相杨么的起义军正如火如荼地开展与官府的对抗，镇压钟相杨么起义成了岳飞的主要任务。岳飞率部于五月下旬初进抵鼎州（今湖南常德），当时钟相已死，岳飞对杨么采取剿抚两手政策。杨么部将黄佐首先率部出降，被岳飞派回湖中招降和攻击起义军。黄佐击破周伦水寨，取得了进剿起义军的首次胜仗。右相兼都督诸军事张浚前来湖湘督战，五月末，张浚接到诏令，要回朝布置防备金、伪齐南犯。张浚即把岳飞召到潭州，要他作暂停进攻或长期围困起义军的打算，而岳飞"请除来往三程，以八日之内，俘诸囚于都督之庭"。六月初，岳飞派任士安进攻杨钦大寨，自率大军接应，杨钦战败投降。六月中旬初，岳飞又攻破杨么起义军基地夏诚大寨，杨么战败投水自杀，夏诚被俘，终于如期镇压了杨么起义。岳飞以功加检校少保、进封开国公。

镇压义军后，岳飞的部队得到了很大的发展，数万原起义军成为岳飞的战士，几支官军也归并为岳飞的部属。十二月初一日，岳飞升为招讨使。次日，南宋进行军事改制，废神武军号改称行营护军，不设都统制，由宣抚使、招讨使直接指挥，将张俊、韩世忠、刘光世、岳飞、吴玠所统辖的五支最主要的部队，统编为行营五护军，成为朝廷主力军，分布在宋金战争的全线，改变了南宋初年的无序状态，岳飞所部扼守长江中游及汉水流域，成为金军、伪齐军南犯时难以逾越的钢铁长城。

岳飞在行营五护军统帅中不仅是最年轻、资历最浅、最晚建节的高级将领，也是最后一个升任宣抚副使的人，但他已确立了自己作为"中兴四将"之一及在南宋诸将中的应有地位。

同年夏秋，岳飞率军长驱进入伪齐统治区，攻占镇汝军（今河南鲁山）、卢氏（今属河南）、虢略（今灵宝）、朱阳（今灵宝西南）、栾川（今属河南）等县，又西进攻占商州（今属陕西）、商洛（今丹凤西北）、洛南（今属陕西）等地，攻到长水县（今河南洛宁西南）时，由于军粮供应困难而退军。岳飞这次扫荡式进攻，如摧枯拉朽，沉重地打击了伪齐的统治。面对南宋的进攻态势，伪齐在谋求与金联军侵宋遭金拒绝后，自行发兵侵宋，主要矛头仍然直指两淮，并让部分士兵穿着金军服装，制造伪齐与金朝联合侵宋的假象。但南侵的伪齐军主力于藕塘（今定远东南）被宋军打得大败，两淮伪齐军随即全线败退。

绍兴七年（1137年）二月，岳飞的武阶官升为最高的太尉，职衔也升为宣抚使。三月，刘光世被罢兵权，宋高宗原已诏令将刘光世所部划归岳飞统辖，但既遭到新任枢密使秦桧的反对，宰相兼都督的张浚又想将刘光世所部收归都督府，于是任命刘光世的部将王德为左护军都统制、郦琼为副都统制。由于王德威望较轻不足以居郦琼之上，郦琼不服。同年七月，郦琼裹胁 4 万人投降伪齐。此次兵变事件完全是由于宰相张浚处置失当，不仅使南宋白白损失了几万人马，也使岳飞扩充军队以加强抗金实力的愿望落了空。

由于伪齐政权已经毫无利用价值，十一月，金国废掉伪齐。第二年（1138 年），南宋与金首次议和。绍兴九年（1139 年）三月，双方达成协议，南宋向金朝称臣，每年进贡银 25 万两，绢 25 万匹；金朝则把陕西、河南一带土地"偿还"南宋。

对于议和，岳飞坚决反对，他上表称："唾手燕云，正欲复仇而报国；誓心天地，当令稽首以称藩。"而主持议和的宰相秦桧"见之切齿"，二人在这件事上的分歧为岳飞埋下了杀身之祸。

这年夏季的一天，一阵骤雨之后，岳飞在鄂州衙署凭栏远眺，但见滚滚长江汹涌澎湃，不胜感慨，前些时日他上表反对议和时的心情，此时更为激烈，发为心声，高声吟唱了后来成为千古绝唱的《满江红》："怒发冲冠，凭栏处、潇潇雨歇。抬望眼，仰天长啸，壮怀激烈。三十功名尘与土，八千里路云和月。莫等闲，白了少年头，空悲切！靖康耻，犹未雪；臣子恨，何时灭？

驾长车，踏破贺兰山缺！壮志饥餐胡虏肉，笑谈渴饮匈奴血。待从头收拾旧山河，朝天阙！"

面对岳家军咄咄逼人的气势，金兀术亲率大军来到郾城，欲与岳飞决一死战。宋金双方都摆开战场。岳飞先派他儿子岳云领着一支精锐骑兵打先锋，他对岳云说："这次出战，只能打胜仗；如果不能打胜，回来就先砍你的头！"岳云带头冲上阵去，奋勇拼杀，直杀得金兵丢盔弃甲，抱头鼠窜。

绍兴十年（1140年）五月，金国又撕毁和约，发动全国精锐部队，以兀术为统帅，分四路大举进攻。不到一个月，根据和议还给南宋的土地，全被金军夺去，南宋王朝面临覆灭的危险。宋高宗这才不得不下诏书，要各路宋军抵抗。

在顺昌（今安徽阜阳）保卫战中，大将刘锜击败金军主帅金兀术的精锐部队，遏制了金军南犯的势头，为南宋军队的大举反攻创造了良好的条件。

岳飞此时已官进少保、兼河南北诸路招讨使，当顺昌形势严峻时，岳飞奉诏进援，岳飞曾派张宪、姚政率部赶往顺昌。当宋高宗被迫应战时，韩世忠、张俊、岳飞三大帅虽都加了河南北诸路招讨使，但实际只要求诸军抵挡而非进攻。所以，随即派遣官员以计议军事的身份分别前往三大帅处，传达宋高宗的意图。当前往岳飞处的计议军事李若虚，带着宋高宗的"御札"赶到湖北、京西宣抚司所在地鄂州时，岳飞早已依照既定计划率部北伐中原，李若虚追到德安府（今安陆）才见到岳飞，除了转交宋高宗的"御札"外，还告诉岳飞"兵不可轻动，宜班师"。但岳飞拒绝了。好在李若虚是个理解人又敢于负责的官员，"是时诸军皆已进发，若虚曰：'面得上（高宗）旨，不可轻动，既已进发，若见不可进，则当以诏还。矫诏之罪，若虚当任之。'飞许诺，遂进兵"。

于是岳飞开始了空前的，也是最后一次大规模北伐的军事行动。岳飞按照其以襄阳为基地，连结河朔，直捣中原，恢复故疆的既定方针，先派河北路统领李宝渡过黄河，串联河北义军在滑县活动。又派梁兴北渡黄河进兵太行联络太行山义军，相机收复河东、河北失地，以便南北呼应，使金兵首尾不能相顾。正面有吴锜在陕州中条山掩杀金兵，切断川陕金兵的联系，掩护主力北进，又派遣得力干将张宪增援顺昌，解除主力的南翼威胁。主力则由中军统制王贵、牛皋、杨再兴等率领，重点突破，分向西京洛阳、汝州、郑州、颖昌（今河南许昌）、陈州（今淮阳）、蔡州等地展开猛烈攻势。同时分别派兵一部与东西两面的刘锜和郭浩军接应，按原定计划向中原挺进。这个四面抗击金军、重点突破的战略行动，显示了岳飞驾驭战争变幻形势的才能。仅一个月时间，救援顺昌的张宪转向西北攻取蔡州，西路的牛皋攻取鲁山（今属河南）。闰六月，张宪、傅选等打败金军后收复颍昌，张宪又与牛皋等击败从开封来援的金军并收复陈州。七月初，岳家军在忠义军李兴等配合下，收复宋西京洛阳。岳飞随即集结主力于颍昌地区，自率轻骑进驻郾城，诱金兵南下决战。目的在于全歼金兀术所率领的金军精锐，报仇雪耻。

面对岳家军咄咄逼人的气势，金兀术亲率大军来到郾城，欲与岳飞决一死战。

七月八日，宋金双方都摆开战场。岳飞先派他儿子岳云领着一支精锐骑兵打先锋，他对岳云说："这次出战，只能打胜仗；如果不能打胜，回来就先砍你的头！"岳云带头冲上阵去，奋勇拼杀，直杀得金兵丢盔弃甲，抱头鼠窜。

兀术败了一阵，就调用他的"铁浮图"进攻。"铁浮图"（铁塔兵，指重装骑兵）是经过兀术专门训练的一支骑兵，这支人马都披上厚厚的铁甲，以三个骑兵编成一队，居中冲锋；又用两支骑兵从左右两翼包抄，叫作"拐子马"（侧翼骑兵）。

岳飞看准了拐子马的弱点，命令将士上阵时候，带着钩镰枪。等敌人冲来，弯着身子，专砍马脚。马砍倒了，金兵跌下马来，岳飞就命令兵士出击，把"铁浮图"、"拐子马"打得落花流水。兀术听到这消息，哭得挺伤心，说："自从起兵以来，全靠拐子马打胜仗，这下全完了。"但他不肯认输，又亲率大军进攻宋军。岳飞亲自率军出战，杀败金军。小商桥（郾城北）之战，杨再兴、杨兰、高林等以少敌众，英勇战死，张宪率援军赶至，再次大败金军，兀术不得不逃走。岳飞经过三天激战，取得了郾城大捷。

兀术在郾城失败，又改攻颍昌。岳飞早料到这一着，派岳云带兵救援颍昌。岳云带领八百骑兵往来冲杀，金兵竟没人能抵挡。后来宋军步兵和义军分左右两翼包围，金兵又打了个大败仗，连金国统军上将夏金吾（金兀术女婿）也被杀死。

这时候，由梁兴率领的太行山义军和黄河两岸的各路义军，也纷纷响应。他们打起岳家军的旗帜，到处打击金军，截断金军的运粮线。金兵看了吓得心惊胆战。

岳家军节节胜利，一直打到距离东京（开封）只有45里的朱仙镇。

河北的义军听到岳家军打到朱仙镇，都欢欣鼓舞，渡过黄河来同岳家军会合。老百姓用牛车拉着粮食慰劳岳家军，有的还顶着香盆来欢迎，个个兴奋得直流眼泪。而金国统制王镇、统领雀庆以及金将军韩常等人，见岳家军势大，纷纷率众来降。金军士气沮丧，准备尽弃辎重，渡河北撤。

岳飞眼看这个胜利的形势，也止不住心里的兴奋。他鼓励部下说："大家努力杀敌吧。等我们直捣黄龙府的时候，再跟各路弟兄痛痛快快喝酒庆祝胜利吧！"

此次岳飞北伐中原，金军遭到沉重打击。金军将士见到岳家军，没有一个不害怕，他们中间流传着一句话："撼山易，撼岳家军难。"

岳飞回到首都临安，但等待他的，不是大将凯旋的欢迎，而是欲置他于死地的罗网。岳飞的政治理想是"迎回二帝，还于旧都"，但他是个武将，没有政治头脑，根本不知道迎回二帝后，宋高宗将难保皇位，所以，岳飞的仗打得越好，高宗越着急。岳飞被害后，金兀术无事可做。既然没有了对手，他的价值也就大打折扣了。

正当岳飞大获全胜，宋朝原首都开封收复在即之时，宋高宗、秦桧不仅不支持岳飞的抗金战争，恰恰相反，他们要岳飞措置班师。他们先令张俊、韩世忠、杨沂中、刘锜等军从淮北撤退，又令陕西方面停止作战，使岳飞面临单独抗击全部金军的险恶形势，然后以"飞孤军，不可久留"为辞，一天之内连下十二道金牌（一种朱漆木牌，上刻金字，用以传递皇帝下达的紧急命令）的班师命令。面对不可违抗的皇命，岳飞涕泪交流，痛心疾首，悲从中来，仰天长叹："十年之功，毁于一旦！所得州郡，一朝全休！社稷江山，难以中兴！乾坤世界，无由再复！"这真是"天意小朝廷已定，哪容公作郭汾阳[14]！"（袁枚《谒岳王墓》）

当岳飞不得已撤军时，当地百姓遮马挽留，"哭声震野"。刚收复的中原州郡又被金兵占领。

绍兴十一年（1141年）四月，岳飞班师回到首都临安，但等待他的，不是大将凯旋的欢迎，而是欲置他于死地的罗网。

岳飞的政治理想是"迎回二帝，还于旧都"，但他是个武将，没有政治头脑，根本不知道迎回二帝后，宋高宗将难保皇位。事实上，后来的历史已经做出注脚，300年后，土木堡被俘的明英宗朱祁镇[15]被迎回故国后发动政变，推翻了弟弟朱祁钰的统治。所以，岳飞的仗打得越好，高宗越着急。对于高宗来说，偏安江南、苟延残喘就够了。但作为皇帝，碍于身份，又说不出口，这样就需要一个大臣能冠冕堂皇地贯彻其想法。这便是秦桧。

秦桧知道高宗的心思，对武将是从不放心的，于是阴谋策划，来了个第二次"杯酒释兵权"。朝廷借口柘皋之捷，论功行赏，三大将被收兵权，同时罢宣抚使，韩世忠、张俊升任枢密使，岳飞升任枢密副使。名义上位高权重，实际上"瓷菩萨"一个。对这种明升暗降的把戏，大家都清楚，但还是交出了兵权。失去了兵权，岳飞就成了任人宰割的羔羊，正好应了那句古话："人为刀俎，我为鱼肉"。

为了保住和议的成果，秦桧对坚持抗金最有力的韩世忠、岳飞进行了无情打击和残酷陷害。秦桧首先将矛头指向韩世忠。胡纺向秦桧告密，称韩世忠部将耿著企图鼓动兵变，以迎韩世忠回楚州重掌军权。秦桧立即逮捕耿著并严刑拷打，阴谋以此陷害韩世忠。岳飞和张俊奉命前往楚州检阅韩世忠军马时，岳飞得知耿著的冤狱并随即写信告诉韩世忠。由于得到宋高宗的庇护，秦桧陷害韩世忠的阴谋没有得逞。

接着秦桧又下令剥夺刘锜的兵权，岳飞上表反对，再次加深了秦桧对岳飞的仇恨。当金朝表示和谈的意图时，岳飞仍不顾安危上奏反对求和。秦桧在加快求和的过程中，也加快了迫害岳飞的步伐。同年八月，岳飞已感到形势的险恶，自请免职，随即被罢去枢密副使，但这并没有能延缓秦桧陷害岳飞的步伐。九月，一起类似陷害韩世忠的阴谋终于发生，秦桧党羽指使岳飞部将王俊，向都统制王贵"告副都统张宪谋据襄阳为变，……冀朝廷还岳飞复掌兵"。王贵立即向枢密使张俊报告，张宪随即被逮捕，后又诬陷"张宪供通为收岳飞处文字后谋反"。岳飞及儿子岳云即被投入大理寺狱审讯。

在战场上无法战胜岳飞的金军主帅金兀术对岳飞恨之入骨，既因战事失利恼羞成怒，又因女婿被杀报仇心切，在给秦桧的信中指出："必杀岳飞，而后和可成也"。秦桧派御史中丞何铸审讯岳飞，岳飞脱去上衣，露出年轻时母亲姚太夫人刺写在背上的"尽忠报国"四字，何铸深受震撼，知道岳飞是忠志之人，绝无谋反之心，案子审不下去。何铸将情况上报秦桧，"桧不悦，曰：此上意也"。秦桧见何铸不治岳飞谋反罪，就改派万俟卨[16]审讯岳飞。十二月，岳飞终于被定为谋叛罪。岳飞蒙冤负屈，以绝食抗议，写下"天日昭昭，天日昭昭"八个大字。

已经赋闲的韩世忠深为岳飞鸣不平，"问秦桧，桧曰'飞子云与张宪书虽不明，其事体莫须有'。世忠怫然曰：'相公，莫须有三字，何以服天下乎？'""莫须有"意思就是"难道没有吗"，于是岳飞就用"莫须有"定了罪，"莫须有"也就成了"欲加之罪，何患无辞"的同义语。

秦桧向宋高宗上报，请求将岳飞、张宪处以极刑，岳云判刑。宋高宗当即批示："岳飞特赐死。张宪、岳云并依军法施行，令杨沂中监斩。"绍兴十二年（1142年）一月的一个夜里，岳飞这位民族英雄在风波亭被害，时年39岁。岳云、张宪同时被害。家产籍没，家属都被发配往广南、福建路居住。岳飞被害以后，临安狱卒隗顺偷偷地把他的遗骨埋葬起来。

应该指出的是，由于"只反贪官，不反皇帝"的传统，秦桧成了谋杀岳飞的奸臣，遭到后世唾骂。实际上高宗才是杀害岳飞的真正元凶，秦桧不过是他的一条走狗而已。明代史评家文征明在绍兴高宗谕教岳飞的石碑上刻了《满江红》词一首，道出了这个天大的秘密："拂拭残碑，谕飞敕，依稀堪读。慨当时，倚飞何重，后来何酷！果是功成身会死，可怜事往言难赎。最无辜，堪恨更堪怜，风波狱。岂不惜，中原蹙；岂不念，徽钦辱。但徽钦既返，此身何属？千载休谈南渡错，康王自怕中原复。叹区区奸桧亦何能，逢君欲。"郑板桥表达了同样的态度："丞相纷纷诏敕多，绍兴天子只酣歌。金人欲送徽钦返，其奈中原不要何！"（《绍兴》）诗人陈鉴也认为："苍龙塞上悲箫月，只隔临安一片云。"后世文人这些精辟的见解，把宋高宗的肮脏灵魂曲折而深刻地揭示了出来。这就澄清了《宋史高宗纪赞》所制造的混乱，什么"时危势逼，兵弱财匮"，什么"恬堕猥懦，坐失时机"，什么"继体守文则有余，拨乱反正则非其才"这些都是只看到现象，没看到本质。

岳飞和金兀术对抗了十多年，实际上是文明和野蛮的对抗。在冷兵器时代，越野蛮就越强大，越落后就越凶恶。纵观世界史，许多历史上的文明古国都是被比它落后、野蛮的文明所消灭。而具体到岳飞、金兀术二人，岳飞胜了战役，输了战略；胜了军事，输了政治。

岳飞蒙冤达 20 年之久，期间虽不断有人提请申诉，但在秦桧和宋高宗的淫威之下，不可能平反昭雪。直到绍兴三十一年（1161 年）十月，在金帝完颜亮南犯的形势下，才有所松动，将"岳飞、张宪子孙家属，令见管州并放令逐便"。绍兴三十二年（1162 年），宋孝宗即位后，顺应民意，为岳飞平反，恢复了岳飞少保、两镇节度使、开国公等官衔、爵位；岳飞又以大礼改葬，岳云附葬，赐钱 100 万贯，寻找岳飞的后代并授官职，在鄂州建起忠烈庙。岳飞的冤狱终于得到昭雪。淳熙五年（1178 年），岳飞被追谥为武穆；嘉泰四年（1204 年）追封鄂王；宝庆元年（1225 年）又追谥为忠武，此前还追赠为太师。岳飞终于享受了迟到的哀荣。

岳飞的冤狱平反昭雪后，人们把岳飞的遗骨改葬在西湖边栖霞岭上，后来又在岳墓的东面修建了岳庙。

岳飞葬在西湖，令这里增色不少，大诗人袁枚写道："江山也要伟人扶，神化丹青即画图。赖有岳于双少保，人间才觉重西湖。"（《谒岳王墓》）现在，在庄严雄伟的岳庙大殿里，端坐着全身戎装的岳飞塑像，塑像上方悬挂的匾额上，刻着岳飞亲笔写的"还我河山"四个大字，使人肃然起敬。在岳飞墓门对面，还放着用生铁浇铸的秦桧、王氏、万俟卨和张俊四人反剪双手的跪像，反映了人民对民族英雄的景仰和对卖国贼的憎恨。

岳飞德备智勇，才兼文武，而又赤胆忠心，爱国忧民，是我国历史上震古烁今的名将。他运筹帷幄，规复中原，以"唾手燕云，复仇报国"为己任，隐功避赏，一心以维护团结、中兴宋室为职志；他拒名姝，谢甲第，表示"敌未灭，何以家为？"他为有病的士兵调汤送药，为牺牲的将士抚育孤儿，使战士心悦诚服，效命疆场。这样的将才，在中外历史上都是不多见的。孙中山曾说过："岳飞魂，是中华民族的精神代表，也就是民族魂。"但南宋小朝廷为一人之利自坏万里长城，致使岳飞收复中原的壮志未酬，令千古英灵因"莫须有"三字以死，后人无不叹其冤，哀其死。

宋金和议后，金兀术始终坚持"南北和好"政策，主张待时机成熟后再一举灭宋。因而直到海陵王南侵（1161 年），二十年间金宋边界几无战事，这对双方经济、文化的发展都有积极的作用。1147 年（皇统七年），金兀术担任太师，令三省事，都元帅，独掌军政大权。次年（皇统八年）十月，病卒。

金兀术在女真崛起的过程中起了很大的作用。其多次率军南侵，致使中原地区和江淮一带生灵涂炭，无辜百姓死难无数。其一生致力于吞并南宋统治中国，是女真族史上的一名卓越的军事统帅。后人郦琼称赞金兀术："亲临阵督战，矢石交集，而王免胄，指挥三军，意气自若，用兵制胜，皆与孙、吴合，可谓命世雄材矣。至于亲冒锋镝，进不避难，将士视之，孰敢爱死乎？宜其所向无前，日辟国千里也。"

岳飞和金兀术十多年的对抗，实际上是文明和野蛮的对抗。在冷兵器时代，越野蛮就越强大，越落后就越凶恶。落后贫穷就有动力掠夺先进富裕。辽国比宋野蛮，所以宋给辽钱绢。金比辽野蛮，所以金灭了辽。蒙古人比金人野蛮，所以蒙古灭了金。蒙古人比宋人野蛮得多，所以宋当然打不过蒙古。纵观世界史，许多历史上的文明古国都是被比它落后、野蛮的文明所消灭。而具体到岳飞、金兀术二人，岳飞胜了战役，输了战略；胜了军事，输了政治。

注释

〔1〕 据考证，在南宋初年，"拐子马"是宋人对女真主力骑兵的称呼。"拐子马"属于一种轻型或中型骑兵，被布置在两翼，可以充分利用其高度的机动性以及集团冲锋时所产生的巨大冲击力，用以对敌军迂回包抄而后突击。金国女真人用兵之战术，常以步兵作正兵，而倚仗左、右翼骑兵（即"拐子马"）作迂回侧击，用以对敌军包抄突击。《历代名臣奏议》卷90吕颐浩奏："虏人遇中国之兵，往往以铁骑张两翼前来围掩"，直至南宋宁宗时，叶适在《水心别集》中仍称"拐子马，虏之长技"。

〔2〕 钩镰枪是在枪头锋刃上有一个倒钩的长枪。枪长七尺二寸，其中枪头为八寸。枪头上尖锐，其下部有侧向突出之倒钩，钩尖内曲（不内曲则与古代卜字戟相同）。最早于春秋时期出现，后多用于战场。这种带钩长枪的始祖是戟。早期的戟是前端有枪头，侧面有横向的刺，与钩镰枪的区别仅仅是侧面的刺不弯曲。即：把戟横向的锋刃向内侧弯，就成了钩镰枪。到了宋代，钩镰枪的使用发展到了顶峰。据《武经总要》记载，在用于野战的九种枪中，就有双钩枪、单钩枪、环子枪这三种带钩的枪。在宋代攻城战用的枪类兵器中，也有很多是带钩的枪。宋太祖时党项人李继迁占据灵州建立西夏，到元昊即位，军中打造连环马，用铁甲将人马都包裹起来，五骑为一组，冲阵之时一往无前，刀枪箭矢皆不能挡。

宋军拿他没什么好办法，累次与其交战都不能胜，就有人想起了过去的戟来，不过戟法多已不传，于是仿着戟的形制在枪上加一个横枝，刺戳之外又多了横拖的作用，以之抵御连环马果然大有成效，从历次实战中总结出了钩镰枪的用法。

〔3〕根据邓广铭先生的考证，说岳飞误以当时的燕京城为黄龙城，所谓"直抵黄龙府"，实指燕京而言。在岳珂所编辑的《金佗续编》当中，收集了岳家军中几个幕僚的随军杂记，其中有一段记载说，岳飞自述在做敢战士的时候曾经到过黄龙府，看到那城墙像小山一般高。而敢战士曾经到达的，只是辽国的燕京，所以岳飞所指的黄龙府，是燕京而已。

〔4〕完颜宗望（？—1127年），本名斡鲁补，又作斡离不，金太祖完颜阿骨打次子，金朝宗室，名将。完颜宗望经常跟从金太祖征伐，常在左右，屡建殊功。宋人称之为"二太子"，是"四太子"兀术之前的金军化身。完颜宗望一次攻辽，两次攻宋，俘宋徽宗、宋钦宗二帝。战功赫赫。天会五年（1127年）六月病逝。天会十三年（1135年）追封魏王。皇统三年（1143年），进许国王，又徙封晋国王。天德二年（1150年），赠太师，加辽燕国王，配享太宗庙廷。正隆二年（1157年），例降封。大定三年（1163年），改封宋王，谥桓肃。

〔5〕殄：tiǎn，尽，绝。

〔6〕承信郎，宋官名。徽宗政和（1111年—1117年）中，定武臣官

阶五十三阶，第五十二阶为承信郎，以代旧官三班借职。

〔7〕 秉义郎，宋官名。徽宗政和（1111 年—1117 年）中，定武臣官
阶五十三阶，第四十六阶为秉义郎，以代旧官西头供奉官。

〔8〕 李纲（1083 年—1140 年），字伯纪，号梁溪先生，常州无锡人，
祖籍福建邵武。两宋之际抗金名臣，民族英雄。宋徽宗政和二年
（1112 年），李纲登进士第，历官至太常少卿。宋钦宗时，授兵部
侍郎、尚书右丞。靖康元年（1126 年）金兵入侵汴京时，任京城
四壁守御使，团结军民，击退金兵。但不久即被投降派所排斥。
宋高宗即位初，一度起用为相，曾力图革新内政，仅七十七天即
遭罢免。绍兴二年（1132 年），复起用为湖南宣抚使兼知潭州，旋
即又遭免职。他多次上疏陈诉抗金大计，均未被采纳。绍兴十年
（1140 年），病逝于仓前山椤严精舍寓所，追赠少师。淳熙十六年
（1189 年），特赠陇西郡开国公，谥号"忠定"。李纲能诗文，写有
不少爱国篇章。亦能词，其咏史之作，形象鲜明生动，风格沉雄
劲健。著有《梁溪先生文集》《靖康传信录》《梁溪词》。

〔9〕 黄潜善（1078 年—1130 年），字茂和，邵武（今福建邵武）人，
南宋初年宰相，奸臣，官至左仆射兼门下侍郎。元符三年（1100
年）黄潜善考中进士，北宋末年知河间府。赵构开大元帅府，他
被任为副元帅。赵构即位后，任右仆射，逐李纲、张所，杀陈东、
欧阳澈，主谋南迁扬州。与汪伯彦同居相位，因循苟安，不作备
战，为军民所痛恨。建炎三年（1129 年）扬州失守时，几为军人

所杀。后被贬逐至梅州，未几病死。赵构在位后期，追复其原来官职。《宋史》："潜善猥持国柄，嫉害忠良。李纲既逐，张悫、宗泽、许景衡辈相继贬死，宪谏一言，随陷其祸，中外为之切齿。"

〔10〕汪伯彦（1069年—1141年），字廷俊，徽州祁门（今安徽祁门）人，南宋初年宰相、奸臣。汪伯彦在公元1103年（崇宁二年）考中进士，初授成安主簿，之后历任中奉大夫、开府司仪曹事、军器少监等职，并在任职期间先后受到宋徽宗、宋钦宗两任皇帝的召见。他将自己撰写的《河北边防十策》上呈宋钦宗赵桓，因切合帝意被任命为直龙图阁，知相州。金兵攻陷真定之后，真定帅府迁往相州由汪伯彦负责统领。公元1126年（靖康元年）11月，在钦宗赵桓的九弟康王赵构出使金营时，汪伯彦亲自率军护卫，因此深受赵构信任。北宋灭亡之后，赵构在应天府继承皇位建立南宋，是为高宗。汪伯彦升任知枢密院事。公元1128年（建炎二年）12月，宋高宗任命汪伯彦为右仆射。汪伯彦与黄潜善在相位时不思战守之计，只知专权自恃。并主谋南迁扬州，公元1129年（建炎三年），扬州失守，高宗下诏罢免汪伯彦的宰相职务。后又知池州（今安徽贵池区）、宣州（今安徽宣城）。以献其所著《中兴日历》，不久升任检校少傅。绍兴十一年（1141年）去世，终年七十三岁。追赠为少师，谥号"忠定"。《续资治通鉴》："庚申，殿中侍御史马伸言：'黄潜善、汪伯彦为相以来，措置天下事，未能惬当物情，遂使敌国日强，盗贼日炽，国步日蹙，威

权日削。'"

〔11〕 宗泽（1060 年—1128 年），字汝霖，浙东乌伤（今浙江义乌）人，
宋朝名将。刚直豪爽，沉毅知兵。进士出身，历任县、州文官，
颇有政绩。宗泽在任东京留守期间，曾 20 多次上书高宗赵构，
力主还都东京，并制定了收复中原的方略，均未被采纳。他因壮
志难酬，忧愤成疾，七月，临终三呼"过河"而卒。死后追赠观
文殿学士、通议大夫，谥号忠简。著有《宗忠简公集》传世。

〔12〕 青眼：指对人喜爱或器重。与"白眼"相对。

〔13〕 伪齐，国号大齐，简称齐，为北宋叛臣、原济南知府刘豫在金国
扶植下所建立的傀儡政权。

〔14〕 指唐代名将郭子仪。安史之乱平息以后，郭子仪功封汾阳王，故
称。郭子仪（697 年—781 年），华州郑县（今陕西渭南华州区）
人，祖籍山西太原，唐代政治家、军事家。郭子仪早年以武举高
第入仕从军，积功至九原太守，一直未受重用。安史之乱爆发
后，郭子仪任朔方节度使，率军勤王，收复河北、河东，拜兵部
尚书、同中书门下平章事。至德二年（757 年），郭子仪与广平王
李俶收复西京长安、东都洛阳，以功加司徒，封代国公。乾元元
年（758 年）八月，进位中书令。乾元二年（759 年）五月，因
承担相州兵败之责，被解除兵权，处于闲官。宝应元年（762 年）
初，太原、绛州兵变，郭子仪被封为汾阳王，出镇绛州平定叛
乱，不久又被解除兵权。广德元年（763 年）冬天，唐朝廷与唐

朝军将发生矛盾导致长安缺乏防御，程元振隐瞒军情不报，吐蕃趁长安缺乏防御之时入寇、攻入长安；唐代宗启用郭子仪，郭子仪奉命调集军队。吐蕃占长安 10 余天，听说郭子仪与唐军靠近，吐蕃立即逃离了长安。公元 765 年，唐朝官员仆固怀恩反叛，引吐蕃、回纥入寇，郭子仪在骑说服回纥，唐军骑兵联合回纥，大破吐蕃。大历十四年（779 年），郭子仪被尊为"尚父"，进位太尉、中书令。建中二年（781 年），郭子仪去世，追赠太师，谥号忠武。

〔15〕朱祁镇是明朝第六任、第八任皇帝（1435 年—1449 年、1457 年—1464 年，两次在位）。第一次，年仅九岁，继位称帝，年号正统。国事全由太皇太后张氏（诚孝昭皇后）把持，贤臣"三杨"主政。随之，张氏驾崩，"三杨"去位，宠信太监王振，导致宦官专权。他在位初期励精图治稳定西南疆域，正统十四年（1449 年），土木堡之变，被瓦剌俘虏，其弟郕王朱祁钰登基称帝，遥尊英宗为太上皇，改元景泰。瓦剌无奈之下，释放英宗。随即，景泰帝将他软禁于南宫。一锁就是七年。景泰八年（1457 年），石亨等人发动夺门之变，英宗复位称帝，改元天顺。

〔16〕万俟卨［mò qí xiè］（1083 年—1157 年），字元忠（一作元中），开封阳武县（今河南原阳），南宋初年宰相，奸臣。政和二年（1112 年），考中举人，初任湖北提点刑狱，依附秦桧，任监察御史、右正言。绍兴十一年（1141 年），秉承秦桧之意打击主战派，

主治岳飞之狱，诬陷岳飞虚报军情及逗留淮西等罪，致使岳飞父子和张宪等被害，后与秦桧争权，遭到罢黜。秦桧死后，万俟卨被召回京城任参知政事。绍兴二十六年（1156 年），升任尚书右仆射同平章事。继续执行投降政策，为百姓所恨，绍兴二十七年（1157 年），万俟卨去世，时年七十五岁，谥号忠靖。

朱元璋与陈友谅

百花发时我不发，我若发时都吓杀。

要与西风战一场，遍身穿就黄金甲。

——朱元璋《咏菊》

中国历史上的开国皇帝中朱元璋的出身最低微、身世最凄惨，但似乎朱元璋的运气也最好。他起兵直到称帝，一直是在危机中存活下来的，早年饥寒交迫没有因贫困而死，乱世之中没遇到强盗土匪而死，投军抗元后没因兵戈剑戟而死，在义军内部的争权夺利中没死，独自开疆拓土谋求发展空间遭遇无数次危机也没死。而他从投军到称帝只用了17年时间，40岁即已称帝，后来做了31年皇帝，在古代是很长寿的了。

但在称帝前，朱元璋在战事上并不顺利，即使是势力壮大后，与陈友谅一战也是败中求胜。当然，打败了陈友谅，之后的那些敌对势力都不在话下了。

陈友谅为人心狠手辣，不择手段，农民大起义爆发后，他投奔到了徐寿辉[1]的天完政权下，后来取代了徐寿辉，自称皇帝，国号大汉。当得知朱元璋在南京拥有自己的一方天地时，陈友谅必欲置之死地而后快，他已成为朱元璋政权的最大威胁，也成为朱元璋的真正对手。可以这么说，朱元璋在登上人生顶峰的路上，最大的障碍是陈友谅，最大的对手也是陈友谅。

朱元璋和刘邦这两个平民出身的开国皇帝，籍贯竟都是沛县，可以说是奇事一桩。而后来朱元璋也在多方面学习甚至是模仿刘邦，特别是大杀功臣，不能说没有老乡的示范作用，也不能排除内心深处的狭隘、自私、不自信在他们掌握政权后逐渐显露出来。

元文宗天历元年（1328 年）九月十八日，朱元璋出生在安徽濠[2]州（今安徽凤阳）钟离太平乡孤庄村一座破旧的二郎庙中。朱元璋家原籍在江苏省沛县，到朱元璋的父亲朱世珍时，才迁徙到濠州钟离。对于这一点，正史上说得很明确："先世家沛，徙句容，再徙泗州。父世珍，始徙濠州之钟离"。

沛县曾产生了著名的皇帝刘邦。朱元璋和刘邦这两个平民出身的开国皇帝，籍贯竟都是沛县，可以说是奇事一桩。而后来朱元璋也在多方面学习甚至是模仿刘邦，特别是大杀功臣，不能说没有老乡的示范作用，也不能排除内心深处的狭隘、自私、不自信在他们掌握政权后逐渐显露出来。

朱元璋的父母没有土地，是靠租种别人田地为生的佃农。他是家里的第六个孩子，上面有三个哥哥和两个姐姐，取名重八，后来改名元璋，字国瑞。朱元璋小时候曾读过几个月的私塾，后因没钱交学费，只好退学给人家放牛。朱元璋称帝后回忆说"朕惜寒微，生者为衣食之苦，死者急无阴宅之难""深知民间疾苦"。

至正四年（1344 年），淮河流域灾害频发，旱灾、蝗灾、瘟疫接踵而至，朱元璋的家里也遭受了灭顶之灾。他的父亲、母亲、大哥在这场灾难中相继去世，大嫂带着孩子回了娘家，家里只剩下他与二哥两人。虽然性命得以保住，但是日子却实在没法过下去了，二哥只好出外逃荒。16 岁的朱元璋，到村子附近的皇觉寺出家做了和尚。因为寺中也是僧多粥少，朱元璋做了几十天的和尚，便被打发出门，云游四方。直到至正八年（1348 年），朱元璋才又回到了皇觉寺。云游的几年间，朱元璋居无定所，风餐露宿，和乞丐相差无几。然而经过这几年云游的磨砺，朱元璋的眼界开阔了，对社会人生的认识和了解更加丰富。

朱元璋的悲苦经历在当时社会中有相当的典型性，元朝政府的横征暴敛和地主豪强的层层盘剥，使得农民的生活极为艰辛。官逼民反，各地农民纷纷揭竿而起，终于汇成了波澜壮阔的红巾军[3]起义。之所以称为红巾军，是因为起义者头裹红巾。当时红巾军主要有刘福通[4]、芝麻李[5]、徐寿辉等数支队伍，他们在不同的战场上与元军进行殊死的搏斗。

当农民起义浪潮风起云涌的时候，朱元璋还身在寺庙中，但他显然不甘心在青灯古寺下终了一生，很快就脱去袈裟，投身到了起义队伍中。至正十二年（1352 年）闰三月，由于皇觉寺被毁，又有友人来信相邀，朱元璋来到濠州城下，投奔了红巾军的郭子兴部，时年 24 岁。

郭子兴，定远（今安徽定远）人，在濠州起兵，是当时反元的重要力量。朱元璋投身郭子兴后，初为亲兵，后为十夫长。他胆大机敏，作战勇敢，逐渐显示出超越众人的权谋和才干，在红巾军中很快就崭露头角，逐步升迁。郭子兴非常欣赏他，将养女马氏嫁给了他，使他在军中的地位不断提升，影响日渐扩大。

但朱元璋不甘久居人下。为了脱离郭子兴自立门户，朱元璋与亲信徐达[6]、汤和[7]等人商议，交还了手下的700人，只带领24人南下定远，开始了经营自家天下的历程。经过数年打拼，逐渐成为割据一方的枭雄，加入了群雄争霸的行列。

陈友谅（1320年—1363年），"沔阳（今湖北仙桃）渔家子也。本谢氏，祖赘于陈，因从其姓"。陈友谅这个渔家子弟，身高体壮，练就一身好武艺，又略通文墨，曾在县衙任职。元末大乱，陈友谅加入徐寿辉部的红巾军。参加天完红巾军之初，隶属丞相倪文俊为属官，因作战勇敢，屡立战功，被升为领兵元帅。

朱升建议朱元璋"高筑墙，广积粮，缓称王"，以免过早地暴露野心，成为众矢之的，受到各路势力的攻击。陈友谅的战略与朱元璋相似，就是先扫平江南，而后再行北伐，统一中国，但他见朱元璋兵多将广，已成气候，将是自己称霸的最大威胁，决定先把朱元璋干掉。

至正十三年春（1353年），朱元璋智取驴牌寨，达成了他发家伊始的第一次胜利。

定远城附近的张家堡，在元末大乱中有结寨自保的民兵3000多人，号驴牌寨。朱元璋要攻定远，首先得扩大人马，就把主意打在驴牌寨上。朱元璋先派部将费聚探察寨内情况，得知寨内缺粮，朱元璋就打着郭子兴旗号亲自入寨招降，以答应供给粮食为条件。返回后即悬旗招兵，得到 300 人。他设计将勇壮者装入麻袋伪充粮食，装在小车上入寨送粮。

驴牌寨寨主闻信大喜，带人马出来迎接粮食，朱元璋的兵士即破囊而出擒住寨主，抢占营垒，很顺利地收降了驴牌寨三千民兵。

朱元璋随后又夜袭横涧山缪大亨部，降服了民间义勇军两万多人，就便攻下滁州（今安徽滁州），声威大震。

至正十六年（1356 年）三月，朱元璋听从谋士的意见，攻下金陵（元代称集庆），作为稳固的根据地。他踌躇满志地对徐达等人说："金陵险固，古所谓长江天堑，真形胜地也。仓廪实，人民足，吾今有之；诸公又能同心协力以相左右，何功不成？"当天就改集庆为应天府。同年七月自称吴国公。

为了以后宏图大展，朱元璋大力搜罗吸纳人才，著名的谋士刘基[8]和宋濂[9]、朱升[10]等人就是在他占领南京后投奔其麾下的。朱升建议"高筑墙，广积粮，缓称王"，以免过早地暴露野心，成为众矢之的，受到各路势力的攻击。

因为当时朱元璋虽然有了自己的一方天地，但形势依然严峻。元朝在起义力量的打击下摇摇欲坠，但势力仍然强大，在起义军的四周都布有重兵。而在义军这边，反元统一战线并不牢靠，各路义军自有打算，各有图谋。贩盐出身的张士诚摇摆不定，精于算计，以平江（今江苏苏州）为中心，逐步发展势力。海盗方国珍割据温州、台州等处。刘福通于前一年迎韩林儿在安徽亳州建立龙凤政权，尊韩林儿为小明王，朱元璋接受他的册封，任江南等处行中书省平章政事。在长江上游，以"布袋和尚"著称的彭莹玉战死后，天完政权推举仪表堂堂的徐寿辉为首领，不过徐寿辉徒有其表，并无才干，不久陈友谅控制了这支队伍。

至正十七年（1357年）九月，陈友谅诬称倪文俊谋害天完帝徐寿辉，杀了倪文俊，吞并了他的部队。自称宣慰使，不久改称平章政事，掌握了军事大权。陈友谅虽然心术不正，但军事上颇有一套，与元兵交战，连战连胜，相继攻克江西、安徽、福建诸地。至正十九年（1359年）九月，为谋夺最高权力，陈友谅又杀害大将赵普胜。同年底，陈友谅清除徐寿辉左右部属，挟持寿辉，移都江州（今江西九江），自称汉王。

陈友谅的战略与朱元璋相似，就是先扫平江南，而后再行北伐，统一中国，但他见朱元璋兵多将广，已成气候，将是自己称霸的最大威胁，决定先把朱元璋干掉。

陈友谅称帝以后，一心想平定天下，与朱元璋注定不能共存。他为了扩大地盘，扫除异己，与盘踞于平江的张士诚相约，东西夹击，一举吞掉朱元璋，平分吴地。

至正二十年闰五月（1360 年 6 月）陈友谅率大军东下，正式对朱元璋动手了。他的第一个目标是太平（今安徽当涂）。

陈友谅进攻太平，花云守御有方，一连多日不能得手。万万也没有想到陈友谅忽施奇计，将大船一掉，趁长江涨水，利用船的尾部搭梯登城，在夜间顷刻就把千军万马输入城中，奇袭成功。

陈友谅用"掉舟登城"之计，一举攻陷太平。陈友谅这一奇袭，使朱元璋损失惨重。据史载，"闰月丙辰，友谅陷太平，守将朱文逊，院判花云、王鼎，知府许瑗死之"。朱文逊是朱元璋的义子，花云是其勇将，许瑗[11]是一位多智的谋士。因太平是拱卫金陵西线的屏障，朱元璋才特命这些心腹之人驻守。现在人地两失，朱元璋心痛得直跺脚，恨不得把陈友谅撕碎了吃掉。

太平之战后，陈友谅气焰更加嚣张，早已将徐寿辉置于股掌之上的他终于下了最后的毒手，在采石杀死徐寿辉，自立为帝，国号大汉，年号大义。但陈友谅多行不义，天完将士不服，纷纷脱离队伍转投他处，兵力渐衰。如明玉珍，原为徐寿辉所部元帅，受徐寿辉之命带兵入蜀，很快占领川蜀全境，被授陇蜀右丞，见陈友谅杀徐寿辉，深表不服，便自称陇蜀王，不与相通。两年后称帝，自成一统。

此后，陈友谅活动在湖广一带，号称"西红军"。虽然陈友谅损失了不少军力，但"瘦死的骆驼比马大"，论地盘和军力，陈友谅都在朱元璋之上。

陈友谅称帝以后，一心想统领天下，与朱元璋注定不能共存。他为了扩大地盘，扫除异己，与盘踞于平江的张士诚相约，东西夹击，想一举吞掉朱元璋部，平分吴地。首鼠两端的张士诚佯为允诺。

双方相约已定，陈友谅自恃兵多将广，亲自督军，率领巨舰百余艘，战船百条，从长江上游顺流东下，直扑金陵而来。

朱元璋自太平丢失后，也将陈友谅视为最大的威胁，因此制定了先击陈友谅的作战方针。

在陈友谅的嚣张气焰面前，朱元璋的部将感到局势紧张。有的主张出城决一死战，有的主张弃城转移，也有的主张献城投降。诸说纷纭，莫衷一是。朱元璋一时不知如何定夺，便问计于首席谋士刘基。

刘基斩钉截铁地回答："先斩主降者和言逃者，才能破敌获胜。"他说："陈友谅劫主称帝，骄横一世，无日忘记金陵。现在气势汹汹，顺江东下，乃是向我示威，逼我退让。我们不能让其得逞，只有坚决抵抗。"他又说："常言道，后举者胜，陈友谅虽兵骄将悍，但他们行军千里来犯我，既是疲军，又是不义，而我们以逸待劳，后发制人，待敌深入后，以伏兵击之，获胜必然。

这一仗对我们来说关系重大，一定要打好。"

刘基的一番话，坚定了朱元璋抗击的决心。朱元璋怒斥投降派，铁定一战，至此意志统一，军心安定。

朱元璋下令军中，日夜准备，调整部署。他调兵遣将，命勇将胡大海带兵直捣信州（今江西上饶），以牵制敌人后方。派常遇春、冯国胜领兵埋伏在石灰山侧；大将徐达在南门外藏兵。又命一大将屯兵大胜港，阻敌前路。骁将张德胜、朱虎等率舟师出龙江关外。朱元璋亲自登上卢龙山，立旗指挥督战。

为了诱骗陈友谅前来就范，朱元璋又找出军中一个名叫康茂才的人，前往陈友谅军中假意约降，言定在江东木桥接应，以喊"老康"为口号，里应外合。康茂才同陈友谅过去是朋友，很有交情，由他出面陈友谅自会深信不疑。

康茂才立即修书，命老仆人送给陈友谅，表明自己现在正守卫应天城外的江东桥，可以作为内应，等陈友谅的大军一到，便里应外合献关举事。陈友谅收到康茂才的书信，果然信之不疑，嘱咐老仆，汉兵到达江东桥时，即高呼三声"老康"，即可倒戈接应，千万不可误事。

此时志得意满的陈友谅带领大队战船，自长江上游顺流而下，一路畅通无阻。又因为有康茂才前来约降，更觉得胜券在握，得意扬扬。陈友谅兵抵应天，见大胜港外驻有重兵，便舍而不攻，直接转入龙江到达江东桥，以实现与康茂才约定的献关投诚，直入应天之计。

前锋战船驶到应天地界，进入龙湾。陈友谅取胜心切，即命自己所乘的坐船，加快划桨，直奔江东桥。江东桥原来是座旧木桥，朱元璋已连夜派人改筑成坚固的石桥。陈友谅一行到了桥边，一看是座石桥，连忙呼喊："老康！老康！"可是无人答应。陈友谅心头一惊，已知上当。但他自恃兵力雄厚，并未慌张，传令大小船只驶向龙湾停泊，上岸立栅，先求立足，然后再图进取。

朱元璋在卢龙山观敌，诸将见陈友谅军上岸立栅筑垒，请求下山进击。朱元璋没有同意，因为时机并未成熟，敌人士气还在。

诸将遵命安排军士饱食后，正好大雨倾盆而下，朱元璋立即竖起赤帜，命将士下山拔栅攻击。

只听虎啸风吼般的一阵呐喊，从四周的岩石后、沟壑间、树林里，跃出成千上万的人来，个个挥刀持枪，奔涌着直向陈友谅军中杀来。陈友谅一见陷入四面埋伏，顿时吓得脸色苍白，不知所措。朱元璋乘势指挥各路兵将勇猛冲杀，陈友谅军在慌乱之中，仓促应战，溃不成军。此刻正值落潮，所有大船全部搁浅不能移动。兵士被逼进水里淹死无数，陈友谅见势不妙，只好换了一条小船，败逃而去。

朱元璋的将领徐达、常遇春等乘胜进兵，溯江而上，顺利收复太平、安庆，陈友谅遁入江州。

> 富有讽刺意味的是，刘基采用的办法正是陈友谅自
> 己发明的掉舟登城法。陈友谅以之夺取了太平，刘基则
> 以其人之计夺其人之城，拿下了陈友谅的老巢。

陈友谅虽退守江西、湖北一带，但他和张士诚仍然是朱元璋的主要劲敌。为了扫平群雄，北定中原，最后推翻元朝政权，朱元璋军中对东张西陈两个战略方向，持有不同的看法。多数将领主张先易后难，即先打张士诚。这一战略思想对朱元璋也产生了影响。

但朱元璋的智囊刘基的主张恰恰相反，他认为张士诚生性怯弱，缺乏主见，胸无大志，只求自保，这种人不足为虑。而陈友谅野心勃勃，虽遭龙湾之败，但力量依然强大，且占据长江上游，对朱元璋的西吴政权威胁最大。若先打张士诚，陈友谅定会乘虚攻西吴；可是如果先讨伐陈友谅，张士诚则不一定敢轻举妄动。故当先除陈。陈氏一灭，张氏自孤，可一举而定。陈张既平，就可挥军北上，席卷中原。

刘基的分析高瞻远瞩，应该说是朱元璋扫平四海、建立大业的唯一正确战略方案。朱元璋采纳刘基之计，决定先征陈友谅，再取张士诚。

再说陈友谅战败后，并未忍气吞声，甘于失败，而是重整旗鼓，一心要和朱元璋再决雌雄。他派大将张定边重夺安庆，占据了长江上的这个重要据点。

安庆易手，军报传至应天，朱元璋十分气愤，连忙赶造龙骧巨舰，与陈友谅进行彻底的较量。

至正二十一年（1361年），朱元璋亲率大军溯长江西征陈友谅。但这次进攻并不顺利，从日出攻到日落，也没把安庆城攻下。这时刘基献计："安庆城墙又高又坚，难以很快攻破，与其在此苦战硬拼，不如乘星夜，悄悄移师江州，破他陈友谅的巢穴。"江州是陈友谅经营多年的老巢，为其所建汉国的都城。朱元璋用刘基之计，鼓舟西向，径达江州。

但江州城依山环水，易守难攻，朱元璋连攻两日，没有攻破一处。陈友谅在城中暗自欢喜。刘基见江州城墙沿江而筑，便授意在战舰上建造云梯天桥。夜间驶到城墙脚下，将天桥架在城墙上，士兵缘梯而上，顺利破城。

富有讽刺意味的是，刘基采用的办法正是陈友谅自己发明的掉舟登城法。陈友谅以之夺取了太平，刘基则以其人之计夺其人之城，拿下了陈友谅的老巢。

陈友谅措手不及，无法抵抗，匆忙带着家小，偷偷出城，乘一条小船，逃到武昌去了。

在短短的一年零两个月时间里，朱元璋两败陈友谅，乘势又夺得了建昌、上饶、蕲[12]春，陈友谅势力大减。陈友谅一味轻率地进攻，恰恰为朱元璋战败强敌造成了良机。

陈友谅势力日蹙[13]，加之刚愎自用，导致众叛亲离。胡廷瑞特派专人前来到朱元璋处，联络投降事宜。

胡廷瑞是陈友谅驻龙兴（今江西南昌）的守将，对陈友谅弑主夺位、恣意妄为素怀不满，如今陈氏兵败龙湾，又失江州，有意投奔朱元璋，但要求保留部队。朱元璋认为胡投降可以接受，但又不理解对方为何提出保留部队，因此持怀疑态度。正要拒绝，刘基提醒他接受。刘基判断：胡廷瑞的投降是大势所迫，出于真意，要求保留部队，也是可以理解的，无须他疑。朱元璋当即表示，只要胡廷瑞诚心归顺，官员士卒一律不动，地盘仍归胡据守，只要他听从军令便行。

不久，胡廷瑞果然降了朱元璋。胡降之后，其他守将也纷纷前来纳款献地，整个江西很快并入朱元璋的版图。

朱元璋救出小明王后，连忙率军赶回应天。这时南昌已经告急，派人到应天求援。朱元璋听报，只好又亲往南昌。朱元璋心想，要不是陈友谅见近忘远，丢下应天，死攻南昌，他将面临更大的危局。庆幸的是陈友谅把所有兵力用来进攻南昌，便错过了打破朱元璋巢穴的时机，从战略上讲比朱元璋出援安丰还失计。

但陈友谅还在挣扎。至正二十三年（1363 年）四月，陈友谅乘朱元璋北上解小明王韩林儿安丰被围之际，从武昌率军倾城而出，大军直指南昌。

朱元璋为何会忘记陈友谅的威胁去救小明王呢？因为他此时仍名义上服从小明王和刘福通的领导。朱元璋兵驻和州时，为了避免孤军无援，曾与小明王联络，并接受小明王的封号，和他保持着隶属关系。后来小明王在濠州为元将察罕帖木儿所败，与刘福通逃到安丰，不想又被张士诚的部将吕珍所围。刘福通无法解围，只好向朱元璋求援。

朱元璋认为安丰城如破，应天就失去了屏障；而张士诚如占领安丰，扩大了地盘，还会再攻应天，朱元璋沉思了一会儿，毅然做出了去解安丰之围的决定。

但刘基坚决反对，劝告朱元璋："陈友谅虽两败于我军，逃回武昌，但不会甘心。他在武昌重新聚集人马，建造战船，现已准备多时了。如今我军一去安丰，应天空虚，万一陈友谅乘机攻来，我等可就进退无路了。"朱元璋听了不以为然，说："小明王被围甚急，我岂能袖手旁观？"

提到小明王，刘基更觉得朱元璋的想法没有道理，忍不住又说道："大元帅不是要谋取天下，成就大业吗？既然如此，又何必还去管他小明王呢？即使冒险得胜，救出他来，将来又如何处置？把他关起来杀掉吗？那又何必去救他！如果让他继续做皇帝，岂不是自捆手脚，作茧自缚吗？所以，无论从眼前着想，还是为日后着想，安丰都去不得。"

但朱元璋执意不从，拒绝了刘基的劝阻，亲自领兵救安丰，留下刘基守应天。

朱元璋领兵出救安丰，以徐达、常遇春为主帅，日夜兼程，向安丰进发。但还没等他到达，安丰城已被吕珍所破。吕珍占领了安丰城，派重兵把守。朱元璋赶到以后，连忙分兵进攻，徐达、常遇春率军浴血奋战，千辛万苦才攻入城内。这时，小明王已经在逃，朱元璋又颇费了一番功夫，才寻得小明王。之后又把小明王迎到滁州安顿，方算了事。

就在朱元璋援救安丰之时，陈友谅60万大军已抵达南昌城下，将整个城池严严实实地围了起来，日夜进攻，企图一举攻克。多亏城内守将朱文正等，率领士卒殊死抵抗，才使陈友谅未能如期进入城内。城里城外两军，攻攻守守，各不相让，如此一连僵持了85天，陈友谅始终未能得手。

朱元璋救出小明王后，连忙率军赶回应天。这时南昌已经告急，派人到应天求援。朱元璋听报，只好又亲往南昌。朱元璋心想，要不是陈友谅见近忘远，丢下应天，死攻南昌，他将面临更大的危局。所以朱元璋对刘基说："不听君言，几失计"。庆幸的是陈友谅把所有兵力用来进攻南昌，便错过了打破朱元璋巢穴的时机，从战略上讲比朱元璋出援安丰还失计。

据《明史本纪》记载："友谅兵号六十万，联巨舟为阵，楼橹高十余丈，绵亘数十里，旌旗戈盾，望之如山。"可见陈友谅起倾国之师，把妻子儿女和家属百官一起带出，有不胜宁亡的决心。他在两败之后，仍能有这么大的实力，可见就总体而言他所建的汉国仍比朱元璋的吴国强大。但他以决死之志不攻敌要害而取其边城，实为大错。而其建国之后不从息兵养民入手增长国力，争取人心，却竭其库藏大造战具，妄图侥幸而胜，则是根本失策。

陈友谅百计攻城，朱文正等拼死守御，终于等到了朱元璋的援兵。

朱元璋亲率徐达等将，集师 20 万，来到了南昌。这时，陈友谅正围攻南昌不下，忽然听报："朱元璋援兵来了！"他心中大怒，马上撤围东下，到鄱阳湖一带迎战，决心在此决一雌雄。果然，两军在鄱阳湖刚刚相遇，便立即展开了一场你死我活的厮杀。

时值夏历七月，两军首次交战于康郎山，朱元璋分船舰为十一队，陈友谅用巨舰连锁为阵，以船只高大坚固的优势压迫吴兵。双方不仅动用了弓弩和各种冷兵器，并动用了火炮、火箭和可以抛掷爆炸的引火之物。

鄱阳湖上的一场大战，是双方决死的战斗，交战的总兵力近百万，为当时有史以来最惨烈的激战。

朱元璋按照刘基的计谋，火攻陈友谅军，果然大破敌阵，取得了胜利。在这次战斗中，朱元璋两次可死未死，而陈友谅已经突出重围，可机缘巧合间从舟中伸出头颅，即中箭贯脑。两人的结局虽然都具有偶然性，但陈友谅早晚必败，则是必然的。

朱元璋的部将俞通海以火炮轰焚敌舟数十艘，给敌人重大打击。大战进行到第二天，朱元璋乘坐的白樯指挥战船，竟被陈友谅部下的骁将张定边认出，率船队直接猛扑。朱元璋在逃避中船只搁浅，被张定边围住，船上的亲卫将士多数战死，朱元璋陷入绝境，命在旦夕。裨将韩成以孤忠代死的精神，临时与朱元璋换穿衣袍，走到船头大喊陈友谅的名字，说："为了你我两人，劳师动众，糜烂生灵，我今日且让你威风，休得再行杀戮！"说完自投于湖中。

张定边和部下以为朱元璋投湖而死，大战已经取胜，斗志立刻松懈。朱元璋麾下的副元帅常遇春却及时赶来，一箭射中张定边。这时大将俞通海见机前来相助，一起动手，推移了朱元璋的座船，才使朱元璋幸免于难。

而张定边在退走途中又中十余箭，受了重伤，不得不撤退。

朱元璋险些罹难，心中焦急，命徐达回应天，替换刘基来鄱阳湖助阵。

第二天，陈友谅出动全部巨舰来攻，朱元璋船小，仰攻不利。朱元璋亲自斩了退缩者十余人，逼迫将士死战，仍未有斩获。于是一连数日不再出战。

刘基来到军中，仔细遥看了陈友谅的阵势，又昂首观望了天空，心中已有破敌之法。

晚上，湖面上渐渐刮起了大风，风向正指向陈友谅军营。风越刮越大，湖面上掀起层层浪头，打得船板"啪啪"作响。就在这时，只见朱元璋军营中，驶出几只小船，每只船上满载着士兵，借着风势，飞快地向着陈友谅军营驶去。陈友谅即令将士张弓搭箭，一齐向小船上射击，顿时，箭如雨注般地落在小船所载的士兵身上。但是射了多时，只见小船继续前驶，却不见一人倒下。原来那船上载的尽是些草人。陈友谅不知其情，正在发愣，几只小船已经靠近了他的船队，随后从船舱里神奇般地"嗖！嗖！"跃出几个勇士，点起火把，烧起船来。几个勇士跳上接应的小船，逆风而退。那船上除草人以外，堆的尽是浇了油的芦苇，还有硫磺，触火即着，瞬间大火熊熊。这时湖面的风刮得更猛了，火借风势，风助火威，愈烧愈烈，顷刻之间，火苗蔓及陈友谅的大船，一艘连一艘都着起火来，在陈友谅的巨舰队中引起极大震动，"风烈火炽，烟焰涨天，湖水尽赤"。就在这时，朱元璋军的船只借着风势，猛烈地攻来。此时，陈友谅的大船已经被烧毁了几艘，船上的士兵，有的忙灭火，有的忙逃命，哪还有心迎战。朱元璋军的将士个个如猛虎下山，枪挑剑刺，争立战功。陈友谅见势不妙，连忙下令退却，但一时哪里退得下来。船上士卒被杀死、淹死、烧死的，不计其数。陈友谅见大船一时转不过头，不顾风大浪高，跳上一只小船，在一群将士的掩护下，仓惶逃去。

朱元璋按照刘基的计谋，火攻陈友谅军，果然大破敌阵，取得了胜利。他指挥部将，紧追了陈友谅一阵才收兵。

陈友谅全军受挫，死伤惨重，其弟陈友仁很有勇略，在这一战中也被烧死。陈友谅为之气沮，第二天没有出战。

又过了几日，陈友谅与张定边等经过反复谋议，决定集中炮火轰击朱元璋乘坐的白樯舟。擒贼先擒王，朱元璋中炮一死，其部下可应声摧垮，何况他们已有了张定边逼舟杀死假朱元璋的经验。

这一计谋很有针对性，但刘基早已发现朱元璋的白船太显眼会被敌人利用，所以预作了防范。

两军重新开战，"友谅约军士明日并力攻白樯舟，太祖知之，令舟樯尽白。"朱元璋抢占先机，连夜把所有船只的桅杆全部刷成白色。两军对垒，陈友谅见朱元璋的船都是白色桅杆，为之大惊，尽管如此，在激烈的战斗中，他们还是找到了朱元璋的战船。在最后瞄准发炮的时刻，机智的刘基却发现大事不好，"太祖坐胡床督战，基侍侧，忽跃起大呼，趣太祖更舟"。朱元璋仓促登上旁边的战船，还没坐定，飞炮即将方才的座舟炸得粉碎，船上的人无一幸免。

陈友谅以为炸死了朱元璋，大喜，周围的人也为之欢呼，全军的劲头因而松弛。朱元璋随即又在战场上出现，汉军全部失色。而朱元璋军勇气百倍，他们越战越猛，杀声震天，从早晨一直打到晌午，最后又是陈友谅军大败而逃。

陈友谅接连两次寻杀朱元璋都没成功，大败而回，从此不敢再战。两军又在湖中相持多日，陈友谅因军中粮草断绝，军心涣散，只好突围。到农历八月中旬，朱元璋用刘基之计扼住鄱阳湖口，陈友谅在突围中被流矢射中，"贯睛及颅而死"，死时43岁。残部逃回武昌。

在这次战斗中，朱元璋两次可死未死，而陈友谅本已经突出重围，可偶然从舟中伸出头颅，即中箭贯脑。两人的结局虽然都具有偶然性，但陈友谅的失败，则是必然的。

好谋则成，得谋则胜。陈友谅行军打仗仅凭一时的智勇，经营天下也没有长远、稳妥、根本的谋略。虽然占有数省疆域，拥兵百万，自称皇帝，但身上仍然没有摆脱农民军的狭隘性、盲目性和某种程度的流寇性质。所以他的战死和失败，是必然的结果。

至今，在湖北省武汉市长汉大桥引道旁边的栏杆下，仍立着一座孤坟，上写："陈友谅墓"。这位雄极一时的人物，明太祖朱元璋争夺天下的最大对手，如今却孤零零地长眠在这里。

> 朱元璋和陈友谅，两人都出身低贱，独断专行，但朱元璋在夺取天下的时候善于用谋，善于使人，善于见机行事，因而不断壮大，终于登基称帝。而陈友谅一味依靠蛮力，虽然最初拥有优势，终于一点点被搜括，被蚕食，最后众叛亲离，身死国去，岂不令人深思！

陈友谅既死，朱元璋返回应天，论功行赏，他既感后怕又不无欣慰地对刘基说："我不当有安丰之行，使友谅乘虚直捣应天，大事去矣。乃屯兵南昌（指陈友谅），不亡何待。友谅亡，天下不难定也。"又说"先生是我创立江山的第一等功臣"。

确实，消灭了陈友谅，朱元璋即稳取天下。

在长江上游安定后，朱元璋马不停蹄，立即又挥戈东进，征伐张士诚。至正二十七年（1367 年）九月，朱元璋攻占平江，张士诚走投无路，自缢身死。自此长江中下游地区尽归朱元璋所有。

确立国号后，朱元璋加速了统一的进程。洪武元年（1368 年）五月，他视察开封，部署北伐的进一步军事行动。七月，元顺帝北遁。徐达势如破竹，八月占领元朝国都大都（今北京），元朝的统治结束，历史进入了朱元璋的大明时代。随即徐达平定山西，次年夺取陕西。洪武四年（1371 年），朱元璋命汤和、傅友德南北夹击四川的夏政权明玉珍，于七月平定四川。朱元璋几次招降云南未得，于洪武十四年（1381 年）派傅友德、蓝玉、沐英征讨，亲自制定进军路线。平定云南后，朱元璋留沐英[14]镇守云南。洪武二十年（1387 年），他派傅友德、蓝玉击败纳哈出，逐步统一了东北。至此，朱元璋基本上完成了统一中国的大业。

朱元璋从赤手空拳参加农民起义军，到在应天称帝，只用了短短 17 年的时间。在当时所处的年代，群雄竞起，逐鹿中原，先后出现了天完、龙凤、大周、大汉、夏、吴等诸多政权，然而却是后起的朱元璋完成了统一大业。是什么因素让朱元璋笑到了最后，实现了人生的巨大飞跃？

首先，这要归功于朱元璋卓越的个人能力和坚毅果决的性格魅力。幼年艰辛的生活造就了他坚强刚毅的性格，云游僧的经历开拓了他的眼界，加深了他对现实社会的了解。临危不乱、果敢机智的素质，是他超出常人的地方，也是他终成大业的重要原因。

朱元璋没有读过多少书，但他虚心好学，喜欢结纳儒士。他先后网罗了冯胜、陶安、刘基、朱升等一大批儒雅之士，给予他们很高的待遇。他还经常与这些人一起讨论，谈古论今，分析时势，请他们帮自己出谋划策。通过与儒士的交往讨论，朱元璋的个人素质得到了提升，眼界更加开阔，对他最终夺得江山有很大的帮助。"太祖高皇帝在军中喜阅经史，操笔成文，雄浑如玄化自然"。朱元璋对此也颇为自诩，"我起草野，未尝师授，然读书成文，涣然理顺，岂非天生耶？"

在军事上朱元璋也颇有天赋，加之爱钻研，善学习，终于成为一代大战略家。"自古能军无出李世民之右者，其次则朱元璋耳"这样的称赞绝非虚誉。朱元璋从投奔郭子兴开始，就很理性地设计战略路线，在刘基等人的辅助下，几乎没走一点弯路，没有一点反复便夺取了全国政权，年仅40岁便称帝立朝，开创大明近300年的江山社稷。

其次，朱元璋善于网罗人才，在他身边聚集了大批文臣武将，为他夺得江山立下赫赫功勋。他手下的李善长、徐达、汤和、耿炳文、郭兴、郭英、周德兴等人都是他的同乡，对他忠心耿耿，为他出生入死。朱元璋注重"文武相资"，因此，他也很重视招揽儒士，听取他们的建议。正是在陶安、冯胜的建议下，朱元璋攻取集庆，东征西讨，成就帝王之业。他亲自上门拜访朱升，得到"高筑墙，广积粮，缓称王"的建议，并坚决加以执行，因此才能在群雄先后称帝时韬光养晦，保全实力，逐步发展壮大。

比较朱元璋和陈友谅，两人都出身低贱，独断专行，但朱元璋在夺取天下的时候善于用谋，善于使人，善于见机行事，因而不断壮大，终于登基称帝，而陈友谅一味依靠蛮力，所以虽然最初拥有优势，终于一点点被搜括，被蚕食，最后众叛亲离，身死国去，岂不令人深思！

朱元璋的晚年生活十分孤寂，在剥夺大臣的权力后，他事必躬亲，"平日无优伶嬖近之狎，无酣歌夜饮之娱""每旦星存而出，日入而休，虑患防危，如履薄冰"，重压之下，猜忌心日重，脾气甚劣，大杀功臣，又行"廷杖"之制，以法外之权，立皇权之威，朝臣心寒胆丧，后人评价说，"明祖借诸功臣以取天下，及天下既定，即尽取天下之人而杀之，其残忍实天下所未有"。可见专制和猜忌足以使人变态。

1398年6月24日，71岁的朱元璋终于死去，结束了他传奇的一生。

注释

〔1〕 徐寿辉（1320 年—1360 年），一名真一，又作真逸，罗田（今属湖北）人，红巾军天完政权领袖。卖布出身。1351 年八月，与邹普胜等在蕲州（今湖北蕲春）利用白莲教聚众起义，也以红巾军为号。十月，攻占蕲水与浠水，他被拥立为帝，国号天完。第二年，所部以"摧富益贫"等口号发动群众先后攻占今湖北、江西、安徽、福建、浙江、江苏、湖南等大片地区，众至百万。但因兵力分散，次年被元军打败，蕲水失陷，退入黄海梅山中。1355 年势力复振。1360 年被部将陈友谅杀死于采石（今安徽马鞍山西南）。后明玉珍追尊为应天启运献武皇帝，庙号世宗。

〔2〕 濠：háo，〔～水〕水名，在中国安徽省。

〔3〕 红巾军是元朝末年人民起来反抗元朝的主要起事力量，最初是与明教、弥勒教、白莲教等民间宗教结合所发动的。因打红旗，头扎红巾，又称作"红巾"或"红军"，又因焚香聚众，又被称作"香军"。红巾军的背景起源于元顺帝统治末年政治败坏、税赋沉重，加上天灾不断，最初起于黄河以北江淮一带。

〔4〕 刘福通（1321 年—1366 年），颍州（今安徽省阜阳市界首市）人。元末北方红巾军领导者，与韩山童等长期利用"白莲教"在民间进行活动。韩山童战死后，刘福通拥立韩山童之子韩林儿为帝，国号"大宋"，定都亳州，建元龙凤。他为枢密院平章，旋改任丞

相，掌握军政大权。不久率军攻克汴梁。但好景不长，刘福通先在汴梁为元将察罕帖木儿所破，后在安丰为诚王张士诚所围，刘福通向朱元璋求救，后战死。朱元璋命廖永忠迎小明王应天（今南京），途经瓜州，廖永忠将小明王沉入水中溺死。

〔5〕芝麻李（？—1352 年），即李二。元末红巾军首领。邳州（今江苏邳州市西南、今萧县境内）人，元末北方红巾军首领。因遇灾荒，家中有芝麻一仓，尽以赈济灾民，人称芝麻李。至正十一年（1351 年）秋与赵均用、彭大等八人，烧香聚众，在萧县起义，响应刘福通，攻克徐州，众至十余万人。更分兵四出，据有附近许多州县。次年秋元右丞相脱脱率重兵来攻，徐州失守，全城惨遭屠杀。一个月后，他被俘，在雄州（今河北雄县）就义，也有说他逃跑后，削发为僧。

〔6〕徐达（1332 年—1385 年），字天德，濠州钟离（今安徽凤阳县）人，明朝开国军事统帅，淮西二十四将之一。出身农家元朝末年，徐达参加了朱元璋领导的起义军。至正二十三年（1363 年）大败陈友谅。至正二十四年（1364 年），朱元璋以为左相国。二十七年（1367 年），率军消灭张士诚地方割据势力。同年，任征虏大将军，与副将军常遇春一起挥师，北伐中原，推翻元朝的统治。洪武元年（1368 年），攻入大都（今北京），灭亡元朝。以后，连年出兵打击元朝残余势力，官至太傅、中书右丞相、参军国事，兼太子少傅，封魏国公。为人谨慎，善于治军，戎马一生，建立了不朽

的功勋。洪武十八年卒，追封中山王，谥号武宁，赠三世皆王爵，赐葬钟山之阴，御制神道碑文。配享太庙，肖像功臣庙，为明朝开国第一功臣。

〔7〕 汤和（1326年—1395年），字鼎臣，濠州钟离人（今安徽凤阳），明朝开国功臣，军事将领。汤和为人谨慎，沉敏多智。1352年（元至正十二年），参加郭子兴起义军，授千户。在随朱元璋渡长江、占集庆（今南京）、取镇江诸战中，屡破元军，累功升统军元帅。1357年（元至正十七年），镇守常州，多次击败张士诚部。1367年（元至正二十七年），为征南将军，在浙东击败方国珍部。尔后率部由海道入福州，俘获占据延平（今福建南平）的陈友定。又随徐达率军征今山西、甘肃、宁夏等地。1378年（明洪武十一年），封信国公。1389年（明洪武二十二年），告老还乡，赐第凤阳。1395年（明洪武二十八年）农历八月因病去世，是少数明初开国功臣能得以善终者。追封东瓯王，谥襄武。

〔8〕 刘基（1311年—1375年），字伯温，青田县南田乡（今属浙江省温州市文成县）人，故称刘青田，元末明初军事家、政治家、文学家，明朝开国元勋。明洪武三年（1370年）封诚意伯，故又称刘诚意。武宗正德九年追赠太师，谥号文成，后人称他刘文成、文成公。

元至顺间举进士。博通经史，尤精象纬之学，时人比之诸葛亮。至正十九年（1359年），朱元璋闻刘基及宋濂等名，礼聘而至。他上书陈述时务十八策，倍受宠信。参与谋划平定张士诚、陈友谅与北伐中原等军事大计。吴元年（1367年）为太史令，进《戊申大统历》。奏请立法定制，以止滥杀。

朱元璋即皇帝位后，他奏请设立军卫法，又请肃正纪纲。尝谏止建都于凤阳。洪武三年（1370年）十一月封诚意伯，岁禄240石。四年，赐归。刘基居乡隐形韬迹，惟饮酒弈棋，口不言功。寻以旧憾为左丞相胡惟庸所讦而夺禄。入京谢罪，留京不敢归，以忧愤疾作，胡惟庸曾派医生探视。八年，遣使护归，居一月而卒。

刘基精通天文、兵法、数理等，尤以诗文见长。诗文古朴雄放，不乏抨击统治者腐朽、同情民间疾苦之作。著作均收入《诚意伯文集》。

刘基辅佐朱元璋平天下，论天下安危，义形于色，遇急难，勇气奋发，计划立定，人莫能测。朱元璋多次称刘基为："吾之子房也。"在文学史上，刘基与宋濂、高启并称"明初诗文三大家"。中国民间广泛流传着"三分天下诸葛亮，一统江山刘伯温；前朝军师诸葛亮，后朝军师刘伯温"的说法。他以神机妙算、运筹帷幄著称于世。

〔9〕宋濂（1310年—1381年），初名寿，字景濂，号潜溪，别号龙门子、玄真遁叟等。祖籍金华潜溪，后迁居金华浦江（今浙江浦江）。明初著名政治家、文学家、史学家、思想家。与高启、刘基并称为"明初诗文三大家"，又与章溢、刘基、叶琛并称为"浙东四先生"。被明太祖朱元璋誉为"开国文臣之首"，学者称其为太史公、

宋龙门。

宋濂自幼多病，且家境贫寒，但他聪敏好学，号称"神童"。曾受业于闻人梦吉、吴莱、柳贯、黄溍等人。元末辞朝廷征命，修道著书。明初时受朱元璋礼聘，被尊为"五经"师，为太子朱标讲经。洪武二年（1369 年），奉命主修《元史》。累官至翰林学士承旨、知制诰，时朝廷礼仪多为其制定。洪武十年（1377 年）以年老辞官还乡，后因长孙宋慎牵连胡惟庸案而被流放茂州，途中于夔州病逝，年七十二。明武宗时追谥"文宪"，故称"宋文宪"。

宋濂与刘基均以散文创作闻名，并称为"一代之宗"。其散文质朴简洁，或雍容典雅，各有特色。他推崇台阁文学，文风淳厚飘逸，为其后"台阁体"作家的文学创作提供范本。其作品大部分被合刻为《宋学士全集》七十五卷。

〔10〕朱升（1299 年—1370 年），字允升，安徽休宁（今休宁县陈霞乡回溪村）人，元末明初的军事家、文学家，明代开国谋臣，官至翰林学士。元末（1367 年）被乡举荐为池州学正。避弃官隐石门，学者称枫林先生。后因向朱元璋建议"高筑墙、广积粮、缓称王"被采纳而闻名。

〔11〕瑗：yuàn，大孔的璧。

〔12〕蕲：qí。

〔13〕蹙：cù，紧迫。

〔14〕沐英（1344 年—1392 年），明朝开国功臣，军事将领。字文英，

濠州定远（今安徽省定远县）人，朱元璋养子。沐英小时是在战乱、兵营、征途中度过的。从 1356 年（元至正十六年）起，十二岁的沐英跟随朱元璋攻伐征战，开始军旅生涯。1362 年（元至正二十二年），十八岁的沐英被授帐前都尉，参与守镇江，开始担当军事要任。1376 年（明洪武九年）以副帅之职随邓愈征讨吐蕃，因军功被封西平侯，赐丹书铁券。1381 年（明洪武十四年），朱元璋命沐英与傅友德、蓝玉率兵 30 万征云南。云南平定后，沐英留滇镇守，其镇滇 10 年间，大兴屯田，劝课农桑，礼贤兴学，传播中原文化，安定边疆。1382 年（明洪武十五年）9月，沐英因义母马皇后（朱元璋的孝慈皇后）病逝，悲伤过度而咯血。1392 年（明洪武二十五年）5 月，沐英又因太子朱标的去世，遭受打击而患病，于太子死后的两个月，病逝于云南任所，年仅 48 岁。沐英死后，朱元璋十分痛心，命归葬京师，追封黔宁王，谥昭靖，侑享太庙。沐氏子孙世代承袭，镇守云南，直至明朝末年。

康熙与吴三桂

夫一言可以得人心，
而一言亦可以失人心也。

——康熙

爱新觉罗·玄烨是 17 世纪中国的上空闪耀的一颗夺目的政治巨星，他的文韬武略和不凡功业完全可以与中国历史上任何一位帝王媲美。他雄踞九五，横扫六合，平藩伐准，恩威并施，最后有效地奠定了现代中国辽阔疆域的基础，巩固了多民族国家的高度统一。他励精图治，宽民裕国，发展生产，弘扬文化，使中国封建社会进入了发展的巅峰阶段——康乾盛世。

玄烨之父福临是清朝入关后的第一个皇帝，他热切向往先进的汉文化，致力于两种文化的融合，但他无力抗拒本民族的习惯势力，在极度困惑中违心地留下十数道罪己汉化的诏书，将 8 岁冲龄践祚[1]的玄烨和刚刚夺取的、还在散发出血腥气味的中央政权交给了本民族守旧势力的代表——索尼、鳌拜、遏必隆、苏克萨哈辅政四大臣，便撒手离开了人世。

年少的玄烨唯一能做的事就是忍耐，他很清楚，在自己能将对手一脚踹翻之前，一切过早暴露实力的做法都是不明智的。吴三桂"美丰姿，善骑射"，"沉鸷多谋，风流自赏"，年少时即暴得大名。在北京上流社会的圈子里，有着传奇经历而又风姿俊逸的他几乎引起了轰动，名公巨卿乃至文人雅士们都以结识他为荣。

玄烨（1654 年—1722 年）沉稳，坚毅，满腹经纶，博古通今。他是个有主见、有作为的人，但刚刚披上龙袍时却事事做不了主，因为他面对的是权臣擅权的形势。

辅政四大臣之一的鳌拜，依仗权势专横跋扈，在朝廷内外广植党羽，排除异己，使"文武百官，尽出伊门"，事事凌驾于其他三位辅臣和其他文武百官之上。部臣们办事"稍有拂意"，鳌拜动辄呵斥辱骂、随意治罪，甚至在玄烨面前"施威震众"。一应政事奏疏，他竟私自带回家中商酌定议，然后强迫玄烨依议下旨施行。年少的玄烨唯一能做的事就是忍耐，他很清楚，在自己能将对手一脚踹翻之前，一切过早暴露实力的做法都是不明智的。[2]

康熙六年（1667年），玄烨亲政。在辅政大臣苏克萨哈辞职一事上，鳌拜心怀不满，欲置之于死地，而玄烨以"核议未当"为由，拒绝了鳌拜的要求。鳌拜捶胸挥拳，疾言厉色，气势汹汹地与玄烨强争累日，终将苏克萨哈处绞刑、族诛。玄烨再次忍让，但鳌拜仍不知收敛。两年后，玄烨利用摔跤少年智擒鳌拜，宣布鳌拜30条罪状，将其永远拘禁，并严厉处决了他的死党。

在不动声色地解决了鳌拜问题后，玄烨开始集中精力处置"三藩"问题，而其中首要的就是对付吴三桂，因为吴三桂是对其大位构成最大威胁的对手。

吴三桂（1612年—1678年），字长伯，辽东人，祖籍江苏高邮。吴三桂比玄烨大了40多岁，与玄烨一直长于宫中相比，他见的世面可多了不止一星半点，所以吴三桂在与玄烨的交手中从不把对手看在眼里，总以为对手是个毛头孩子，结果吃了大亏。

吴三桂的父亲吴襄曾为武进士，崇祯年间先后任都指挥使、总兵、中军府都督等重要职务。生活在这样一个家庭里，吴三桂自幼便粗通弓马骑射，并以此而得中武举。不久，又以父荫为都督指挥，从而开始了他的军事生涯。

据记载，吴三桂"美丰姿，善骑射"，躯干不很伟硕但勇力绝人，"沉鸷[3]多谋，风流自赏"。年少时即暴得大名的吴三桂曾在北京短暂逗留。在北京上流社会的圈子里，有着传奇经历而又风姿俊逸的他几乎引起了轰动。名公巨卿乃至文人雅士们都以结识他为荣。他兼具粗豪与文雅的气质使名动京师的大诗人吴梅村十分倾倒，为他留下了"白皙通侯最少年"的诗句。

吴氏是辽东世家，广有田产；吴三桂又早年得志，经常出入于高级官员的府第。明末士大夫豪华奢侈的生活方式和姬妾成群的腐朽习气，也给吴三桂以很深的影响。军旅之中，他不耐寂寞，"风流自赏"，读《后汉书》至《光武本纪》时，他不觉掷书长叹："仕宦当作执金吾，取妻当得阴丽华，余亦遂此愿足矣！"[4]据一些史料记载，壬午之役吴三桂入卫京师时，曾以千金购得"声甲天下之声，色甲天下之色"的陈圆圆[5]。吴三桂早年之纵情歌舞声色可见一斑。

此时明朝逐步衰落，后金日渐兴起，辽东边境战事频仍。从青年时期开始，吴三桂便随父征战各处，小有声誉。他的家族、亲戚也给予他很大支持。舅父祖大寿、祖大弼、祖大乐等都是明朝世守辽东的重要将领。他们揄扬其才华"聪俊绝人"，称颂其品质"纯忠极孝"，赞扬其战功"夷夏震慑"，将来必定"大成"，家族的造势为吴三桂的晋升营造了很好的氛围。

吴三桂又竭尽全力地结交辽东的高级军政人士。太监高起潜总监宁锦军马，此人毫无军政才能，专以杀良冒功为能事，吴三桂却拜之为"义父"，方一藻、洪承畴相继经略辽东，吴三桂也先后"拜其门下"，跟随左右。

由于吴三桂钻营有术，短短几年时间，便青云直上，由一个普通的中下级军官擢升至高级军职，成为明朝政府镇守辽东的一员重要将领，为他以后的发达奠定了基础。

作为一个极善钻营的世家子弟，吴三桂既未表示出降清之意，也未与清绝交，这就为他在日后时局剧烈变化时降清留下了一条后路。在明末清初政治形势急剧变化的时刻，吴三桂在各种政治势力之间屡行投机，左右逢源，纵横捭阖，一跃而成为政治舞台上的一颗"新星"。

吴三桂在关外时期虽然升迁极速，并被驻守辽东的明朝高级官员视为"智勇兼备之大将"，但是，崇祯十四年（1641 年）夏松锦战役，他违背节制，率部遁逃，导致此次战役惨败，被降三级驻守宁远。

不过吴三桂的霉运很快就过去了，因为明朝和清朝在东北的争夺，使他成了炙手可热的人物。

松锦失陷后，宁远便成为阻挡清军入关的主要屏障，这使明朝政府很自然地便把吴三桂视为东部边陲之保障，并在其入卫京师时给予武英殿赐宴之恩宠。

就清朝方面而言，夺取宁远是其实现入关的前提。为了实现这一战略意图，清朝方面曾通过已经降清的吴三桂的亲戚故旧对他进行频繁的劝降活动。当时，吴三桂并没有立即投降清朝。但是，作为一个善于钻营的世家子弟，吴三桂既未表示出降清之意，也未与清绝交，这就为他在日后时局剧烈变化时降清留下了一条后路。

在明末清初政治形势急剧变化的时刻，吴三桂在各种政治势力之间屡行投机，左右逢源，纵横捭阖，一跃而成为政治舞台上的一颗"新星"。

首先，明朝中央政府对吴三桂表示了特别的重视。到崇祯十七年（1644 年）初，在经过与李自成、张献忠农民军的长期征战之后，明军主力损失殆尽。此时，李自成起义军从西安出发，北渡黄河，短时间内连下临汾、太原、真定、宣府、大同等华北重镇，矛头直指明朝政府的京师——北京。面临覆亡命运的明朝要求吴三桂撤宁远之师以入卫京城。在接到撤兵通知后不过十天，吴三桂便将宁远兵民 50 万众撤至山海关。接着，又自山海关率师进京，抵达永平。

但是，就在此时，北京的形势发生了翻天覆地的变化，未待吴三桂率师至京，明王朝便已于三月十九日被李自成起义军推翻了。明朝的灭亡使吴三桂失去倚靠，他也清楚自己没有足够的本钱，不能成为独立的一方。为了寻找新的主人，此后一个多月的时间里，吴三桂便在各种政治势力间进行投机活动，在亡明势力、李自成和清廷这三个"鸡蛋"上跳舞。

为了保住自己的特权地位，吴三桂最初决定投降李自成，恰在此时，李自成派来的招降人员也到达吴三桂军中，吴三桂于是"决意归李"，率领所部继续西进，并且还在路途中，大张告示，宣称进京"朝见新主"。几天以后，李自成在致左良玉等人的檄文中也声称："唐通、吴三桂、左光先等知天命有在，回面革心"，表示吴三桂决意来降。

不料局势风云突变，就在吴三桂刚刚决定投降李自成并向北京派出约降使者不久，从三月二十五日开始，农民军领导人刘宗敏、李过等对俘获的明朝在京官员进行拷问、追赃，吴三桂的父亲吴襄也在被拷问之列。吴襄私下致书吴三桂，要他"亟[6]来救父"。几天后，这些消息和吴襄私函一起到达了正在西进的吴三桂军中。虽然李自成也注意到吴三桂对巩固自己政权的重要性，指示刘宗敏释放吴襄并命吴襄写信劝告吴三桂投降，但已经晚了。吴三桂已经认定李自成的招降不过是一场骗局，是想诱己进京再行消灭。因此他立即停止西进，率部重返山海关，决心与李自成决裂。

促使吴三桂降而复叛的还有一个陈圆圆被掳的问题。陈圆圆在北京被刘宗敏所占有，吴三桂得知后，火冒三丈，拔剑断案，说："大丈夫不能保一女子，何面目见人耶！"并发誓："不灭李贼，不杀权将军（刘宗敏），此仇不可忘，此恨亦不可释。"盛怒之下叛李降清，"冲冠一怒为红颜"。中国历史上用女人做政治军事交易的例子多得不可胜数，但为了一个女人而改变自己做出的政治军事决定的将军却不多见，吴三桂是一个典型。

清廷摄政王多尔衮早就有浑水摸鱼的想法，他面对中原扰攘的局势，不愿隔岸观火，只想火中取栗。见吴三桂主动相邀，便欣然接受了他的请兵。决定三方命运的山海关之战就以清吴联合作战的胜利和李自成农民军的失败而告结束。改换门庭后，吴三桂率清军一直打到云南，为清朝的统一立下汗马功劳。

四月初十左右，吴三桂开始了他的"联清击李"计划的实施。

吴三桂致多尔衮的第一封求援信，表明了他最初对"联清击李"这一重大问题的基本立场。在此信中，吴三桂称明朝为"我国"、"我朝"，称清朝为"北朝"。也就是说，吴三桂是以明朝臣子的身份向清朝求援，请兵之目的是"灭流寇"，并使明朝得以"中兴"，而不是让清入主中原。也就是说他是"借师会剿"，有如郭子仪借回纥兵平叛兴唐。

据史载，吴三桂向清军求援说："今闻大王业已出兵，若及此时促兵来救，当开山海关[7]门以迎大王。大王一入关门，则北京指日可定，愿速进兵。"

清廷摄政王多尔衮早就有浑水摸鱼的想法，他面对中原扰攘的局势，不愿隔岸观火，只想火中取栗。见吴三桂主动相邀，便欣然接受了他的请兵，"即遣学士詹霸、来衮往锦州，谕汉军赍[8]红衣炮，向山海关进发"。又迅速复信吴三桂，告以共捐前嫌，许诺"封以故土，晋为藩王"，"世世子孙，长享富贵"。为了共同镇压农民起义军，清、吴之间的联合阵线就这样初步形成了。

四月十三日，李自成亲率 6 万大军号称 20 万大军奔向山海关。此时，被胜利冲昏了头脑的李自成对当时军事对峙的严重性估计不足。他的这种轻敌麻痹思想和政治解决的幻想正好被吴三桂所利用。他得知李自成亲自率军东征的消息后，一方面派人"轻身给贼"，表示投降，以拖延时日，等待清兵。一方面致信多尔衮，说"夫除暴剪恶，大顺也；拯危扶颠，大义也；出民水火，大仁也；兴灭继绝，大名也；取威定霸，大功也；况流寇所聚金帛子女，不可胜数，义兵一至，皆为王有，此又大利也。"并表示"将裂土以酬，不敢食言！"只求其"速整虎旅，直入山海"。

这些充斥着"大仁"、"大义"字眼的文字——"亡国孤臣"吴三桂的这番"忠义之言"，是在吴三桂被李自成围困在山海关后写出的。可是，就连不识几个汉字的多尔衮也一目了然，这不过是一封投降信而已。他何尝不知道，这个"亡国孤臣"在几天前还仆仆奔走在投奔"流寇"的路上，兴致勃勃地想和"流寇"们分一杯羹！

多尔衮在接到吴三桂的二次求援信后，以皇帝福临的口气回信教训吴三桂："尔徒饰军容，逊懦观望，使李兵长驱深入，既无批亢捣虚之谋，复无形格势禁之力。……我为尔计，乃今早降，不失封侯之位，而犹全孝子之名。"同时当机立断，率大军出发。经过一昼夜的强行军，于二十一日抵达关门十五里之外。清军的到达更使清、吴联军在数量上超过了李自成的部队，可叹的是李自成竟然还不知晓。这样，尽管两军尚未交锋，但战争的胜负已定。

四月二十一日，清军抵达关门附近的当夜，便开始进行紧张的战斗部署。此时，由于连日以来农民军所发动的强大攻势，山海关已危在旦夕，吴军内部也出现了瓦解的迹象。在这万分紧急的时刻，吴三桂得知了清军到达的消息。

针对吴三桂的观望态度，清廷借机逼迫吴三桂做出更大的让步。在此同时，吴三桂也提出了"毋伤百姓，毋犯陵寝，访东宫及二王所在，立之南京"，作为允许清兵入关的条件，并得到了多尔衮的同意。这样，一方面是吴三桂在政治上降清，一方面清朝又允许其拥立明朝故太子。这一约定是清、吴联合中的新突破，对于击败李自成农民军起了重要的保证作用。

清军入城后的当天下午，清、吴联军和李自成为数甚少的农民军交战于山海关外的一片石。四月二十二日爆发了决定三方命运的惨烈的石河大战。大风刮得天日昏黄，吴军铁心铁面在风中肃立。吴三桂一纸泣血求助、借兵助剿、激昂悲愤的书信，激动了多少汉族士大夫的心，他们将此场面视为申包胥忍辱负重、求秦复楚[9]之举，对吴军寄予厚望，希望他报君父之仇，泄亡国之恨，重整河山，却不知吴三桂的心里早就换了主子。

在吴军，更主要是清军的分进合击的攻势面前，农民军被击败，李自成被迫率余众西走。决定三方命运的山海关之战就以清吴联合作战的胜利和李自成农民军的失败而告结束。

山海关一直是北京的门户和屏障。山海关既失，北京即告危急。在军事上异常被动的形势下，李自成被迫西撤，途中，满怀怒火的李自成将吴三桂的父亲吴襄及家属30余口全部杀死。返回北京匆匆举行登基大典后，李自成第二天仓皇撤离，率军西行。与此同时，清、吴联军紧追不舍，长驱直入。

山海关之战，是一场决定中国命运的决战，它改变了当时中国政治力量的格局，影响了中国历史的进程。清朝势力终于实现了梦寐以求的目标，通过山海关，定鼎北京。

这样，以吴三桂献关降清为转折点，中国历史进入了一个新的时期。吴三桂的所作所为为清军进据中原提供了极大的方便，他也因此得到了新主人的最高奖赏：进爵为平西王。吴三桂请兵击败李自成，实现了亡明士大夫的愿望，又得到了南明政权的赏识，被遥封为蓟国公。一时之间，吴三桂这个在政治漩涡中挣扎图存、反复投机之人，竟然被戴上了"纯忠极孝、报国复仇、裂土分藩"的"世间伟人"的桂冠，成了明清之际的风云人物！

清兵入关后，和其他降官不同的是，吴三桂还拥有一支由自己独立统率的部队。因此，在入关之初，清朝政府对其外示恩宠，内怀疑忌，并未授以事权。除在政治上对其严加防范之外，在军事上，也只是利用他对李自成起义军的仇恨，使其率兵击李。根据清政府的指令，顺治元年（1644 年）六月，吴三桂师出山东，平定李自成余部，九月又从英王阿济格西征李自成。在李自成主力基本被消灭之后，顺治二年（1645 年）八月，清政府将其从前线调回，"出镇锦州"。

三年之后，清朝政府又调吴三桂入关，与八旗将领李国翰同镇汉中，剿杀西北地区的抗清义军余部。吴三桂为了表示自己对

"新朝"的忠诚，不但对农民军残部进行残酷的镇压，对一些起兵抗清的朱明后裔，他也不遗余力地去斩尽杀绝。吴三桂思想和行动的转变使得清朝中央政府对他更加倚重，在西北地区抗清义军残部被剿杀殆尽之后，顺治八年（1651年），清朝政府又命吴三桂和李国翰一起率军入川，攻打张献忠义军余部。几年之中，先后平定重庆、成都等两川重镇。顺治十四年（1656年），又以平西大将军职，南征云贵，攻打南明最后一个政权——桂王永历政权。在吴三桂大军的打压之下，永历皇帝退入缅甸。

吴三桂对永历皇帝个人并无好恶可言。作为昔日的明臣，他对这位故主的后裔也并非没有恻隐之心和愧赧之意。明王朝没有任何对不起吴三桂的地方，有的只是高恩厚德，他前半生的功名地位都是明王朝所赐，可是他回报的却是对明朝后裔的无情追杀。吴三桂上书清廷，要求入缅扫灭南明残余，认为不灭永历有"三患二难"，终于获得顺治皇帝批准，于是，吴三桂又率大军踏上了为清廷效命的征程。

吴三桂的大军势如破竹，永历皇帝溃不成军，只有致书吴三桂，请求他放自己一马，言词极其恳切："将军不避艰险，请命前来，提数十万之众，穷追逆旅之身，何视天下之不广哉？岂天覆地载之中，独不容仆之一人乎？抑或封王锡[10]爵之后，犹欲歼仆以邀功乎？"并忠告吴三桂："将军自以为智，而适成其愚；自以为厚，而反觉其薄。"但吴三桂为了向新主子表决心，必欲将朱家子孙斩尽杀绝，终于俘虏永历，并用弓弦勒死。

> 吴三桂以千百万抗清义军的头颅博得了清政府的信任，并使自己攀上了一生中权势的顶峰。吴三桂开藩设府，坐镇云南，权力和声势都达到了顶点。

十几年间，吴三桂率部从东北、西北打到西南边陲，为清朝确立对全国的统治建立了特殊的功勋。因此，清朝对他也由原先的控制使用改为放手使用，"假以便宜，不复中制，用人，吏、兵二部不得掣肘，用财，户部不得稽[11]迟"。攻下云南后，即委其开藩设府，镇守云南，总管军民事务。擒斩桂王后，晋爵亲王，兼辖贵州。其子吴应熊也娶公主为妻，号称"和硕额驸"，加少保兼太子太保。就这样，吴三桂以千百万抗清义军的头颅博得了清政府的信任，并使自己攀上了一生中权势的顶峰。

吴三桂开藩设府，坐镇云南，权力和声势都达到了顶点。在昆明，他次第建起了三座宫殿。天下所有的珍玩宝器和人类所能想出的享乐花样他几乎都可以拥有和尝试，昔日的风流将军此时更加风流狂放。

据历史记载，"三桂在滇中奢侈无度，后宫之选，不下千人。三桂公余，召幕中名士宴会，酒酣，三桂吹笛，宫人以次唱和。旋呼赏赉，则珠宝金帛堆陈于前，宫人憧憧攘取，三桂顾之以为笑乐。三桂不善书，然每喜临池。府苑中花木清幽，有所谓列翠轩者，厅事五间。春秋佳日，三桂辄携笔坐于轩内，作擘窠大字，侍姬诸人环视于侧，鬓影钗光，与苍翠之色互相辉映。厕身其中，殆无异蓬壶阆苑矣。"云南俨然国中之国，吴三桂俨然一个国王！

玩过奢侈玩高雅，吴三桂已经52岁了，却愈加裘马清狂。昔日占据了他全部情感世界的陈圆圆现在已不能享专房之宠，青春年少不再，他要抓紧剩下已经不多的时间恣意享受，尽情追欢，仿佛只有这样，才能对自己的巨大付出作出补偿。不过，吴三桂毕竟是吴三桂。虽然嬉游无度、日日笙歌，可是在世人的眼里他却仍是位好王爷。虽然跺一跺脚云南都要抖一抖，可他却是以一副宽厚长者的形象示人。平时和衷御下，和蔼可亲。与人计事，相对如家人父子。文武官员每以公事拜谒王府，府中必于规制之外，备饭款待。凡是旧日上司或者朋友有求于他，不管多难，他必定尽心帮助。上上下下都知道王爷仁义诚厚。可是也都知道王爷曾经置父母性命于不顾，曾经追杀故主子孙以为功。当然这不关吴三桂的事，他在朝在野，都混得明白，混得精神，所以到处收获的都是毕恭毕敬和衷心服从。

但就在吴三桂志得意满之时，他与清朝中央政府的矛盾却开始激化起来。

当时，吴三桂与平南王尚可喜（后来其子之信继承爵位）、靖南王耿精忠，号称"三藩"，割据南方数省。他们拥兵自重，借口"边疆未靖"，"要挟军需"，致使"天下财富半耗于三藩"；他们在滇黔粤闽等三藩控制区内，铸钱煮盐，贩私开矿，横征暴敛，扩充经济实力。其中属吴三桂势力最大，他在云贵挟持督抚，四方罗致招揽人才，结党营私，图谋不轨。由吴三桂任命，甚至向全国选派的文官武将，吏、兵二部"不得掣肘"，称为"西选"，以至于"西选之官几遍天下"。与此同时，他还以重金收买在京朝官及各省将吏，为自己效劳。并凭借其庞大的财富，豢养宾客，收买士人。又招纳李自成、张献忠余部，编为忠勇五营、义勇五营，加紧训练。此外，吴三桂还纵容部下将吏为非作歹，鱼肉百姓，"杀人越货，毫无畏忌，讼牒、命盗两案，甲兵居其大半"。此时的吴三桂已经成为分裂割据势力的总代表。

就清朝政府而言，使用吴三桂攻打南明政权，是为了建立其对全国的统治。在全国平定之后，清政府亟须在政治上实现对新占领地区的统治，在军事上裁减军队以减轻财政上的压力。就吴三桂方面来说，在南明政权尚未消灭之前，他与清政府命运相连，必须拼死作战。但在云贵底定之后，他便做起了"世镇云南"的美梦，并处心积虑地要把云南变为自己的割据领地。双方的矛盾一触即发。

玄烨曾把三藩作为亟须解决的三大心病之一，书于宫中柱上，"夙夜廑[12]会"。

就清朝政府而言，使用吴三桂攻打南明政权，是为了建立其对全国的统治。在全国平定之后，清政府亟须在政治上实现对新占领地区的统治，在军事上裁减军队以减轻财政上的压力。因此，早在占领云贵之初，便向这些地区派出了行政官吏，而后不久，又计划撤回和裁减满洲及绿营军队。清朝的这些措施，无疑是和当时整个社会都需要休养生息的要求相符合的。但是，由于十几年来吴三桂政治、军事势力的迅速增长，清朝的这些措施必然会触犯到吴三桂的利益。

就吴三桂方面说来，在南明政权尚未消灭之前，他与清政府命运相连，必须拼死作战。但在云贵底定之后，他便做起了"世镇云南"的美梦，并处心积虑地要把云南变为自己的割据领地。

对于吴三桂的这些活动，清廷洞若观火。因而在云贵平定之初，便着手裁抑吴三桂的权势。康熙二年（1663年），即以云贵军事行动已经停止为理由，收缴了他的平西大将军印信，接着，又"截其用人题补之权，迁除悉归部选"。六年，又乘其疏辞总管云贵两省事务之机，下令两省督抚听命于朝廷。同时，还剥夺了他的司法特权，"平西藩下逃人，俱归有司审理，章京不得干预"。吴三桂则以"构衅苗蛮，借事用兵"，扩军索饷相报复。吴三桂和清廷之间的矛盾更加尖锐了。

康熙十二年（1673 年）春，镇守广东的平南王尚可喜疏请归老辽东，康熙皇帝遂乘势做出了令其移藩的决定。而后，又对镇守福建的靖南王耿精忠的撤藩要求也依例照准。在形势的逼迫下，吴三桂也假惺惺地上疏朝廷，请求撤藩，实则希冀朝廷慰留他。

对于吴三桂的真实意图，康熙皇帝非常清楚。他认为，吴三桂和朝廷对立已久，"吴逆蓄谋久，不早图之，养痈成患，何以善后，况且势已成，撤亦反，不撤亦反。不若及今先发，犹可制也"。于是力排众议，毅然决定允其撤藩，还派专使至滇，雷厉风行地经理撤藩事宜。

清朝同撤三藩的决定彻底粉碎了吴三桂"世镇云南"的美梦。吴三桂气急败坏，暗中指令死党向撤藩使者请愿，要求停止撤藩，继而又拖延时日，与心腹将领密谋发动叛乱。他还指使其党羽以"九天紫府刘真人"的名义吹捧自己是"中国真主"，为反叛大造舆论。

在经过一阵短暂的准备后，同年十一月二十一日，吴三桂铤而走险，杀巡抚朱国治，自号"周王天下都招讨兵马大元帅"，称兵反叛于云南。为了给自己的反叛活动披上名正言顺的外衣，吴三桂在"矢忠新朝"30 年后，又扯起了"复明"的旗号，令部下"蓄发，易衣冠"。

反叛之前，他装模作样地率领部下祭扫桂王陵墓，"恸哭，伏地不能起"，对部下大加煽动。又发布了一纸悲愤激亢的檄文，称明亡之时，"本镇独居关外，矢尽兵穷，泪干有血，心痛无声，不得已，歃血订盟，许虏藩封，暂借夷兵十万，身为前驱，斩将入关。不意狡虏逆天背盟，乘我内虚，雄据燕京，窃我先朝神器，变我中华冠裳，方知拒虎进狼之非，莫挽抱薪救火之误，本镇刺心呕血，追悔靡及"，故"避居穷址，养晦待时"，现已到了反清伐暴，顺天应人之日！并声称要"共举大明之文物，悉还中夏之乾坤"。吴三桂就这样轻描淡写地将自己 30 年来屠同胞、杀故主、割据一隅、为非作歹的所作所为一笔勾销，甚至将其描述成"韬光养晦，以待天时"。

吴三桂派人给朝廷送去奏章，请求停战。同时，又转托西藏的达赖喇嘛为他向朝廷"说情"，示以"裂土罢兵"之意。这个举动暴露了吴三桂的目光短浅。这正是他这个精明的投机者和真正的历史伟人之间的差别，也是他注定不能成大气候的证明。他这样的人，在历史脉络的缝隙间可以游刃有余，却缺乏引导历史、创造历史的眼光和识度。

一场大规模的叛乱活动就在这样滑稽可笑的恶作剧中开始

了。吴三桂率领 20 万人马又一次踏上了征程。一路上，车辚辚，马萧萧，杀气袭人。

应该说，起兵之初，形势对吴三桂有利。吴三桂手下的官兵都是百战之师，能征惯战。在吴三桂的指挥下，他们很快就拿下了贵州、湖南、四川，一路克捷，所到之处，清军望风披靡。福建靖南、广东平南二藩和吴三桂在各地的党羽如四川之郑蛟麟、谭弘、吴之茂，广西之罗森、孙延龄，陕西之王辅臣，河北之蔡禄等也先后揭起叛旗，纷纷响应。一时之间，形势对吴三桂显得非常有利。

吴三桂又一次饮到了长江之水。他亲临常德指挥，陈重兵于长江南岸，摆出一副汹汹之势。这时，吴军士气高涨，将领中有人主张立明朝后裔以收揽人心，有人主张疾行渡江全师北上，有人主张沿江东下，控扼江淮以绝南北粮道。可是吴三桂拒不表态。时间一天天过去，开始势如破竹的吴军仍在长江南岸按兵不动。

吴三桂自有他的打算。他想通过这个举动，向朝廷表明他并不是想真的反叛，他只是要保住自己应得的那份利益。他认为大军一路摧枯拉朽足以吓倒未经世事的小皇帝。他以为自己可以稳操胜券了，派人给朝廷送去奏章，请求停战，企图要挟玄烨收回成命，同时，又转托西藏的达赖喇嘛为他向朝廷"说情"，愿意"裂土罢兵"。

他觉得自己的要求合情合理，康熙皇帝没有理由不妥协。

这个举动充分暴露了吴三桂的目光短浅。这正是一个精明的投机者和真正的历史伟人之间的差别，也是他注定不能成大气候的证明。他这样的人，在历史脉络的缝隙间可以游刃有余，却缺乏引导历史、创造历史的眼光和识度。武力有时可以决定一切，却不是无懈可击的论据。当他的努力和更多的人的利益针锋相对时，他的英勇、精明、识略都成了礁石上苍白的泡沫。

但是，实际情况恰与吴三桂的愿望相反。吴三桂兵力强盛，上策应该是"疾行渡江，全师北向"，乘胜直捣京师，设法以军事上的胜利去推动政治上的成功；中策是"下金陵，扼长江，绝南北通道"，控制东南富庶地区，断绝清廷粮食赋税之源，凭借半壁江山与清廷周旋；下策是"出巴蜀，据汉中，塞淆函自固"，建立巩固的后方，以图割据。但吴三桂精明而不高明，低估了对手，他上、中、下三策一策未选，贻误了战机，给了玄烨从容反击的时间。

再说，清兵入关已经30年，民族矛盾早已下降为次要矛盾。吴三桂以反满相号召不过是刻舟求剑，脱离实际。而且，吴三桂降清以来的自我表演也太充分了。在民族矛盾最尖锐、民族斗争最激烈的时刻，他信誓旦旦地表示要"矢忠新朝"，对各地抗清义军极尽镇压之能事，曾几何时，他却又要"共举大明之文物"了。吴三桂的自我表演使人们看穿了他是一个见利忘义、口是心非、反复无常的野心家，一些有气节的汉族知识分子对之更是嗤之以鼻，耻与为伍。因而吴三桂发出的"反清复明"的号召，在广大汉族士民中并未产生什么重要影响。如王夫之[13]，一位极有号召力的学者，曾率众抗击清兵，但此时却断然拒绝了吴三桂的邀请，宁愿隐居衡山。因为他看透了吴的为人，知道他是个自私自利的家伙，从不懂得真正的民族大义，不可能取得最后的成功。

与吴三桂的估计相反，玄烨虽然年轻，但却有着杰出的政治才干。这位年幼的皇帝比吴三桂想象的坚强许多。他身上有着吴三桂所最缺乏的东西：原则性。他并不认同吴三桂的逻辑。撤藩之初，即已对撤藩可能导致的后果有所准备，因此在他得知吴三桂反叛的消息后，镇定自若，处置得当。他首先"停撤平南、靖南二藩"，进而招降了随叛的耿精忠、尚之信、王辅臣、孙延龄等，对投降的叛军"即与保全，恩养安插"、"悉赦已往，不复究治"。玄烨还宣布，在各省任职的吴三桂部下概不株连，各安职业。这样就彻底孤立了吴三桂。

就在吴三桂按兵不动的同时，玄烨紧张地调度全国的军队，动员种种社会力量。当他初步站稳脚跟，调整好整个国家应对危机的姿态后，他对吴三桂做出了最坚定、最决绝的回答：将吴三桂留质在京的长子吴应熊、长孙吴世霖处死，其余在京子孙免死入官为奴，以打击吴三桂气焰，巩固后方。

在军事方面，玄烨也做了周密的部署。他任命顺承郡王勒尔锦为宁南靖寇大将军，率师征讨吴三桂，还分别派出得力将领硕岱、赫业、马哈达、科尔坤等分赴荆州、兖州、太原、四川等军事重地。以湖广为主战场，派主力正面设防与吴三桂针锋相对，并伺机迂回江西，袭取长沙，断敌粮道；以陕甘川为西线，派重兵阻击叛军北上，并收复平凉、三边等地；以江西、浙江为东线，分兵驻守江宁、杭州、南昌、安庆等重镇，保卫江南富庶地区。阻止叛军打通江西浙江通道。清军在各个战场相互呼应，将叛军分割开来，逐渐取得了军事上的优势。

> 摸爬滚打了几十年的吴三桂在晚年发觉自己一生奋斗的荒唐可笑。天下之大，竟然没有一条留给他的路。自以为聪明一世、英雄一世，谁料竟是一直走在绝境的边缘。

史书记载，当吴三桂听到儿孙被诛这个消息时，正在吃饭。他"闻报，惊曰：'上少年乃能是，事决矣！'推食而起。"

至此，吴三桂的梦想才彻底破灭。他渐渐明白了自己的处境，一种不祥的预感笼罩了他的心头。自己的一生有可能以彻彻底底的悲剧收场。摸爬滚打了几十年的他在晚年发觉自己一生奋斗的荒唐可笑。天下之大，竟然没有一条留给他的路。自以为聪明一世、英雄一世，谁料竟是一直走在绝境的边缘。家庭观念极重的他在自己的爱子幼孙身上倾注了许多情感，垂暮之年的这一新的打击使他有些承受不了。他"在人前不肯显出，暗地里哭，云吃这一伙（指怂恿自己起兵的幕僚）亏了。"

退路已断，吴军只好再次发动攻势。可是此时时机已失，清军已做好了充分准备。形势的力量毕竟大于人，吴三桂的大军开始步履艰难了。

虽然在叛乱发动之初，政府军作战不利，但是，由于在政治上是讨逆平叛，经济上是以全国制一隅，时间不长，便扭转了军事上的失利局面，使得正面进攻的吴军不能越长江一步，双方在战场上暂时出现了相持的局面。在清兵以全国之力奋力反扑之后，骁勇善战的吴军终于开始不断品尝失败。战局急转直下，吴三桂一生中的最后一次赌博很快就失去了任何成功的希望。

康熙十五年（1676年）是双方军事形势发生重要转折的一年。由于兵兴三年，吴三桂兵力、财力严重不足，而吴在各地的党羽也纷纷离心离德，各寻退路。与此相反，清朝政府却以全国的兵源、财源作后盾，数路出兵，进行反攻，并迫使各地之吴军处于守势。在湖广战线上，清军将领安亲王岳乐师出湖南，连克萍乡、醴陵、浏阳等重要城镇，兵锋直指省府长沙。在西北战场上，年初图海任统帅以来，所向皆捷。六月，穷蹙无路的王辅臣被迫投降。在东部战场上，康亲王杰书也率师自浙入闽，连克重镇。十月，耿精忠被迫投降，清师进入福州。受此影响，盘踞广西的孙延龄和盘踞广东的尚之信也表示要叛吴降清。十二月，孙延龄因事泄被杀，尚之信则遣使诣江西简亲王喇布军前投降。此后，在清军发起的不断进攻下，湖南、江西的吴军处境愈益恶化，吴军本部也开始出现了叛吴降清的现象。

康熙十七年（1678 年）三月，吴三桂见攻守失措，前途渺茫，终于撕下了"复明"的面纱，上演了一出称帝的丑剧，以衡州为"定天府"，建国号周，改元"昭武"，并册封妻子张氏为后，孙吴世璠为太孙，置官封拜，颁制新历，举行云贵乡试。但是这些活动并没有给这个野心家带来什么好运，前线告急文书仍如雪片一样飞来。吴三桂气急败坏，称帝不久，便病倒在床，这年八月死于衡州，从而结束了这个身经两朝、历事三主的野心家的一生，时年 67 岁。

康熙皇帝接受的是正规而系统的汉文化教育，他不能对吴三桂当初的投奔报理解态度，对于吴三桂为大清天下立下的汗马功劳，他也不存欣赏之意。对这位功高权重的汉人王爷，他心底只有鄙薄、厌恶，还有深深的猜疑和不安。以洪承畴为参照，即使吴三桂不起兵反叛，在清朝皇帝的眼中，其历史地位也不过是入"贰臣传"而已。

吴三桂死后，部下郭壮图、方光琛等拥立其孙吴世璠即位于贵阳，改元洪化。但控制的地盘越来越小，内部也更加分崩离析。乘此时机，清朝政府加强了政治策反和军事进攻。康熙十八年（1679 年），克复湖南、广西，第二年，又下四川、贵州，并进兵云南。康熙二十年（1681 年）二月，定远平寇大将军彰泰、征南大将军赖塔分别率领的湖南、广西清军，相继由贵州深入云南，在嵩明州会师，合兵进逼昆明，立营于城外归化寺。二十一日，吴世璠遣其将胡国柄等，率马步兵万余，出城列象阵拒战。清军分队进击，吴军被迫退入城中据守。清军自归化寺至碧鸡关，列营数十里。吴世璠急令其将马宝由四川救援。十月，清三路大军合攻昆明，二十八日，叛将线緘、胡国柱等无奈，密谋擒吴世璠降，吴闻变自杀。次日，线緘等开城投降。

至此，由吴三桂引发的三藩叛乱被彻底平息。吴三桂的子孙后代被彻底杀光，包括襁褓中的婴儿。

当叛酋授首，凯歌高奏，群臣拜舞，请上尊号[14]的时候，玄烨没有那种击败对手的喜悦、得意、兴奋。他对群臣说，若以平三藩为"摧枯拉朽，容易成功，则辞过其实"，八年战争，"师旅疲于征调，被创者未起；间阎蔽于转输，困苦者未苏。且因军兴不给，裁减官员俸禄及各项钱粮，并增加各项银两仍未复旧，每一轸念，甚歉于怀"，"君臣之间，全无功绩可纪"，"上尊号一事，断不可行"。表现出了一个胜利者难得的清醒。

玄烨这种超乎寻常的冷静，是因为他没有想到，在他眼里那个遭天下人唾骂、弃父背主、不忠不孝不仁不义的"贰臣"吴三桂，竟有如此巨大的号召力。叛旗一竖，天地摇动，数月之间，六省皆陷，"东南西北，在在鼎沸"，原明降官降将、遗老遗少，三藩党羽纷起响应，加上农民流民义军、蒙古等少数民族起事，大清王朝差一点被颠覆。

当然，他也没有料到，在他眼里奉天讨逆的正义王师，天经地义的统一圣战，竟在山川平原、城池壁垒、阵前阵后、朝野上下遭到了如此顽强的抗拒，以至于人心大动，多数大臣反对撤藩。大学士索额图等更主张行汉初清君侧故事，请诛主张撤藩之臣以谢吴三桂。连达赖喇嘛都为吴三桂游说："莫若裂土罢兵。"可以想见，当时他稚嫩的身躯承受了多么大的压力。

期间前方军报雪片般传回，甚至一日三四百疏，玄烨手批口谕、劳神焦思、发踪指示、精心调度，他常常深夜难寐。"午夜迢迢刻漏长，每思战士几回肠。""夜半无穷意，心为念万方"。这是他在寂静清冷的深夜，运筹帷幄的间隙留下的心声。

吴三桂，那个亲手追俘南明永乐帝、又心虚胆颤在永乐帝面前腿软下跪、最后狠毒地用弓弦勒杀永历帝的对手，曾经搅得他的帝国不得安宁，险些崩溃，好在这个人如今已经灰飞烟灭了。对于这个对手，玄烨不曾有过尊重，有的只是轻蔑———一个惟利是图、毫无信义的人，连普通的士人都纷纷唾弃，又如何能赢得他的尊重？

正如诗人所说："复楚未能先覆楚，帝秦何必又亡秦。丹心早为红颜改，青史难宽白发人"。吴三桂如果知道玄烨不会放纵他的为非作歹，也许就不会白车素缟以迎清军了。作为一个在历史转折关头扮演过重要角色的风云人物，吴三桂竟然一错再错，又有谁会原谅他呢？

康熙皇帝接受的是正规而系统的汉文化教育，他不能对吴三桂当初的投奔抱理解态度，对于吴三桂为大清天下立下的汗马功劳，他也不存欣赏之意。对这位功高权重的汉人王爷，他心底只有鄙薄、厌恶，还有深深的猜疑和不安。

在吴三桂发动叛乱之前七年，洪承畴死了。临死的时候，他已经失去了权力。也许正是这点，使他能够寿终正寝。清廷在悼词中慷慨地称颂他"应天顺时，通达大义，辅佐本朝成一统太平之业，而其文亦标名竹帛，勒勋鼎彝"。然而，到了清朝中叶，天下已经平定，朝廷开始大力宣扬"臣节"。这位"勒勋鼎彝"的勋臣终于被列入"贰臣传"，昔日的赞词荡然无存，剩下的只是对他背叛君亲的严厉指责和锋利嘲讽。他终于以嗜利偷生、不顾君臣大义的罪名被钉在了历史的审判台上。

以洪承畴为参照，即使吴三桂不起兵反叛，在清朝皇帝的眼中，其历史地位也不过是入"贰臣传"[15]而已。

注释

〔1〕 冲龄践祚：幼年即位。冲龄：幼年。

〔2〕《东华录·卷九》(清·蒋良骐)记载："(康熙八年)五月，上以辅臣公鳌拜结党擅权，弗思悛改，命议政王大臣等逮治鳌拜罪。上谕曰：'前工部尚书员缺，鳌拜以朕素不知之济世妄称才能推补，通同结党，以欺朕躬。又奏称户部尚书应授二员，将马尔赛徇情补用。又鳌拜于朕前办事不求当理，稍有拂意即将部臣叱喝，引见时在朕前施威震重。科道官条奏，鳌拜屡请禁止，恐身干物议，闭塞言路。凡用人行政欺朕专权，恣意妄为，文武各官欲尽出伊门下，与穆里玛等结成死党，凡事在家定议然后施行，且倚仗凶恶弃毁国典，与伊相合者则荐拔之，不合者则陷害之。朕念鳌拜旧臣，望其改恶悔过，今乃贪聚贿赂，奸党日甚，上违君父重托，下则残害生民，种种恶迹，难以枚举，其严拿勘审。遏必隆同列辅政，明知其恶而缄口不语。阿南达、班布尔善党恶，其子那摩佛、侄塞本得并令法司逮问。'……"

〔3〕 鸷，zhì，凶狠。

〔4〕 当官就要当执金吾，娶妻子就要娶阴丽华。执金吾：秦汉时率禁兵保卫京城和宫城的官员，阴丽华：东汉开国皇帝光武帝刘秀的结发妻子(后被封为皇后)。最早出自南朝范晔的《后汉书·皇后纪》。这句话是东汉开国皇帝光武帝刘秀曾经说的关于人生理想的

名言。刘秀年少时，只是个没落皇族、一介布衣，刘秀曾经去长安求学，在街上看到执金吾走过，场面甚是壮观、阔气，大为感叹，发出了："仕宦当作执金吾，娶妻当得阴丽华"的感慨和向往。这句话广为流传，日后成了千古名言，引发了许多"乱世枭雄"的共鸣。刘秀与阴丽华的爱情故事也千古传颂。

〔5〕陈圆圆（1623 年—1695 年），原姓邢，名沅，字圆圆，又字畹芳，幼从养母陈氏，故改姓陈，明末清初江苏武进（今常州）人。居苏州桃花坞，隶籍梨园，为吴中名优，"秦淮八艳"之一。陈圆圆入京后，成为田弘遇家乐演员。田弘遇因贵妃去世，日渐失势，为了巩固自己的地位以及在乱世中找到倚靠，有意结交当时声望甚隆且握有重兵的吴三桂。田弘遇曾盛邀吴三桂赴其家宴，"出群姬调丝竹，皆殊秀。一淡妆者，统诸美而先众音，情艳意娇。"而这位淡妆丽质的歌姬，就是陈圆圆。吴三桂惊诧于陈圆圆的美艳，"不觉其神移心荡也"（陆次云《圆圆传》）。田弘遇遂因三桂之请，将圆圆赠送吴三桂，并置办丰厚的妆奁，送至吴府。李自成农民军攻占北京后，圆圆为刘宗敏所夺。吴三桂本欲投降农民军，但得知圆圆遭劫后，冲冠一怒，愤而降清。

〔6〕亟，jí，急切。

〔7〕山海关的险要体现在其地理位置重要和城防设置险峻两点。

一是山海关地扼东北进入华北主要通道——辽西走廊的咽喉。

东北进入华北主要有三条通路：第一条是由通辽经赤峰过居庸关进

京入关。第二条是由朝阳经承德过古北口进京入关。第三条是由锦州、葫芦岛经秦皇岛过山海关入关。

第一条路距离最远，第二条次之，两条路都要远绕深入燕山腹地，山路险峻，无路迂回，为作战行军不可取也。第三条路相对最为平坦，距离也最短，只有山海关北依燕山，东傍渤海一处险峻，夺此关口即打开了入关通道。前人曾以"两京锁钥无双地，万里长城第一关"的诗句，来形容其地理位置的重要。

二是山海关城依山阻海而建，符合"通川之道，要害之处"的古代城市规划原则，建有关城、东罗城、西罗城、南翼城、北翼城、威远城和宁海城七大城堡，具有七城连环、万里长城一线穿的军事城防系统。

关城建筑颇具匠心，是罕见的奇作。整个城池布局为四方形，周长4.6公里，城高12米，厚7米，东墙顶宽15米多，可"十人同行，五马并骑"。城墙内部土筑，外用砖砌。城设四门，"东曰镇东，西曰迎恩，南曰望洋，北曰威远，俱设重键"。水门3个，居东南、西南、西北三隅，以泄城中积水。城外四周浚有护城河，平时蓄水，战时防敌。城四门上各有箭楼。此外，在东面城墙上还有临闾楼、威远堂、牧营楼、靖边楼，均为防卫所用。

为了防御体系的完备，关城东、西门外，各筑有东罗城、西罗城；城南北筑有南翼城、北翼城；城四门处建有瓮城；东门外，有城堡、烽火台多处。这样，山海关城及其附近军事设施，构成了完善的军事建筑群。确实大有"山海关关山海"之势。

所以，从明清到军阀混战，从抗日战争到解放战争，这里都是兵家必争之地，成为军事上控制东北和华北的咽喉地带。

〔8〕赍，jī，怀抱着，带着。

〔9〕申包胥求秦复楚的历史典故：申包胥品行高尚，重信义，他和伍子胥是好朋友。当年伍子胥因父遭谗被害而出逃楚国到往吴国，并于楚昭王十五年（公元前506年）用计助吴攻破楚国。申包胥赴秦国求救，但秦哀公拿不定主意是否出兵，申包胥就"哭秦庭七日，救昭王返楚"，秦哀公终被其诚意感动而出兵救楚。楚王复国后，要重奖申包胥，但他却拒不受赏，躲到山里隐居起来了。后来他的子孙就以其名字中的"包"为姓，称为包氏。

故事出自《左传·定公四年》，原文如下：

初，伍员与申包胥友。其亡也，谓申包胥曰："我必复楚国。"申包胥曰："勉之！子能复之，我必能兴之。"及昭王在随；申包胥如秦乞师，曰："吴为封豕长蛇，以荐食上国，虐始于边楚。寡君失守社稷，越在草莽，使下臣告急曰：'夷德无厌，若邻于君，疆埸之患也。逮吴之未定，君其取分焉。若楚之遂亡，君之土也。若以君灵抚之。也以事君。'"秦伯使辞焉，曰："寡人闻命矣。子姑就馆，将图而告。"对曰："寡君越在草莽，未获所伏，下臣何敢即安？"立，依于庭墙而哭，日夜不绝声，勺饮不入口七日。秦哀公为之赋《无衣》。九顿首而坐。秦师乃出。

译文：

当初，伍员和申包胥是朋友。伍员出逃吴国的时候，对申包胥说：
"我一定要颠覆楚国。"申包胥说："努力吧！您能颠覆它，我就一
定能使它复兴。"到了楚昭王在随国避难的时候，申包胥到秦国去
请求出兵，他说："吴国是头大野猪，是条长蛇，它多次侵害中原
各国，最先受到侵害的是楚国。我们国君守不住自己的国家，流落
在荒草野林之中，派遣臣下前来告急求救说：'吴国人的贪心是无
法满足的，要是吴国成为您的邻国，那就会对您的边界造成危害。
趁吴国人还没有把楚国平定，您还是去夺取一部分楚国的土地吧。
如果楚国就此灭亡了，另一部分就是君王的土地了。如果凭借君王
的威灵来安抚楚国，楚国将世世代代侍奉君王。'"秦哀公派人婉
言谢绝说："我听说了你们的请求。您暂且住进客馆休息，我们考
虑好了再告诉您。"申包胥回答说："我们国君还流落在荒草野林之
中，没有得到安身之所，臣下哪里敢就这样去客馆休息呢？"申包
胥站起来，靠着院墙痛哭，哭声日夜不停，连续七天没有喝一口
水。秦哀公为他写了一首《无衣》。申包胥连着叩了九个头，然后
才坐下。于是，秦国出兵了（帮助楚国）。

秦风·无衣

岂曰无衣？与子同袍。王于兴师，修我戈矛。与子同仇！

岂曰无衣？与子同泽。王于兴师，修我矛戟。与子偕作！

岂曰无衣？与子同裳。王于兴师，修我甲兵。与子偕行！

〔10〕 锡，赏赐。

〔11〕 稽，停留。

〔12〕 廑，qín，同"勤"。

〔13〕 王夫之（1619 年—1692 年），字而农，号姜斋、又号夕堂，湖广衡州府衡阳县（今湖南衡阳）人。他与顾炎武、黄宗羲并称明清之际三大思想家。其著有《周易外传》《黄书》《尚书引义》《永历实录》《春秋世论》《噩梦》《读通鉴论》《宋论》等书。王夫之自幼跟随自己的父兄读书，青年时期王夫之积极参加反清起义，晚年王夫之隐居于石船山，著书立传，自署"船山病叟"、"南岳遗民"，学者遂称之为"船山先生"。晚晴重臣曾国藩与王夫之其实也有很深厚的渊源。

首先他们都是湖南人，都是湖湘文化的主要代表人物之一，且有着承前启后的关系——曾国藩的思想和行为深受王夫之影响。曾国藩极为推崇王夫之及其著作，曾在消灭太平天国、打下天京（南京）后，在两江总督任上大批刊刻《船山遗书》，使他的著作得以广为流传。

曾国藩还与王夫之是正宗衡阳老乡，曾国藩原本就是祖籍衡阳，后迁居湘乡（今双峰）荷叶塘，且家乡荷叶塘靠近衡阳，他的妻子欧阳氏还是衡阳人，他少年时代亦在衡阳石鼓书院念过书，后来又在衡阳操练湘军及水师。

曾国藩与王夫之还有两层校友关系：曾国藩少年时代曾在衡阳石

鼓书院念过书，而王夫之曾在这里教过书；后来曾国藩又在长沙岳麓书院念过书，而王夫之也曾在这里念过书。

此外，曾国藩在衡阳的恩师汪觉庵的小女儿，嫁给了王夫之六世孙王世全的第四子。

曾国藩在衡阳主持湘军团练期间，去瞻仰回雁峰下王衙坪的王夫之故居时，王夫之六世孙王世全还把王夫之当年用过的一把宝剑赠送给了他；而这把宝剑，竟是当年明太祖朱元璋赠给王夫之先祖的。后来，曾国藩与曾国荃兄弟，竟凭着这把宝剑攻克了金陵（南京），消灭了太平天国。这便很有传奇色彩了。

〔14〕上尊号，在封建时代，给皇帝上尊号是一种"大典"，所谓"加上尊号，典礼甚大"（《康熙政要》）。因为对于一个乾纲独断、至尊无上的封建君主来说，权力和地位都已经臻于巅峰，无可再增，所以"上尊号"便是扩大政治威望、提高历史地位的重要举措，具有重大的政治象征意义。康熙曾经先后八次拒绝群臣们为他上尊号的请求，这八次拒受尊号的时间分别是：康熙二十年（1681 年）平定"三藩之乱"后；康熙二十二年（1683 年）台湾郑克塽（shuǎng）归降后；康熙三十六年（1697 年）平定噶尔丹后；此外还有五十、六十、七十寿辰（1702 年、1712 年、1722 年）之时共三次；登基五十、六十周年（1711 年、1721 年）时共两次。康熙皇帝曾经说自己"凡事但求实际，不务虚名。"（《清圣祖实录》，卷二六八），拒上尊号的行为正是他这种务实的

执政风格的体现。

〔15〕《贰臣传》，是乾隆皇帝在乾隆四十一年（1776 年）正式提出编纂的。《贰臣传》分甲乙两编，附录于《清史列传》卷 78、79 两卷中，共收录了明末清初在明清两朝为官的人物 120 余人。

在经历了清初的动荡之后，到了乾隆时期，清朝政权已经建立百年，其统治已经非常巩固。在这种情况下，乾隆帝为了进一步巩固统治，缓和民族矛盾，瓦解民族意识，达成统一思想，在大力表彰忠臣（即在明末清初因抗清遇难的明朝官员）的同时，下令编纂《钦定国史贰臣表传》，即《贰臣传》。

乾隆四十一年（1776 年）底，在诏令国史馆修编《明季贰臣传》时，乾隆帝已经明白无误地把对"我大清"有赫赫功勋的洪承畴、祖大寿、冯铨等一批人打入另册，其意在于"崇奖忠贞"，"风励臣节"，诏曰：

"因思我朝开创之初，明末诸臣望风归附。如洪承畴以经略表师，俘擒投顺；祖大寿以镇将惧祸，带城来投。及定鼎时，若冯铨、王铎、宋权、金之俊、党崇雅等，在明俱曾跻显铁，入本朝仍忝为阁臣。至若天戈所指，解甲乞降，如左梦庚、田雄等，不可胜数。盖开创大一统之规模，自不得不加之录用，以靖人心，以明顺逆。

今事后凭情而论，若而人者皆以胜国臣僚，乃遭际时艰，不能为其主临危受命，辄复畏死幸生，忝颜降附，岂得复谓之完人！即或稍有片长足录，其瑕疵自不能掩。若既降复叛之李建泰、金声桓，及降附后潜肆诋毁之钱谦益辈，尤反侧金邪，更不是比于人类矣。

朕思此等大节有亏之人，不能念其建有勋绩，谅于生前；亦不能因其尚有后人，原于既死。今为准情酌理，自应于国史内另立《贰臣传》一门，将诸臣仕明及仕本朝名事迹，据实直书，使不能纤微隐饰，即所谓虽孝子慈孙百世不能改者……此实乃朕大中至正之心，为万世臣子植纲常！"

曾国藩与洪秀全

天下古今之庸人，皆以一惰字致败；天下古今之人才，皆以一傲字致败。

——曾国藩

梁启超有一句名言："中国苟受分割，十八省中可以为亡后之
国者，莫如湖南广东两省矣。湖南之士可用，广东之商可取。湖
南之长在强而悍，广东之长在富而通。"被梁启超认为可救中国
的广东人和湖南人在梁氏出生前不久打了一场十几年的仗，也许
正是这种激烈对抗让梁启超看到了两省的底气。

这里说的两省的对抗就是指太平军与湘军的对抗。

太平军的统帅是一个读书人，他的名字叫洪秀全；湘军的统
帅也是一个读书人，他的名字叫曾国藩。

> 也许是对四书五经以及它们的注疏，一个半通不透，
> 一个滚瓜烂熟；也许是科举制度根市就不能识别真人才，
> 甚或压抑人才；也许还有性格上的原因，总之最后洪秀
> 全和曾国藩这两个文人分道扬镳了。

洪秀全生于 1814 年 1 月 1 日，比曾国藩小三岁。他们都长
在农民家庭，都在五六岁入塾，读的都是圣贤书，四书五经是主
要读本。他们学的都是八股文，走的都是参加科举考试以入仕的
道路，但此后却同源而殊归了。

洪秀全原名"火秀"，稍大，按家族班辈改名"仁坤"，长大
后自己改名"秀全"。由于洪秀全才学超众，学业优良，家族、
老师和亲属都确信他能取得功名。因此，年仅 16 岁的洪秀全就

带着使整个家族"荣耀"的希望，开始奔波于科举的考场之中，企图一朝金榜题名，登上仕宦之途，以光耀门庭。但是，这位才华出众的洪秀全，四次赶考，四次名落孙山。正如洪仁玕（gān）[1]在"自述"[2]中所说："洪秀全十二三岁经史、诗文无不博览。自此时至三十一岁，每场榜名高列，惟道试不售，多有抱恨"，只能"暂且偷闲跃在渊"了。洪秀全苦读多年却连个秀才也未考上，只得在家乡教书糊口。

而曾国藩的读书做官之路，却是很顺畅的。他23岁点秀才，24岁成举人，27岁中进士。道光十八年（1838年）第三次会试中式，殿试三甲第四十二名，赐同进士出身[3]；朝考[4]一等第三名，后由道光皇帝拔置为第二名，改翰林院庶吉士[5]，以后授职翰林院检讨[6]，从七品衔，成为京师一名小官员。从此跻入仕官行列，节节升迁。后来又做了礼部侍郎[7]，十年之中，连升十级。37岁时已官至从二品，有清一代整个湖南唯他一人，在同僚中引以为傲。

也许是对四书五经以及它们的注疏，一个半通不透，一个滚瓜烂熟；也许是科举制度根本就不能识别真人才，甚或压抑人才；也许还有性格上的原因，总之最后两个文人分道扬镳了。

当然还可以寻找更深刻的原因。洪秀全出身于农民家庭，又长期是个农村塾师，与贫苦百姓有许多天然的联系。曾国藩虽也出身于农家，也参加些家庭辅助劳动，但父亲是个多次落第的士子，长期设塾授徒，而功名之心始终未死，后来还当上了湘乡全县的团总[8]，跻入乡绅[9]行列。二人不同的家庭教养也许在一定程度上促使他们走上了不同的道路，有时，这种影响甚至是决定性的。这是其一。

其二，洪秀全出生在广东省花县福塬水村，出生后的第二年便举家迁居官禄，距广州仅约百里，后来又多次去广州应试。这就为他提供了接受与传统孔教异趣的新思想、新文化的地理条件。《南京条约》规定清政府辟五口通商，而广州开市最早，即使是重新开市的道光二十三年七月初一日（1843 年 7 月 27 日），也比其他四口为早，所以它的地位远较其他四口为高，包括当时的上海。鸦片的毒害，侵略者的凶残，清政府的懦怯，三元里人民的抗争，不能不在青年洪秀全心里产生深刻影响。而随着鸦片与其他剩余产品的推销，侵略者带来了与中国传统绝不同型的西洋文化。洪秀全正是在广州读到了基督教的布道书《劝世良言》[10]。这种在当时当地尚是"全新"的东西，与洪秀全经过几年的酝酿，渐趋成熟的"求变"的思想一拍即合，于是经过洪秀全的改造，一种只拜上帝，不拜别的偶像的"拜上帝教"便在中国古老的土地上诞生了。基督教原只是要求贫者安贫，富者慕义，把美好的天堂寄托在死后的世界；而洪秀全却在《原道觉世训》[11]中提出了斩杀各种邪恶的集中代表"阎罗妖"的号召，把建立美好天堂的理想寄托在现实斗争中。

　　而曾国藩则恰恰相反，他的青少年时代生活在离小县城尚有一百二十里的山村中，四面环山，交通闭塞，西洋文化与他是无缘的，他始终沉浸在"子曰诗云"、穷经守道之中，后来，程朱理学更成为他安身处世的哲学准则。这种思想的差异，是曾国藩与洪秀全这两个在同一母体内吸收过同一文化营养的读书人最后走上不同道路的第二个基本原因。他们的性格与人生道路的形成，都是半殖民地半封建社会的复杂的阶级关系的产物。

　　曾国藩长年居于京城，闲散疏淡的生活使他深感有心无力之苦。而与此同时，洪秀全却激情满怀，为自己的理想四处奔波。洪秀全的作品，不但反映了他对黑暗社会的不满、愤慨，以及批评种种丑恶现象的勇气，而且也说明了他对建立一个"家"，共享太平的理想社会的向往，表达了农民对封建等级制度的痛恨。

　　洪秀全奔波于科场的 15 年，正是中国社会急剧变化的时期。鸦片战争的失败，丧权辱国的《南京条约》的签订，不仅震动了全国，也使洪秀全对这种外有帝国主义的侵略，内有清政府的腐败，天灾人祸并行，民不聊生的社会现实极为不满，加之和因"屡试不售"而溢于心中的"抱恨"之情交织在一起，反清意识渐浓，从而产生了一种强烈的改造社会的愿望。他请人铸造了一把"斩妖剑"，以示自己要把社会上的妖邪斩尽杀绝，建立一个太平统一的理想社会。

1843 年最后一次应试落第后，洪秀全阅读了基督教传教士梁发的《劝世良言》，从中接受了基督教的"独一真神唯上帝"的观点，认为只有创造万物主宰一切的上帝是独一真神，过去人们所崇拜的完全是邪魔，必须诛灭。由此，他创立了"拜上帝教"，将《劝世良言》当成重要的教义来源，宣传他是受命下凡、诛妖救世的，劝人信奉，并开始在亲友中宣讲拜偶像之罪恶，要拜信上帝。他还同他的同学冯云山和族弟洪仁玕等自行洗礼入教，把家中信奉的偶像和授业村塾中的孔子牌位撤掉。他写诗宣称："敢将孔孟横称妖，经史文章尽日烧""全能天父是为神，木刻泥团枉认真。幸赖耶稣来救世，吾侪及早脱凡尘。"

这种"离经叛道"的行为，在村中引起了一场轩然大波，招来了旧势力的攻击。因此，三个人也都失掉了塾师的工作。1844 年，洪秀全和冯云山不得不出走广西传教。

洪秀全到广西传教并不顺利，八个月后不得已又回到花县。他在本乡的一所学校任教的数年中，一面教书，一面从事拜上帝教有关教义的理论创作。自 1845 年至 1847 年，他写了许多文章、诗歌之类的宣传品。据说共有 50 余帙，多已失传，只留有《原道救世歌》《原道醒世训》和《原道觉世训》等，这些作品都反映了他早期的政治思想。《原道觉世训》是一篇隐晦而又激烈的反清檄文，它借天上"神"与"妖"的斗争，来隐喻人间的对立。并大声疾呼：一切善良的人们都不能置身于斗争之外，可在上帝的旗帜下和妖魔相抗，否则就会"生前若鬼缠，死后被鬼捉，永远在地狱受苦"。这种借传教进行的反清革命宣传，为后来太平军的武装起义作了思想和舆论上的准备，也在动员群众、发动群众方面起了积极作用。

洪秀全的作品，不但反映了他对黑暗社会的不满、愤慨，以及批评种种丑恶现象的勇气，而且也说明了他对建立一个"家"，共享太平的理想社会的向往。他认为"人人都有权拜上帝，天下的人都是上帝生养的兄弟姊妹，不应尔吞我并"。这些平等思想，表达了农民对封建等级制度的痛恨。

洪秀全的这些宣传和主张，为太平天国起义奠定了思想基础。

此时的曾国藩也有惊世骇俗之举。在京城十余年，曾国藩大多只是任些闲散文职，有时间潜研学术，博通儒学，在知识分子群中颇有些名气。但是做官也累人，曾国藩身为从二品大员，杂事缠身，终于未沉浸于学门，成为纯粹的学问家。或许是因为他自己也执意要做些实事，不愿终身闭门读书吧。曾国藩读书，常以身仿效，以理学之规严格修身养性，并在日后的治军作战中付诸实际。曾国藩平生著述并无经典，却成为天下闻名的大理学家，主要就是因为他把理学用于修身、齐家、治国、平天下。

曾国藩长年居于京城，闲散疏淡的生活使他深感有心无力之苦。而与此同时，洪秀全却激情满怀，为自己的理想四处奔波。

> 太平军从广西打到湖南，顺风顺水，无坚不摧，然而围城 80 多天却打不下长沙。这也许预示了洪秀全啃不下湖南这块骨头。

1847 年 8 月，洪秀全再次来到广西，在桂平紫荆山与冯云山会面。这时，冯云山经过艰苦的工作，在紫荆山区建立了拜上帝会组织，会众已达三千人，其中有不少志向坚定的人，共同图谋大事。在冯云山的宣传下，洪秀全已在群众中有很高的威望。随着洪秀全的到来，他们期待摆脱受压迫、受剥削的苦难命运的欲望越来越强烈，这使洪秀全受到很大的鼓舞，他的思想更明确了——必须推翻邪恶的社会，建立一个公平的"新天新地"。于是，他又写了一些小册子，到处传送。册子中，他虚构了一个神话，称他自己是上帝的第二个儿子，来到人间"除妖灭魔"；并说压榨人民的清朝皇帝和官吏是敌，是"阎罗妖"和"妖徒鬼卒"，必须统统消灭。这些宣传挑起了积郁在贫苦农民心中的反抗怒火，加入拜上帝会的人不断增加。

在大造革命舆论、宣传发动群众的同时，洪秀全和冯云山率众毁坏孔像，扫荡庙宇，与传统势力进行斗争。这些活动，使

"拜上帝会"名声大震，影响大增。

随着"拜上帝会"的力量不断壮大，他们与官府及地方豪强势力的矛盾也逐渐加深。1848年初，当地一名恶霸将冯云山抓走，送进桂平县城。后经众人奋力营救，冯云山才脱险。这件事激起了大家的愤慨，纷纷要求拿起武器进行反抗。这年正值广西天灾严重，农民为求生存在不少地方抢粮夺米，揭竿而起。洪秀全眼看"近日烟氛大不同"，断定与清王朝决一死战的时刻已经来临，发出"古来事业由人作"，"知天有意启英雄"的豪言，与冯云山决定，立即赶造兵器，训练人员，准备起义。

为了进行最后的动员，洪秀全在桂平县莫村写下《诛妖歌》，将斗争矛头直指清朝廷，充分表达出了一个造反者的气势："真神能造山河海，那任妖魔一面来！天罗地网重围住，尔们兵将把心开。日夜巡逻严预备，运筹设策夜衔枚。岳飞五百破十万，何况妖魔灭绝该。"

道光三十年十二月初十日（1851年1月11日），洪秀全领导太平军在广西桂平县金田村宣布起义，此时洪秀全年满37岁。两个月后，洪秀全自封天王，定国号太平天国。半年后夺取永安，这是太平军攻占的第一座城市。洪秀全在此滞留半年多，进行政权建设，封杨秀清为东王，萧朝贵为西王，冯云山为南王，韦昌辉为北王，石达开为翼王。接着围攻桂林，激战蓑衣渡。在蓑衣渡太平军遭到清军伏击，冯云山牺牲，洪秀全失去了一位

"板荡忠臣"和亲密战友。太平军经过休整,"欲直扑湘汉",饮马长江,于是进军湖南,先后攻占重镇道州、郴州。

向湖南进发途中,太平军以东王杨秀清、西王萧朝贵的名义发表了《奉天讨胡檄布四方谕》《奉天诛妖救世安民谕》《救一切天生天养谕》三篇文告,这些文告显然代表了洪秀全的思想。在著名的《奉天讨胡檄布四方谕》中,他们以"讨胡"为旗帜,把矛头对准整个统治阶级,揭露满汉统治者的沆瀣一气:"凡有水旱,略不怜恤,坐视其饿莩[12]流离,暴露如莽,是欲我中国之人稀少也。满洲又纵贪官污吏,布满天下,使剥民脂膏,士女皆哭泣道路,是欲我中国之人贫穷也。官以贿得,刑以钱免,富儿当权,豪杰绝望,是使我中国之英俊抑郁而死也。凡有起义兴复中国者,动诬以谋反大逆,夷其九族,是欲绝我中国英雄之谋也。满洲之所以愚弄中国,欺侮中国者,无所不用其极!"[13]

这篇造反檄文,激昂慷慨,伸张大义,排比对仗,笔力雄健:"今幸天道好还,中国有复兴之理;人心思治,胡虏有必灭之征。三七之妖运告终,而九五之真人已出。胡罪贯盈,皇天震怒,命我天王肃将天威,创建义旗,扫清妖孽,廓清[14]华夏,恭行天罚。言乎远,言乎迩[15],孰无左袒[16]之心;或为官,或为民,当急扬徽[17]之志。甲胄干戈,载义声而生色;夫妇男女,摅[18]公愤以前驱。誓屠八旗,以安九有[19]。特诏四方英俊,速拜上帝,以奖天衷。执守[20]绪于蔡州,擒妥欢于应昌,兴复九沦之境土，顶起上帝之纲常。其有能擒'狗鞑子'咸丰来献者，或有能斩其首级来得，或又有擒斩满洲胡人头目者，奏封大官，决不食言……予兴义兵，上为上帝报瞒天之仇，下为中国解下首之苦，务期肃清胡氛，同享太平之乐。"

这篇檄文大呼"中国[21]有中国之形象""中国有中国之衣冠""中国有中国之制度""中国有中国之语言"，它所彰明的"肃清胡氛""廓清华夏"，实为后来孙中山领导的兴中会所提出的"驱除鞑虏，恢复中华"的滥觞[22]。

咸丰二年（1852年）七月二十八日，洪秀全兵临长沙。太平军与守城清军在长沙南门一带多次展开激烈战斗，西王萧朝贵在攻天心阁时中炮身亡。洪秀全亲督部队奋力猛攻，也未能得手。太平军从广西打到湖南，顺风顺水，无坚不摧，然而围城80多天却打不下长沙。这也许预示了洪秀全啃不下湖南这块骨头。

太平军只好放弃长沙，沿湘江北上，果然又恢复了势如破竹的局面，拿下岳州。1853年1月12日攻克武昌城[23]，湖北巡抚常大淳死事，两广总督徐广缙被清廷逮问。这是太平军攻克的第一座省城。休整补给后，2月9日，太平军复折而东下，夹江进击，所向披靡，千里长江之上，战船万艘，白帆蔽江，义旗猎猎，衔尾数十里，一路滔滔。"沿江州邑，无兵无船，莫不望风披靡"。2月18日克九江，28日克安徽省城安庆。由于沿途群众踊跃入伍，太平军永安起兵时不过1万人，抵南京城下时号称已达百万之众。实际约为 20 万人，家属妇女居半，能够征战的将士近 10 万人。

3 月 19 日，太平军一举攻占江宁（南京），斩将军祥厚、两江总督陆建瀛、副都统霍隆武等。这天是太平天国癸丑三年二月十四日，咸丰三年二月初十日。虎踞龙蟠之地，成了昔日"黑脚杆子"睥睨天下的大本营。洪秀全改江宁为天京，分兵破镇江、扬州。几十万清军望风披靡[24]，前不能堵，后不能击。

> 大学士肃顺公开宣称："满族没有一个人中用，国家有大事，非重用汉人不可。"面对江河日下的末世，曾国藩以民胞物与之量，内圣外王之业，立志救焚拯溺，嘘枯回生，博求挽救之道。湘军军制的创设，是近代史上军阀武装的始端，而曾国藩无疑是军阀制的开山鼻祖。

咸丰皇帝在北京心急如焚，但八旗[25]朽败、绿营[26]无用，气得他大骂群臣："试问诸臣午夜扪心，何忍何安？若不痛加改悔，将来有不堪设想者矣。"但腐朽入骨的满洲百官，不管怎样被痛骂，还是无动于衷。大学士肃顺公开宣称："满族没有一个人中用，国家有大事，非重用汉人不可。"

不得已，清政府只好下令各省地方官兴办团练，以便借士绅之力打击太平军。

在清王朝最危急的时候，曾国藩站了出来。

面对江河日下的末世，曾国藩以"民胞物与之量，内圣外王之业"，立志"救焚拯溺，嘘枯回生"，博求挽救之道。

曾国藩自从道光二十九年（1849 年）授礼部侍郎以后，三四年间，先后兼过刑部、兵部、吏部、工部侍郎。朝廷六部，他做过五个部的堂官，对大清王朝的种种弊端知之甚深。广西太平军发难对清廷的震撼之大，以及清廷应对的虚弱无力，他自然比旁人知道更多，理解更深。太平天国的勃然兴起与它的摧枯拉朽之势，使清政府业已虚弱不堪的躯体更加气息奄奄，趋于垂亡之日。对于这种局势与造成这种局势的原因，曾国藩早已烂熟于心，并在咸丰元年做过极为中肯的分析。他写道："今春以来，粤盗益复猖獗，西尽泗镇、东极平梧，二千里中，几无一尺净土。推寻本原，何尝不以有司虐用其民，鱼肉日久，激而不复反顾。盖大吏之泄泄于上，而一切废置不问者，非一朝一夕之故矣。"所以在朝廷命其募勇抗击太平军时，曾国藩便有目的、有计划地行动起来。

1852 年 1 月 21 日，正在湖南湘乡料理母亲后事的曾国藩接到上谕，令其为湖南团练大臣，协同巡抚办理湖南团练，平息农民起义。4 天后，曾国藩起程前往长沙募勇，谋求与太平军对抗的方略。

勇，是清代对地方上临时招募的兵卒的称呼。它的主要职责是维护地方秩序，故又称为乡勇。乡勇平时为农民，遇到紧急情况才拿起刀枪出来组团成军，事态平息后又回家作田。有点类似后来的民兵组织。嘉庆年间，傅鼐[27]在湘西曾用乡勇平定苗民起义，这一做法得到朝廷的赞许，并在全国各地推广。湖南民间也有尚武风气，曾国藩就曾说："曾家人人皆习武艺，外姓亦多打。"

曾国藩办团练，起始就高出同辈一筹。他的团练是要在"八旗"、"绿营"之外独树一帜，另立新军。湘军由此而起。

曾国藩建军，首先以募兵制取代世兵制。先前"八旗"子弟均世代相承，曾国藩的湘勇则不同，全部系招募而来，并且只重在山乡农村挑选士兵，拒收旧营兵；或许由于主帅是书生的缘故，湘军军官大量由绅士、文生充任，以确保在思想高度统一的前提下有旺盛的士气和战斗力。

湘军立军的另一要则是变"兵为国有"为"兵为将有"。湘军先有将帅，再有军官，再由官募兵，如此层层选兵，兵弁[28]只尊其长，各营独立，彼此互不统属，全军统帅于曾国藩一人之手。军中主要靠同乡、同事、师生、朋友等私人关系维持，发展到后来竟近似于私人武装。湘军军制的创设，是近代史上军阀武装的始端，而曾国藩无疑是军阀制的开山鼻祖。

为了能募集士卒，咸丰三年（1853 年），曾国藩在组建湘军之初，亲自为勇丁制定月薪：什长四两八钱，亲兵四两五钱，正兵四两二钱,伙夫三两三钱,就连为军营挑担的长夫一个月也有三两银子,而当时一石谷才七八钱银子。湘军的薪水远在八旗、绿营之上,故而投军者络绎不绝。他们纷纷丢下笔杆,放下锄头,走出书斋,离开田垅,怀着"朝为寒士,暮穿蟒袍"、"昨日种田汉,今朝员外郎"的憧憬,奔赴军营,杀向战场。杨度在《湖南少年歌》中曾这样描述当年投军的狂热:"城中一下招兵令,乡间共道从军乐。万幕连屯数日齐,一村传唤千夫诺。……但闻嫁女向母啼,不见当兵与妻诀。……军官归为灶下养,秀才出作当兵客。"其结果便是"只今海内水陆军,十人九是湘人子",而在巨大的鼓舞之下,"一奏军歌出湘外,推锋直进无人敌"。

有了湘军,曾国藩开始了与太平军长达十余年的血战。

> 曾国藩利用了封建文人和普通百姓的这种文化心理,打起"扶持名教"的旗号,动员封建文人来与太平天国对敌。曾国藩主要是发动、团结和依靠了一大批封建文人,镇压了具有西洋思想的另一个文人所发动和领导的太平天国运动。有人因此评论说:湘军与太平军之战实质上是两种文化之战。

开始一段时间,曾国藩四处募集兵勇,严加训练,却始终只坚守湖南境内,不出省作战,以求养精蓄锐,日后有大作为。

当太平军西征军夹江进击，势不可挡之时，咸丰帝环顾皖、赣、鄂、湘四省之中，已无强旅可用，唯曾国藩所带湘勇可以一试，多次令曾国藩率师东援。曾国藩做了几番姿态之后，带领他在衡阳练就的水陆二师，开赴镇压太平军前线。

1854 年初春，曾国藩以为时机已到，发布了有名的《讨粤匪檄》，此文对凝结力量打击太平军起过重要影响。曾国藩既痛感国事之日非，更痛恨"粤匪"之"猖獗"，奋然以救天下为己任。他深深懂得，"胡氛胡尘"已与数以万计的文人士子密切联系在一起了，荣损与共，首要的是必须维护和振兴中国的道统。同时，他也懂得，若简单地为"胡氛胡尘"辩解，容易招致有民族感的士民的反感。所以，他撇开了太平天国檄文中的"胡氛胡尘"这个大题目，而另外作了一个大题目，即针对太平天国"诋儒毁佛"的行动发难，标榜高扬中华名教[29]。这是他的绝顶聪明之处。

《讨粤匪檄》宣称：

"粤匪焚郴州之学宫，毁宣圣之木主，十哲[30]两庑[31]，狼藉满地。嗣是所过郡县，先毁庙宇。即忠义之士，如关帝、岳飞之凛凛，亦皆污其宫室，残其身首。以至佛寺、道院、城隍、社坛，无庙不焚，无像不灭。"

这些行为是"拜上帝教"教徒奉行只尊上帝、不信他神的信条的反映，是太平天国运动的一部分。曾国藩对此痛心疾首，说

"斯又鬼神所共愤怒，欲一雪此憾于冥冥之中者也"。曾国藩搬出孔子、孟子、关羽、岳飞，甚至土地、城隍、佛家、道士来与洪秀全的西洋神相对抗，而孔子、孟子等等，千余年来正是封建文人和中国老百姓心目中神圣不可侵犯的精神偶像。

曾国藩利用了封建文人和普通百姓的这种文化心理，打起"扶持名教"的旗号，动员封建文人来与太平天国对敌。他写道："自唐虞三代以来，历代圣人，扶持名教，敦叙人伦，君臣父子，上下尊卑，秩然如冠履之不可倒置。粤匪窃外夷之绪，崇天主之教，自其伪君伪相，下逮兵卒贱役，皆以兄弟称之。谓惟天可称父，此外凡民之父，皆兄弟也，凡民之母，皆姊妹也。农不能自耕以纳赋，而谓田皆天王之田；商不能自贾以取息，而谓货皆天王之货；士不能诵孔子之经，而别有所谓耶稣之说、《新约》之书。举中国数千年礼义人伦、诗书典则，一旦扫地荡尽。此岂独我大清之变，乃开辟以来名教之奇变，我孔子、孟子之所痛哭于九原。凡读书识字者，又乌可袖手安坐，不思一为之所也！"

他号召："抱道君子，痛天主教之横行中原，赫然奋怒，以卫吾道。"曾国藩与太平天国的抗衡，是从这场心战开始的。

曾国藩的《讨粤匪檄》，是卫道者的宣言，是磨刀霍霍的征战令，也是对士大夫的总动员书。湘军后来的形成与发展证明，曾国藩主要是发动、团结和依靠了一大批士大夫，镇压了具有西洋思想的另一个文人所发动和领导的太平天国运动。有人因此评论说：湘军与太平军之战实质上是两种文化之战。这有一定道理，但是不确切。太平天国确实吸收了一些西洋文化，集中表现在《天朝田亩制度》与《资政新篇》两个文件上。但太平天国仍属旧式的农民革命的范畴，并不代表新兴的资产阶级，它只是利用了天主教上帝的这种形式，瓶中所装的大多依然是中国传统文化的陈年老酒。

> 曾国藩不喜欢言过其实、夸夸其谈的人，而对于言语讷讷而有实际办事能力的人，则予以重任。曾国藩攻陷武昌后，咸丰帝得报大喜，对军机大臣们说："不图曾国藩一书生，乃能建此殊勋。"

一切准备就绪后，湘军水陆并进，开始了"东征"。但曾国藩开始很不顺，太平军作战勇敢，"愈剿愈多，愈击愈悍"，而老百姓又拥护太平军，敌视湘军。正如曾国藩自己所说"百姓不甚怨贼，不甚惧贼，且有甘心从逆者。官兵过境，无物可供买办，无人可为向导"。而他的顾虑也不少，"筹兵，则恐以败挫而致谤；筹饷，则恐以搜括而致怨。"

不等湘军主动出击，太平军西征的石祥贞部已经上门搦战[32]，没有几个回合湘军便损兵折将丢地而败。靖港一战，曾国藩亲自督阵，在阵前竖一令旗，上书"过旗者斩"。然而在太平军的猛攻下，湘军纷纷绕过令旗狂奔逃命。曾国藩执剑立于旗旁，面对溃散的湘军无可奈何，羞愤间竟跳水自杀，被侍从章寿麟救起退回长沙。曾父听说儿子打了败仗想自杀，怒其不争，写信给他："儿此出以杀贼报国，非真为桑梓[33]也，兵事时有利钝，出湖南境而战死，是皆死所；若死于湖南，吾不尔哭也。"

转眼到了夏天。经过一番休整，曾国藩又率军出征了。这一去，曾国藩不再退回湖南，湘军也日日壮大，成了清朝的擎天柱。

曾国藩鉴于初战溃败，便将战斗中表现恶劣的军营全部裁撤，重新募集，并确立几个募勇原则：一不收溃逃返回的勇丁，二不收从绿营中走出的老兵油子，三不收游手好闲的无赖流氓，而是主要招收老实朴拙的种田人。并要求各营营官要验看投军者的手掌，凡手上长满老茧的便是长期务农的人，可以留下；凡为人油滑目光游移者，多半为走江湖的老手，决不能收。对于营、哨各级将官，曾国藩主张多从士人中选拔，因为士人饱读诗书，懂得"礼义廉耻"，知道捍卫名教的重要，有"血性"。当然不是每一个士人都可以做营、哨官，必须具备几个条件："第一要才堪治民，第二要不怕死，第三要不急名利，第四要耐受辛苦。"而"为将之才"应在几方面表现突出："一曰知人善任，二曰善觇[34]敌情，三曰临阵胆识，四曰军务整齐。"曾国藩不喜欢言过其实、夸夸其谈的人，而对于言语木讷而有实际办事能力的人，则予以重任。

曾氏在组建湘军之初便注重其心性精神方面的教育，使得各级军官大权在握时能清廉自守，军情危难时能适时调整心态，大功告成时能谦退自抑。

洪秀全率太平军定都天京后一个多月，立即分兵北伐西征。北伐军两万多人由林凤祥、李开芳、吉文元率领；西征军五万人，初由胡以晃、赖汉英、石祥祯统领。当时，清政府的军事部署是，除向荣部在孝陵卫一带建立江南大营外，又命琦善于4月在扬州附近建立江北大营，对天京形成包围之势。不久，又命袁甲三率临淮军约五万人驻临淮，建立第二道防线；并以北京为防卫重点，命胜保率一万人，僧格林沁率几万人，建立第三道防线。而各省建立的乡勇团练则各自为政，就地歼敌，牵制太平军主力。

曾国藩第二次出战，一路顺风。先是城陵矶大战，太平军著名猛将曾天养阵亡；1854年10月，武昌陷落，太平军水军遭到极大损失。这是太平军自起义以来遭受的最大一次挫折。湘军在此战中表现得异常残忍，被俘的太平军将士竟至被挖心剖肝。此后双方展开了激烈的拉锯战。

曾国藩攻陷武昌后，咸丰帝得报大喜，对军机大臣们说："不图曾国藩一书生，乃能建此殊勋。"汉军机祁隽藻献媚说："曾国藩一在籍侍郎，犹匹夫也，匹夫居闾里[35]，一呼蹶起，从者万人，恐非国家之福。"咸丰经他提醒，对曾国藩的信任和使用中就带着几分警惕了。

到这一年的冬天，太平军名将林启荣终于在九江顶住了曾国藩的攻势。第二年春天，太平军发起反攻，溯江而上，一鼓作气于4月再陷武昌。虽然湘军节节败退，但曾国藩仍驻扎在江西省境，不肯退出，以图稳定军心。双方在江西境内互有攻守，湘军几次严重失利，使曾国藩屡屡陷于绝境。

> 太平军定都南京后，洪秀全沉溺于宗教迷信与物质享乐之中，深居简出，这就为杨秀清的争权夺利、压制诸王、凌辱洪秀全提供了条件。天京事变这场惊心动魄的内讧，使太平天军从此由盛转衰，并且在当时的战场上立即显示了这种衰败之象，即军心动摇，士气下降，指挥不统一，进攻力减弱。这就使曾国藩获得了喘息之机。

正当曾国藩在江西战场上处于被动挨打、政治上处于受掣困窘的时候，一件突如其来的事情为曾国藩解了围。这就是太平天国领导集团的内讧。

太平天国农民运动，最初本是洪秀全发动起来的，1848年初，杨秀清、萧朝贵却在洪秀全回粤宣传，冯云山被捕下狱的困难情况下，在"拜上帝会"会众主要的聚集地——广西紫荆山地区分别自称"天父"、"天兄"，"下凡附身传言"，这固然对当时稳定会众起了一定作用，但从此洪秀全下降为天父的次子，被迫承认了杨秀清、萧朝贵的"传言"之权。杨秀清假托上帝附身传言时，洪秀全还得下跪听命。洪秀全经常靠上帝附身传言树立威信，现在被杨秀清利用，可谓"成也萧何败也萧何"。这个神圣大权的旁落，为太平天国领导集团的内讧种下了祸根。

太平天国辛天元年（1851年）二月，杨秀清被封为左辅正军师，领中军主将；同年十月，被封为东王，节制诸王，从而掌握了教、政、军大权，洪秀全成了名义上的最高领袖。太平军定都南京后，洪秀全沉溺于宗教迷信与物质享乐之中，深居简出，这就为杨秀清的争权夺利、压制诸王、凌辱洪秀全提供了条件。

1856年（咸丰六年）5月，太平军攻破清军江南大营，逼使统帅向荣自杀，又控制着从武汉经九江、安庆到镇江的千里长江；曾国藩及其湘军困守南昌孤城，势穷力竭。杨秀清在此胜利形势下，以为夺取最高权位的时机已到，便于8月借天父下凡，召洪秀全至东王府，假托上帝附身，说："尔与东王均为我子，东王有（这样）大功劳，何止称九千岁？"洪被迫说："东王打江山，亦当是万岁。"杨又说："东世子岂止是千岁？"洪被迫再次说："东王既万岁，世子亦便是万岁，且世代皆万岁。"洪秀全还答应在杨秀清生日这天正式举行封典。

回到天王府，洪秀全立即密令在江西的北王韦昌辉，在湖北的翼王石达开和在镇江的燕王秦日纲速回天京保驾。因为诸王对杨秀清的所作所为，历来"积怨于心，口顺而心怒"。9月2日凌晨，韦昌辉、秦日纲带随从闯入东王府，杀了杨秀清。韦昌辉"阴欲夺其权"，所以杀了杨秀清后乘机扩大事端，残杀了东王府内的男女老少及东王的部下和家属共二三万人，历时两个多月。石达开9月中旬赶回天京，责备韦昌辉杀人太多，韦昌辉又想加害于他。石达开于是连夜逃出天京，赶到安庆，召集四万大军讨伐韦昌辉。洪秀全此时才循广大将士之请，处死了韦昌辉。不久，洪秀全召石达开回京辅政，有人说石达开兵众功高，不解除其兵柄将成为杨秀清第二。洪秀全心动，便重用"又无才情，又无算计"的长兄洪仁发、次兄洪仁达两个草包以牵制石达开，使一度稳定下来的朝政再度陷入混乱。石达开感到危惧不安，部下张遂劝说："王得军心，何郁郁受人制？中原不易图，曷入川作玄德，成鼎足之业？"于是，石达开离开了南京，带走亲信队伍三万多人，"独树一帜"。虽然洪秀全一再诏请，但石达开"竟不复回"。

这场惊心动魄的内讧，使太平天国运动从此由盛转衰，并且在当时的战场上立即显示出了这种衰败之象，即军心动摇、士气下降、指挥不统一、进攻力减弱。这就使曾国藩获得了喘息之机，而湘军的驰援队伍续有增加，致使双方在江西战场上的力量对比发生了有利于湘军的变化。清军趁机反扑，攻陷了武昌、九江等重镇，并且又重新组建了江南、江北大营。太平军多年征战的战果丧失殆尽。咸丰帝严诏各战场将帅"乘其内乱，次第削平"，曾国藩也重拾信心："洪杨股匪，不患今岁不平。"

洪秀全为了挽救太平天国的危局，不惜违背自己在天京事变后所作的"不设军师，永不封王"的诺言，提拔了李秀成（忠王）、陈玉成（英王）等优秀的青年将领为统帅，又让洪仁玕（干王）主持政务，"凡京内不决之事问于干王，京外不决之事问于英王。"在陈玉成、李秀成的指挥下，太平军再破江南、江北大营，乘胜开辟了江浙地区。但洪秀全并未完全放权，他分封了2000多个王，重用自家兄弟，要求所有属下对自己"诚上加诚，忠上加忠"。李秀成、陈玉成等仍然不能放手发挥。

　　洪秀全"不问军情，一味靠天而已"。曾国藩却下定决心，要在安庆一举歼灭太平军主力，因此集中了湘军几乎所有的精锐部队，甚至在英法联军进攻北京时，置咸丰皇帝要他北上勤王于不顾。

1859年2月，捻军[36]将领薛之元献江浦降清，天京粮道受到严重威胁。江南大营第二次围困天京将近一年，切断了天京对外联系的交通线。洪秀全严旨李秀成、陈玉成相继平叛援京，与清军鏖战江浦、浦口，未能奏捷。太平天国处于两线作战：东线天京战区需要争夺两浦，保卫首都；西线则需防御湘军乘虚东犯皖北。太平军两线作战，兵力不足，粮饷军械匮缺，形势再次恶化。而洪秀全"不问军情，一味靠天而已"，他相信自己是"天生真命主"，不用兵也能"定太平一统"，还沉迷在过去"自金田至金陵八千里之遥，百万铜官，尽行打破""战无不克，攻无不胜"的梦幻中。

清政府拼全力组织江南、江北大营围困天京，曾国藩、李鸿章、左宗棠等率军镇压太平军，特别是 1860 年后，中外势力勾结起来，"清妖买通洋鬼，交为中国患"，共同镇压太平军，形势就更加严峻了。

1859 年底，曾国藩兵发三路，向安庆进击。到第二年夏天，尽除安庆外围，安庆成为孤城。当初，太平军靠着水师的力量，从武昌顺流东下，势如破竹，不过四十来天，便占领南京。长江既可以让洪秀全顺利成事，同样也可以让曾国藩大做文章，故而双方都将长江视为生命线。长江一线的控扼要点主要有武昌、九江、安庆、南京等，至 1861 年，武昌、九江已被湘军占领，攻打安庆便成为攻克南京前的最重要的战事了。洪秀全当然也清楚安庆是保护天京最重要的屏障，安庆存，天京安，安庆失，天京危，如唇亡齿寒。

守安庆的是太平军名将叶芸来、刘玱林，攻安庆的是善于围城攻城的"曾铁桶"曾国荃。

曾国荃于咸丰十年（1860年）四月屯兵安庆城外集贤关，洪秀全命陈玉成、李秀成火急救援安庆。二人商量后决定以围魏救赵之计来救安庆，相约分别从长江北岸和南岸同时向武昌进发。陈、李的这个军事意图，曾国藩看得很清楚，从而作出即便丢掉武昌也要确保围安庆之军不撤的决定。结果因南岸李秀成的耽误，合围武昌的计划落空，陈玉成被迫回兵增援安庆。

曾国藩的意图是先取安庆，再南下南京，与北上的湘淮军对太平天国首都形成夹攻之势。并且围安庆可围而打援，在安庆周围与太平军主力进行决战。当时湘军水陆各军共有五六万人，绕安庆城挖掘了两道深沟，三面绕围安庆，临水的一面则由水师巡守。这一次曾国藩下了决心，要一举歼灭太平军主力，因此集中了湘军几乎所有的精锐部队。

当曾国藩围攻安庆时，英、法联军从天津上岸，直逼北京城。咸丰皇帝匆忙逃往热河，急令各省督抚进京勤王。第一道勤王令就是给曾国藩的。曾国藩以为清朝的大敌是太平军而不是外国势力，所以借故拖延，始终未去。

实际上安庆之战也不容曾国藩分心。安庆被围，太平天国几次发派救兵。1860年夏，曾国藩将前敌总指挥部移到安徽祁门。当时皖南各府州活跃着太平军英王陈玉成、忠王李秀成、侍王李世贤、辅王杨辅清等部三四十万人马，双方争城夺地，战斗异常残酷。在最危险的时候，曾国藩将一柄剑埋在枕头下，随时做好自裁的准备。他在给弟弟的信中表示"贼来则坚守以待援师，倘有疏虞，则志有素定，断不临难苟免"。8 月 10 日，曾国藩被任命为钦差大臣，署理（代理）两江总督，督办江南军务，大江南北水陆各军悉归节制。年底，李秀成率军进入安徽，攻至距曾国藩祁门大营仅 80 里地的地方。当时曾国藩身边只有 3000 士兵，他自认为到了末路，匆忙写了遗嘱在营内等死，留下了"寒月漠漠如塞外沙霜"的语句。幸运的是，他最后安全渡过这次危机。

1861 年，陈玉成率大军回救安庆，一面派兵入城助战，一面在城外沿湖修筑 18 座营垒，与湘军对抗。曾国藩围城打援，与太平军主力决战的目的达到了。双方血战数月，到 9 月，安庆陷落，陈玉成在城外遥望安庆城里腾起一片火海，只得惨然离去。

安庆失守，洪仁玕、陈玉成备受攻击，洪秀全遂将二王革职，洪陈体制顿被摧折。陈玉成兵团基本被歼，英王心灰意懒，竟被叛徒苗沛霖诱擒，于 1862 年 5 月被杀。"英王一去，军事军威同时堕落，全部瓦解。"

军政大权高度集中，人事安置十分顺手，曾国藩终于迎来了与太平军角逐以来空前未有的大好局面。回想以前客寄虚悬、形格势禁、处处掣肘、事事求人的尴尬局面，曾国藩不禁感慨良深："昔太无权，今太有权，天下事难得恰如题分也。"在危急时刻，洪秀全仍坚信天国理想，指挥太平军与敌作殊死的战斗。在天京粮源断绝时，他带头吃野草鼓舞士气，并发诏旨，坚定太平军将士的战斗信念。

占领安庆后，湘军气焰日盛，遂展开全面进攻，各个击破，太平军则转入战略防御。这时由曾国藩扶植起来的李鸿章的淮军[37]也强大起来，成为太平天国的又一劲敌。曾国藩自然成了湘淮系领袖人物。

李秀成在安庆失守后全力经营江浙，接连攻克余杭、常山、衢州、临安、萧山、绍兴。咸丰十一年（1861年）十一月初三日，李秀成率部包围杭州，太平军在浙江一连串的军事胜利震动苏南及上海。

清廷这时发生了一件重磅大事——咸丰帝驾崩了。不久，慈禧太后与恭亲王奕䜣联手政变，杀了肃顺等顾命大臣。慈禧命曾国藩正式出任两江总督，"着统辖江苏、安徽、江西三省，并浙江全省军务，所有四省巡抚、提镇以下各官，悉归节制"。

此时，左宗棠替代战死杭州的王有龄做了浙江巡抚，曾经做过曾氏幕僚的前吉南赣宁道沈葆桢接替毓科做了江西巡抚，李鸿章又在曾国藩的密保下署理江苏巡抚。大江南北由曾国藩节制的四省巡抚，或为曾氏故旧，或为曾氏幕僚，或为曾氏门生，总之，都是他可信赖、可指挥的人。就连提供湘军饷银最为重要的广东省，也都委派曾国藩的同年[38]晏端书去督办厘金。军政大权高度集中，人事安置十分顺手，曾国藩终于迎来了与太平军角逐以来空前未有的大好局面。回想以前客案虚悬、形格势禁、处处掣肘、事事求人的尴尬局面，曾国藩不禁感慨良深："昔太无权，今太有权，天下事难得恰如题分也。"他请求辞去对浙江军务的节制之权，但朝廷没有同意。

至此，曾国藩成了被清廷付与大权的汉族第一人。

1862 年 5 月，湘军前锋曾国荃部进抵天京，开始对太平天国发动最后的攻击。此时太平军的活动余地已越来越小，具有战斗力的也只有李秀成部了。10 月，李秀成率 20 万大军回救天京，对湘军雨花台大营猛攻 46 天，仍无法打破包围，只得黯然撤兵而去。天京之围日益严重。

曾国藩这时加速从湖南增募新军，使围攻天京的人数很快超过 35 万人。1862 年 4 月，太平天国发动的天京突围没有成功，不久江浙根据地也相继丢失。1863 年 6 月，曾国藩调兵攻陷九洲，切断了天京与外界的通道。天京成为孤城。

但是洪秀全依靠南京城的高墙深壕，仍在苦苦支撑，太平军虽处于危境却镇定非凡，致使湘军围攻两年，未能入城半步。在危急时刻，洪秀全以宗教信仰激发士众，指挥太平军与敌作殊死的战斗。在天京粮源断绝时，他带头吃野草鼓舞士气，并发诏旨，坚定太平军将士的战斗信念。但洪秀全拒绝李秀成的迁都别走的建议，使太平军丧失了最后的机会。

1864年6月3日，洪秀全病死。

6月16日一早，金陵城太平门一带的城墙，被填入地道里的炸药炸开二十余丈。曾国荃指挥吉字营官兵从缺口中冲入城内，然后分成四路人马，分别进攻天王府、神策门与仪凤门、通济门、朝阳门和洪武门。

当天夜里十点多钟，在天王府尚未打下的时候，曾国荃便会同彭玉麟、杨载福，迫不及待地以日速八百里捷报向朝廷报喜。在安庆的曾国藩是18日收到的捷报，激动的心情可想而知，他为之奋斗十余载的大事终于实现了，曾国藩在日记中这样写道："思前想后，喜惧悲欢，万端交集，竟夕不复成寐。"这真是"立收乌合成齑粉，早晚红旗报未央"。

曾国藩立即奏报朝廷，这封奏折也是他经手奏折中最长的了。他叙述了攻城的艰苦和损伤："窃念金陵一军围攻二载有奇，前后死于疾疫者万余人，死于战阵者八九千人，令人悲啼，不堪回首。""此次金陵城破，十万余贼无一降者，至骈众自焚而不悔，实为古今罕见之剧寇。"当然他不忘颂扬死去的咸丰皇帝："宫禁虽极俭啬，而不惜巨饷以募战士；名器虽极慎重，而不惜破格以奖有功；庙算虽极精密，而不惜屈己以从将帅之谋。"接下来又大拍新皇帝和慈禧的马屁："皇太后、皇上守此三者，悉循旧章而加之，去邪弥果，求贤弥广，用能诛除僭伪，蔚成中兴之伟业。"

虽然曾国荃打下天京立下首功，但朝廷仍然对他不满，原因有三：一是放走了幼天王，二是擅自杀死李秀成，三是南京的财产不知去向。所以清廷接连发来上谕，予以申斥。6 月 26 日上谕中说："着曾国藩饬令曾国荃督率将士，迅将伪城克日攻拔，歼擒首逆，以竟一篑之功[39]，同膺[40]懋赏[41]。倘曾国荃骤胜[42]而骄，令垂成之功或有中变，致稽[43]时日，必惟曾国荃是问。"过了半个月，又廷寄训斥："曾国藩以儒臣从戎，历年最久，战功最多，自能慎终如始，永保勋名。惟所部诸将，自曾国藩以下，均应由该大臣随时申儆[44]，勿致骤胜而骄，庶可长存恩眷。"

清廷的训斥是有依据的，据曾国荃幕僚赵烈文在《能静居日记》中记载："所恨中丞（曾国荃）厚待各将，而城破之日，全军掠夺，无一人顾全大局，使槛中之兽大股逃脱。"正是因为曾国荃纵兵抢掠，致使幼天王逃脱。

洪秀全死后 48 天，即 7 月 19 日，天京陷落，太平天国的杏黄色大旗，在南京城上飘扬了 11 个春秋后，也随着天京的陷落倒下了。众多军民家属"或用炸药自杀殉国"，或举家自焚，与天国共存亡。那座由天王亲自监工和千万妇女用血泪建造了十年、周围十余里的巍峨天王府宫殿，在清军挖出来焚烧的天王尸体的烟焰中，化作"十年壮丽天王府，空余荒蒿野鸽飞"的废墟。

这场震惊中外的农民革命，在清王朝和外国势力联合绞杀，当然主要是曾国藩的湘军的攻击下最后终于失败了。

清王朝虽"竭天下之力"镇压了这场农民革命运动，自身也"元气遂已伤矣"，它的灭亡也"实兆于此"了。洪秀全"以匹夫昌革命，改元易服，建号定都，立国逾十余年，用兵至十余省"，使统治者闻风丧胆，荡涤了封建王朝的污泥浊水。踏在人民头上的恶吏，成千上万的死在太平军的刀下。他推行了《天朝田亩制》把土地分给农民，把历史上农民革命的要求发展到最高峰。

清朝的江山在飘摇十余年之后，算是暂且稳住了。为保江山立下汗马功劳的曾国藩，被官封太子太保〔45〕，授爵一等侯〔46〕。曾国藩的政治生涯达到了顶点。

> 洪秀全和曾国藩都是知识分子出身，骨子里都有作诗论文立德立言的理想。在镇压太平军的戎马倥偬中，曾国藩不忘整理《船山遗书》，亲自校阅王夫之著作，而洪秀全掌握政权后，把更多的心思用在封王建制，定礼作乐，颁行天历，举行科考，编刻新书上。

古人说，"飞鸟尽、良弓藏"。天下稍稍太平之后，像曾国藩这样拥有重兵的大吏前程就非常令人忧虑了。当时湘军已拥有30万人，由曾国藩直接指挥的达12万人。战事平息后，曾国藩思忖良久，决计自翦羽翼，以保全身而退。这或许是他那时的唯一选择了。曾国藩虽以裁军获得了清政府的信任，却没有料到这一裁撤也导致了他后来的一蹶不振，一头栽在捻军马下。

曾国藩能够平定太平天国运动，原因很多，其中坚忍是重要的性格因素。在致曾国荃信中，他说："困心横虑，正是磨炼英雄玉汝于成。李申夫尝谓余怄气从不说出，一味忍耐，徐图自强，因引谚曰：'好汉打脱牙和血吞'。此二语是余生平咬牙立志之诀。余庚戌、辛亥间为京师权贵所唾骂，癸丑、甲寅为长沙所唾骂，乙卯、丙辰为江西所唾骂，以及岳州之败、靖江之败、湖口之败，盖打脱牙之时多矣，无一次不和血吞之。"曾氏发愤读书作文，是想与梅曾亮、何绍基不相伯仲；发愤募勇成军，是要与绿营一比高低。因为曾国藩认为"天下事无所为而成者极少，有所贪有所利而成者居其半，有可激而所逼而成者居其半"。

在镇压太平军的戎马倥偬中，曾国藩还不忘整理《船山遗书》，亲自校阅王夫之的一部分著作。据曾国藩在《王船山遗书序》中说："国藩校阅者：《礼记章句》四十九卷，《张子正蒙注》九蒙，《读通鉴论》三十卷，《宋论》十五卷，《四书》《易》《诗》《春秋》诸经稗疏考异十四卷，订正讹误百七十余事。军中鲜暇，不克细合篇。"为什么曾国藩一边忙于军务一边还要抽出时间来整理王夫之的著作呢？因为在曾氏看来，王夫之继承了孔孟仁礼并重治心治世的圣教，希望通过弘扬船山学说来消弭世乱于无形。

洪秀全和曾国藩都是知识分子出身，骨子里都有作诗论文、立德立言的理想。钱基博[47]在《现代中国文学史》中说："湘乡曾国藩以雄直之气，宏通之识，发为文章，而又据高位，自称私淑[48]于桐城，而欲少矫其懦缓之失；故其持论以光气为主，从音响为辅。探源扬、马，专宗迟之，奇偶错综，而偶多于奇，复高单词，杂厕其间，厚集其气，使声彩炳焕而戛焉有声。此又异军突起而自为一派，可名为湘乡派。一时流风所被，罕有抗颜行者。"正如今人唐浩明所总结的："走出书斋官衙，能与广阔的社会各阶层有较深入的接触；投身军旅，金戈铁马更能摧天地间的阳刚雄伟之气，领袖群伦，既能集合一大群诗文才俊，又可以让自己的所作仗权势而影响广泛。"

而洪秀全掌握政权后，把更多的心思用在封王建制，定礼作乐，颁行天历，举行科考，编刻新书上。还在永安时，他就举行了第一次科考，以"万寿诗联"为题，联诗比试，凡太平天国官兵及平民百姓都可参加，歌颂洪秀全的功德和太平天国起义的伟大胜利，实现其"开科取士"的夙愿。到了南京后，他更是把大量的精力和时间用在《天王御制诗》的编撰修订上。这种知识分子著书立说的情结或许是他后来不思进取的一个原因吧。

从个人修养来说，洪秀全和曾国藩是有较大差别的，洪秀全猜忌心重，曾国藩放手用人；洪秀全装神弄鬼，曾国藩儒雅内敛；洪秀全贪图享受，曾国藩自奉甚薄；

洪秀全目光短浅，曾国藩视域深广。也许正是这些差别
造成了他们最后不同的结局。

洪秀全与曾国藩都是争议极大的人物。曾国藩"誉之则为圣
贤，谳[49]之则为元凶"，或为圣，或为魔，或被捧入青云，或被
挤落枯井。洪秀全也是大起大落，社会动乱的时候，他被作为反
抗腐朽政权和民族革命的大旗，而到了承平年代，他便被作为落
后专制的代表予以批判。

从功业上讲，洪秀全匹夫一怒，揭竿而起，建朝立制，几乎
推翻满清王朝，可谓奇人；而曾国藩作为一个书生，面对危亡，
挺身而出，受任于败军之际，奉命于危难之间，挽狂澜于既倒，
扶大厦之将倾，使摇摇欲坠的清王朝又苟全了50年。

其实中国的历史因曾国藩而改写——假如当时清王朝灭亡，
英法等外部势力必乘机干预，大肆扩大势力范围，瓜分中国，中
国极可能彻底沦为几个半殖民地半封建国家，互相争斗，再也没
有了翻身的机会。

从个人修养来说，洪秀全和曾国藩是有较大差别的，洪秀全
猜忌心重，曾国藩放手用人；洪秀全装神弄鬼，曾国藩儒雅内敛；
洪秀全贪图享受，曾国藩自奉甚薄；洪秀全目光短浅，曾国藩视
域深广。也许正是这些差别造成了他们最后不同的结局。

金田起义后，洪秀全梦寐以求的理想，逐步化为实实在在的

行动。太平军攻占武宣东乡后，他就登上天王宝座，实现了"真命天子"的夙愿。建都以后，他过着豪华气派的帝王生活。当他看到后妃宫女有人欢喜有人哭时，便得意地吟道："难见我者有哭矣，合得我者有福矣；难近我者有哭矣，为得我者有福矣。"在天王府中，君权、神权、夫权合而为一，为了满足洪秀全帝王生活的享乐需要，众多妻妾宫女过着失去人身幸福和自由的幽居生活。洪秀全花费许多时间和精力沉浸在后宫的享乐之中，不理朝政，造成了杨秀清的专权和天京事变的悲剧。

有感于洪秀全的专制，孙中山指出："革命后仍不免为专制，此等革命不能算成功。"而对于洪秀全大搞个人崇拜，鄙弃知识分子，后人也予以诟病。潘旭澜[50]在《太平杂说·文化的悲哀》中写道："读太平军史料，有个现象引人注意：有文化的人很少参加，极少数参加的，几乎没有贯穿始终者。"因为"读书人有基本的人生社会常识，难以无条件盲从邪教胡说，这正是洪秀全所讨厌、所忌克的。他不但要成为政治、宗教的权威，还要成为文化上的权威"。所以，王韬向李秀成上万言书，提出许多拯救和改造太平天国的英明策略，但被洪秀全嗤之以鼻，令天下士人为之裹足，为之寒心。而李秀成在其《自述》中总结说，湘军"多用读书人"，而太平天国"无读书人"是一方走向成功、另一方走向失败的原因。

曾国藩以维护道统起家，又以士子而拔起寒乡，所以在他的身上不避利害、崇尚实干的精神非常突出。他晚年总结说："士大夫处大事，决大疑，但当熟思是非，不必泥于往事之成败，以迁就一时之利害也。"正是这种咬牙立志，崇尚实干，"禁大言以务实"，使他获得了成功。如果没有求实务实的态度，单纯以书生领兵征伐，也是难以想象的。

曾国藩出身农家，不尚奢华，他说："余服官二十年，不敢稍染官宦气习，饮食起居，尚守寒素家风，极俭也可，略丰也可，太丰则吾不敢也。""勤俭持家，习劳习苦，可以处乐，可以处约，此君子也""家勤则兴，人勤则俭，能勤能俭，永不贫贱"。他奉行三字真经："慎"字第一，"忍"字第二，"诚"字第三。

梁启超称赞曾国藩"一生得力在立志自拔于流俗，而困而知，而勉而行，历百千艰阻而不挫屈，不求近效，铢积寸累，受之以虚，将之以勤，植之以刚，贞之以恒，帅之以战，勇猛精进，卓绝艰苦，如斯而已"。对曾的志向、趣致、性格、胸怀充满了敬意。

在中国近代史上，湖南人之所以能够猛然振作，有大抱负、大担当、大作为，与曾国藩这只"领头雁"是分不开的，是他开启了湖南人才资源的大闸，使湖南最终赢得"半部中国近代史为湘人写就"的盛赞。

注释

〔1〕 洪仁玕（1822年—1864年），广东花县人，是太平天国天王洪秀全的族弟，曾在香港居住多年，1859年到天京（即南京），获封为军师、干王，一度总理朝政，1864年在江西被清朝江西巡抚沈葆桢捕杀。洪仁玕是太平天国领导层中对西方见识较广的一位，提出的《资政新篇》是具有发展资本主义主张的政治纲领，在当时的中国算是相当先进的思想。

〔2〕 20世纪50年代初，中国史学会主编出版《中国近代史资料丛刊》之《太平天国》八册，其中第二册"诸王自述"章有"洪仁玕自述"一篇，系洪仁玕被俘后的供词。详见《近代史资料·洪仁玕亲书自述、诗句》，王庆成辑校。

〔3〕 我国的科举制度萌芽于隋，确立于唐，发展于宋，成熟于明，衰落于清，1905年终废除，前后绵延达千余年之久。其中，明清两朝可谓是其鼎盛期。

当时的读书人首先要接受由本县知县主持的县试，县试通过后，再接受由本府知府主持的府试，府试及格后，取得童生身份，才有资格参加国家正式的科举考试。明清两朝的科举以进士科最为重要，其考试共分三级：院试、乡试、会试和殿试。

一、院试——考秀才

在府城或直属省的州治所举行。主考官是学政，由皇帝任命进士出身的翰林院、六部等官员到各省任职，任期三年，任期内要依次到所辖各府、州去主持院试。

院试又分岁试和科试两种。所谓岁试，即俗话所说的童生考秀才，通过岁试，童生就算是"进学"了，成了国家的学生，称为生员，亦即秀才。岁试成绩优良的生员，方可继续参加科试，科试通过了，才准许参加更高一级的乡试，叫作"录科"。

中了秀才，就脱离了平民阶层，走上了仕途的起点，地位比普通百姓高一等，见了知县不用下跪，官府也不能随便动以刑罚。

二、乡试——考举人

在京城及各省省城举行。三年一次，一般在子、卯、午、酉年举行，考期多在秋季八月，所以又称"秋闱"。主考官一般由进士出身的在京翰林或部院官担任。乡试有正规的考场，叫作贡院，一般建在城内的东南隅。乡试共考三场，初九、十二、十五各一场。发榜在九月，正值桂花开放，所以又称为"桂榜"，也称"乙榜"。乡试取中的称举人，第一名叫解元。

三、会试和殿试——考进士

会试和殿试是最高一级的考试，其中会试是带有决定性的考试，而殿试只定名次，不存在黜落的问题。

会试由礼部主办，在京城的贡院举行。一般在乡试的第二年，也就是丑、辰、未、戌年，考期多在春季二、三月，所以又称"春闱"。主考官多由内阁大学士或六部尚书担任。发榜在四月，正值杏花开放，所以又称为"杏榜"。会试取中的称贡士，第一名叫会元。

会试之后还要举行殿试，名义上由皇帝亲自主持，只考策问一场。殿试所发之榜称"甲榜"，分三甲：一甲为赐进士及第，只有前三名，即状元、榜眼、探花，合称三鼎甲；二甲为赐进士出身，三甲为赐同进士出身。在一、二、三甲的都泛称进士，中了进士，功名也就到了头。在揭榜时，要在殿前举行唱名典礼，称传胪。

凡是通过乙榜中举人，再通过甲榜中进士而做官的人，叫作"两榜出身"。

一身兼有解元、会元、状元的，叫作"连中三元"。

〔4〕朝考是清代针对新科举进士进行的用以作为分配官职的参考的考试。清代时，给新科进士们安排官职时，朝廷并不简单根据他们的殿试成绩，而是要对他们再进行一场考试。这场考试一般在保和殿进行，由皇帝特派大臣监考并阅卷。其内容经常有所变化，无外乎论疏、奏议、诗赋等，与科举考试差不多。乾隆年间，爱作诗的乾隆曾要求新科进士们作一首诗，并且不准多作。朝考成绩分列一、二、三等，一等第一名称为朝元。吏部官员根据新科进士的朝考成绩并结合以前会试、殿试成绩对他委以官职，其中综合最优秀者委以庶吉士（短期职务，升迁潜力很大，有"储相"之称），其余则委以主事、中书、知县等职。

〔5〕庶吉士，亦称庶常。其名称源自《书经·立政》篇中"庶常吉士"之意。是中国明、清两朝时翰林院内的短期职位。由通过科举考

试中进士的人当中选择有潜质者担任,为皇帝近臣,负责起草诏书,有为皇帝讲解经籍等责。

〔6〕 官名。掌修国史,唐宋均曾设置,位次编修。明清属翰林院,从七品,常以三甲进士出身之庶吉士留馆者担任。

〔7〕 古代有六部:兵部、刑部、礼部、户部、吏部、工部。各个部有一个尚书,两个侍郎,左侍郎和右侍郎,尚书是正的,最高的官,尚书应该说相当于现在的部长,副职称侍郎,相当于现在的副部长。礼部掌典礼事务与学校、科举之事。考吉、嘉、军、宾、凶五礼之用;管理全国学校事务及科举考试及藩属和外国之往来事。礼部下设四司,明清皆为:仪制清吏司,掌嘉礼、军礼及管理学务、科举考试事;祠祭清吏司,掌吉礼、凶礼事务;主客清吏司,掌宾礼及接待外宾事务;精膳清吏司,掌筵飨廪饩牲牢事务。四司之外,清设有铸印局,掌铸造皇帝宝印及内外官员印信。会同四译馆,掌接待各藩属、外国贡使及翻译等事。类似现在的教育部、文化部、外交部等部门。

〔8〕 清末民初地主和商人常常结团自保,团总是地方武装头目,是民间团体而非国家官吏。

〔9〕 乡绅阶层是中国封建社会一种特有的阶层,主要由科举及第未仕或落第士子、当地较有文化的中小地主、退休回乡或长期赋闲居乡养病的中小官吏、宗族元老等一批在乡村社会有影响的人物构成。他们近似于官而异于官,近似于民又在民之上。尽管他们中

有些人曾经掌柄过有限的权印，极少数人可能升迁官衙，但从整体而言，他们始终处在封建社会的清议派和统治集团的在野派位置。他们获得的各种社会地位是封建统治结构在其乡村社会组织运作中的典型体现。乡绅阶层是近代中国封建社会中一个不可忽视的重要阶层，他们的各种权力和社会地位，相当一部分是皇权默许甚至授予的。封建上层统治者的目的是让乡绅在皇权不容易支配到的乡村社会里，控制底层人民，以补充地方行政能力的不足。同时，乡绅又从宗族、统治者这些既得利益者处得到支持，这种管理方式既可维护上层统治者的利益也维护宗族利益，在两种势力的支持下，使他们成为乡村民众的代表，构成封建统治在官府之外的又一股势力。这股势力既是皇权统治在社会底层的延伸，有时又是宗族和官府压迫百姓的工具。

〔10〕《劝世良言》是基督教新教派最早的中文布道书。由中国传教士梁发著于1832年（道光十二年）。全书共9卷（或分四卷、三卷），约9万字，由英国传教士马礼逊修改校订在广州付印刊行。书中多半集《圣经》章节而成，余则结合中国人情风俗，借用某些儒家言论，阐发基督新教基本教义，"劝人勿贪世上之福，克己安贫，以求死后永享天堂之真福"，让人崇拜上帝"独一真神"，"安于天命"，"安贫守分"。宣称人民受奴役蒙罹苦难，是上帝给予的惩罚。本书对洪秀全产生了重要的影响。

〔11〕《原道觉世训》它是洪秀全于1847年完成的，1852年（咸丰二

年）编入《太平诏书》刊行。后改称《原道觉世诏》。《原道觉世训》《原道救世歌》《原道醒世训》《百正歌》是"拜上帝会"早期重要文献。需要注意的是，洪秀全创立的"拜上帝会"宗教理论是太平天国运动的理论基础。

〔12〕 莩，piǎo，同"殍"，饿死，饿死的人。

〔13〕 想要不亡国，照着这上面说的反着做就行了。（编者注）

〔14〕 廓清：澄清，肃清。

〔15〕 迩：ěr，近。

〔16〕 左袒：脱左袖，露左臂。汉高祖刘邦死后，吕后擅政，大封吕姓以培植势力。吕后死，太尉周勃谋诛诸吕，行令军中说："为吕氏右袒，为刘氏左袒。"军中皆左袒。事见《史记·吕太后本纪》《孝文本纪》。后因以称偏护一方为左袒。

〔17〕 扬徽：亦作"扬挥"，挥动军旗，喻征战。

〔18〕 摅：shū，发表或表示出来。

〔19〕 九有：九州。

〔20〕 执守：持守；坚持。

〔21〕 中国：古时代，我国华夏族建国于黄河流域一带，以为居天下之中，故称中国，而把周围其他地区称为四方。后泛指中原地区。《诗·小雅·六月序》："《小雅》尽废，则四夷交侵，中国微矣。"《庄子·田子方》："吾闻中国之君子，明乎礼义而陋于知人心。"

〔22〕 滥觞：指江河发源处水很小，仅可浮起酒杯；比喻事物的起源、

发端。

〔23〕武昌，元明为湖广省省会，清为湖广总督及湖北省省会。

〔24〕望风披靡：汉司马相如《上林赋》："应风披靡，吐芳扬烈。"谓草木随风倒伏。后用"望风披靡"比喻为敌人强大的气势所压倒。形容军无斗志。

〔25〕八旗：清代满族户口以军籍编制，分正黄、正白、正红、正蓝、镶黄、镶白、镶红、镶蓝八旗。正白、正黄、镶黄为上三旗（亦称内府三旗），隶属亲军，其余五旗为下五旗。清初将归附之蒙古、汉人，又编为蒙古八旗和汉军八旗。八旗官员平时管民政，战时任将领。旗民军籍为世袭。

〔26〕绿营：清代兵制。清代除原有八旗兵外，又另募汉人编成军队，用绿旗，称为绿旗兵或绿营兵。

〔27〕鼐：nài，大鼎。

〔28〕兵弁：士兵和低级武官的总称。弁：biàn，旧时称低级武官：马~。武~。

〔29〕名教：名声与教化。《管子·山至数》："昔者周人有天下，诸侯宾服，名教通于天下。"也指以正名定分为主的封建礼教。晋袁宏《后汉纪·献帝纪》："夫君臣父子，名教之本也。"

〔30〕十哲：指孔子的十个弟子，颜渊、闵子骞、冉伯牛、仲弓、宰我、子贡、冉有、季路、子游、子夏。自唐定制，从祀孔庙，列侍孔子近侧。

〔31〕 两庑：宫殿或祠庙的东西两廊；特指文庙中先贤从祀之处。庑：wǔ，堂下周围的走廊、廊屋：廊～，～殿。

〔32〕 搦战：挑战。搦：nuò。

〔33〕 桑梓：《朱熹集传》："桑、梓二木。古者五亩之宅，树之墙下，以遗子孙给蚕食、具器用者也……桑梓父母所植。"东汉以来一直以"桑梓"借指故乡或乡亲父老。

〔34〕 觇：chān，看，偷偷地察看：～望。～候（侦察）。

〔35〕 闾里：里巷；平民聚居之处。

〔36〕 捻军（1853 年—1868 年）是一股活跃在长江以北皖、苏、鲁、豫四省部分地区的反清农民武装势力，与太平天国同时期。捻军起义从 1853 年至 1868 年，长达十五年，其历史分为两个阶段。自 1853 年春至 1863 年 3 月为前期捻军，此后为后期捻军。

捻军兴起后，首领为沃王张洛行（张乐行）、奏王苗沛霖、孙葵心等。至捻军时代首领为梁王张宗禹、幼沃王张禹爵、勇王龚得树、遵王赖文光、鲁王任柱、卫王李蕴泰等人，与太平军互有联络，行踪飘忽不定，难以捉摸。捻军骑兵纵横驰骋于皖、豫、鲁、苏、鄂、陕、晋、直（冀）八省十余年，极盛时期总兵力达二十万众。1865 年，清朝科尔沁亲王僧格林沁中伏被全歼之后，清朝倾全力对付捻军，动用团练湘军、淮军及数省兵力，利用地形，"画河圈地"，后分为东、西二捻，西捻为左宗棠所平定，东捻乃李鸿章所灭。

〔37〕"淮军"是晚清在曾国藩指示下由李鸿章招募淮勇编练的一支汉
 人军队，是中国军队近代化的前身，曾是清朝的主要国防力量。
 因为兵员及将领主要来自安徽江淮一带，故称"淮军"。1861 年
 （咸丰十一年），太平军向上海进军，上海守备清军不能抵抗，外
 援英军未到，是时曾国藩为两江总督，总督江苏，安徽，浙江，
 江西四省军务，湘军驻安庆，上海地方官绅派代表向他求援。曾
 国藩早有用湘军制度练两淮勇丁的计划，他的得力幕僚李鸿章主
 动请命招募淮勇，于 1862 年 3 月（同治元年二月）在安庆编成
 一军，称"淮勇"，又称"淮军"。其后，淮军乘英国轮船，闯过
 太平天国辖境，前往上海，与英、美各军合作对抗太平军。

〔38〕同年：古代科举考试同科中式者之互称。

〔39〕一篑之功：篑，盛土的筐。指成功前的最后一筐土。比喻成功前
 的最后一份努力。

〔40〕膺：yīng，接受，承当。

〔41〕懋赏：奖赏以示勉励；褒美奖赏。懋：mào，勉励，鼓励。

〔42〕骤胜：屡次胜利。

〔43〕稽：jī，考核。

〔44〕申儆：儆戒；训戒。儆：jǐng，使人警醒，不犯过错。

〔45〕太子太保：官名。辅导太子的官。清朝时太子太保等是从一品
 官，但是有衔无职，一般作为一种荣誉性的官衔加给重臣、近臣。

〔46〕大清爵位主要分为三个系统：宗室爵位、异姓功臣爵位和蒙古爵

位。宗室爵位，又称宗室觉罗世爵，掌于宗人府，共分为十二级，只授予爱新觉罗氏族人。蒙古爵位，称为外藩蒙古世爵，掌于理藩院。世爵即异姓功臣爵位，或称功臣世爵、民世爵，掌于吏部验封司，授予汉员和西南民族等满蒙外其他民族人士，分为公爵、侯爵、伯爵（上三者超品）、子爵（正一品）、男爵（正二品）、轻车都尉（正三品，以上爵位均分一等、二等、三等三个等级）、骑都尉（正四品）、云骑尉（正五品）。曾国藩授封的便是这一等毅勇侯。公爵封号整个大清只有 4 人，而且全部都是在乾隆年间，可见当时清廷给予曾国藩的荣宠已臻极致。

〔47〕 钱基博，生于 1887 年，1957 年 11 月 30 日逝世，字子泉，别号潜庐，中国江苏无锡人，古文学家、教育家。早年参加革命。钱基博以毕生精力治国学，安身立命于国学，熔铸生命于国学，对国学进行了全面而深入的研究，为后世提供了丰硕而极有价值的国学成果，是当之无愧的国学大师。钱穆评价他："余在中学任教，集美无锡苏州三处，积八年之久，同事逾百人，最敬事者，首推子泉。生平相交，治学之勤，待人之厚，亦首推子泉。"钱钟书则说他："先君遗著有独绝处。"

〔48〕 私淑：私自敬仰而未得到直接的传授。

〔49〕 谳：yàn，审判定罪。

〔50〕 潘旭澜，男，1932 年 11 月出生，2006 年 7 月 1 日于上海新华医院病逝，汉族，福建南安人。1956 年毕业于复旦大学中文系。

历任复旦大学中文系助教、讲师、副教授、教授，日本关西大学文学部客座教授，复旦大学台湾香港文化研究所所长、博士生导师。1946 年开始发表作品。1982 年加入中国作家协会。1989年兼任复旦大学台湾香港文化研究所所长。先后被选为中国小说学会副会长，中国当代文学研究会副会长、顾问。他的《太平杂说》在史学界影响很大，是一部不多见的优秀作品。

后 记

在波澜壮阔、丰富多彩的中国历史面前，我永远是个小学生，永远是那么浅薄无知。圣人说"朝闻道，夕死可也"，可知明道的艰难，我却一直在探索"道"的路上，而因为"生也有涯，知也无涯"，"闻道"的路不知还有多长。

多年前，我将自己对于中国史的点滴了解写成《中国历史上的阴谋和阳谋》。后来，我开始动笔撰写《历史风云中的战友和对手》，陆续完成几十篇文章，并按历史的顺序往前推，逐次形成了系列，其中有些篇章已经公开发表。我由于非专业研究人员，还得为稻粱谋，八小时内要应付那些纷繁复杂的管理事务，八小时外还得处理那些不能拖延出版日期的编辑业务，最后能牺牲的就是自己的作品。所以本书的完成一再延期。为了工作，为了这个当下难觅的饭碗，创作不管有多喜爱，都只能排在第二位。

现在我的小书就要与广大读者见面了（虽然与最初规划的相比，少了许多篇章，我作为作者表示理解，相信读者也能理解），我充满了忐忑不安。在年供书近 50 万种（新书 20 多万种）的图书市场上，它只不过是沧海一粟。许多人会漠视它，但我却敝帚自珍，这如同孩子走到茫茫大街上，路人视而不见，但他的父母却永远爱着他。

感谢团结出版社，他们不弃敝屣，使小书得以面世。感谢责任编辑和文字编辑，他们为小书的出版付出了极大的心血，不仅核对原文，校正史实，理顺文字，而且不辞辛劳增加了注释部分，彰显了他们的编辑素养和学问根底。我虽然与他们未及谋面，但在邮件往来中感受到他们的职业素养和专业能力。

感谢著名书法家李铎先生，作为中国书坛的领军人物，李先生德艺双馨，声名远播。蒙李先生不弃，为小书题笺，而因为市场的原因，书稿改了名字，李老几年前所提书名不能用，这是非常遗憾的事。但李老奖掖后进之举，将令我这个后生晚辈铭怀终生。

感谢高欣先生的赏识和推举，没有他的认可和努力，小书肯定还在书柜中躺着，不知何日面见读者。感谢彭卫才先生在拙作出版过程中给予的指导与支持。

最后我想说的是，限于水平和能力，小书肯定存在这样那样的错误和不足，竭诚欢迎读者的批评指正。因为本书创作体例的要求，写作中借鉴今人成果之处未一一注明，向原作者表示谢意和歉意。

作者

2017 年 11 月 28 日于北京